선생님과
함 께
떠 나 는
문학 답사

선생님과 함께 떠나는 문학 답사 2

초판 1쇄 발행 2014년 3월 21일
초판 2쇄 발행 2014년 7월 3일

지은이/고경림 고용우 김경윤 김영진 명혜정 배창환 복효근 서허왕 서형오 양영길 이성환
　　　이순일 이헌수 장진규 조경선 주중연 차영민 최기종 최윤영 황선영
펴낸이/강일우
편집/박선영 최성아 이승우
펴낸 곳/(주)창비
등록/1986년 8월 5일 제85호
주소/413-120 경기도 파주시 회동길 184
전화/031-955-8267
팩스/031-955-3399(영업) 031-955-8228(편집)
홈페이지/www.changbi.com
전자 우편/cbtext@changbi.com

ⓒ 고경림 외 2014
ISBN 978-89-364-5838-6 03810
ISBN 978-89-364-5981-1 (전 2권)

선생님과 함께 떠나는 문학 답사

2

고경림 · 고용우 · 김경윤 · 김영진 · 명혜정 · 배창환 · 복효근 · 서허왕 · 서형오 · 양영길

이성환 · 이순일 · 이헌수 · 장진규 · 조경선 · 주중연 · 차영민 · 최기종 · 최윤영 · 황선영

창비

문화유산 답사 여행을 가다 보면 내가 좋아하는 작가들의 자취를 만나게 되는 일이 종종 있습니다. 시인이 태어나고 성장한 생가나 많은 사람들이 애송하는 시가 새겨진 시비를 만나는 경우도 있고, 소설이나 희곡의 무대가 된 장소를 답사하는 경우도 많습니다. 그러한 유형의 것뿐만 아니라 유적이나 유물에는 그 아름다움을 문학적 감수성으로 예민하게 포착한 문학 작품도 깃들어 있으니, 답사기를 쓰면서 나는 그러한 문학적 자취들을 조금이나마 소개할 수 있었습니다.

나는 『나의 문화유산답사기』에서 우리나라는 전 국토가 박물관이라고 하였습니다. 좀 더 구체화하여 말한다면 우리나라는 전 국토가 '문학 박물관'이라고도 할 수 있습니다. 문학이란 삶을 반영하는 것이고 우리가 살아온 연륜과 함께 문학도 옹골차게 영글어 왔습니다. 이렇게 우리 국토 곳곳에 서려 있는 문학의 자취를 누가 가장 잘 알아볼 수 있을까요?

알게 되면 참으로 사랑하게 되고, 사랑하게 되면 참되게 보게 되고, 볼 줄 알게 되면 모으게 되나니…….
—『석농화원(石農畵苑)』에 부친 유한준의 발문에서

문학 답사를 떠나는 것은 종이 위에 누워 있는 작품을 입체적으로 일으켜 세우고 그것과 함께 호흡하는 일입니다.
—『선생님과 함께 떠나는 문학 답사』 머리말에서

그렇습니다. 우리 문학의 자취도 그 문학의 가치와 함께 알게 되면 사랑하게 되고, 사랑하게 되면 참되게 볼 것입니다.『선생님과 함께 떠나는 문학 답사』는 학생들에게 국어와 문학을 가르치는 교사들이 집필한 책입니다. 그 지역을 잘 알뿐더러 학생들에게 문학의 멋과 맛을 가슴으로 전하는 선생님들이 각 지역의 문학 유산을 학생들과 함께 답사했습니다. 그렇게 종이 위에 누워 있는 작품을 일으켜 세워서 함께 대화하고 호흡하였습니다.

　『선생님과 함께 떠나는 문학 답사』에서 내가 좋아하는 소월과 만해, 염상섭과 채만식, 신동엽과 김수영은 물론 송강과 고산, 다산과 허균을 새롭게 만날 수 있었습니다. 천재 작가 이상이 노닐던 종로의 '제비 다방', 저 남도의 화개 장터와 순천만 갈대밭, 낙동강 물 내음과 서귀포의 파도 소리까지 만날 수 있었습니다. 때로는 향토의 맛깔스러운 음식과 사투리가 분위기를 더해 줍니다. 그뿐만 아니라 젊은 학생들의 발랄한 발걸음과 뛰노는 맑은 정신이 문학 유산을 생동하게 하니, 이 책이 아니면 얻을 수 없는 즐거움일 것입니다.

　이 책은 우리나라 전 국토가 문학 박물관임을 직접 발로 답사하여 증명하고 있습니다. 각 지역에서 문학에 대한 깊은 애정을 품은 선생님들이 안내하고 있으니, 독자들은 그 선생님과 함께하는 학생들 틈에 섞여 안내를 따라가고 해설에 귀 기울이면 최고의 안내자와 동행자 들과 더불어 문학 답사를 하는 호사를 누릴 수 있습니다. 문학과 여행과 인정이 어우러져 향기로운 이 책을 누구나 곁에 두고 애지중지하며 읽으시기를 바랍니다.

2014년 3월
유홍준

작품의 배경이 되는 곳, 작가가 숨 쉬던 그곳을 찾아서 문학 답사를 가
본 적이 있나요? 책 속에 박제되어 있던 낱말들이 살아 꿈틀거리고 활자
속에 누워 있던 인물들이 기지개를 켜며 일어나 작품이 또 하나의 현실
로 다가오는 것을 느껴 본 적이 있나요? 그렇습니다. 문학 답사를 떠나
는 것은 종이 위에 누워 있는 작품을 입체적으로 일으켜 세우고 그것과
함께 호흡하는 일입니다. 하나의 작품은 작가를 둘러싼 구체적인 시간과
현장의 바람 소리, 하늘빛, 그곳 사람들의 목소리가 버무려져 빚어집니
다. 그 현장에서 작품의 배경과 질료를 직접 오감으로 느껴 보는 일은 문
학을 알고 좋아하는 데서 나아가 문학을 즐기는 훌륭한 방법이라 할 수
있을 것입니다.

작가가 실존하여 그곳에 가서 작가를 만날 수 있다면 더할 나위 없겠
지요. 하지만 그럴 수 없을 때, 작품의 배경이 되는 시공간을 마치 제 것
인 양 누리면서 살아온 사람의 안내를 받아 작품 세계로 들어갈 수 있다
면 그 또한 큰 행운이지 않을까 싶습니다. 이 책은 그래서 다른 누가 아
닌, 그곳에서 살며 그곳에서 아이들에게 문학을 가르치는 선생님들에 의
하여 만들어졌습니다. 그곳에서 오래 호흡하며 살지 않은 사람이라면 잘
모르는, 사라지고 없는 작품 속 풍경들까지도 다시 머릿속에 복원할 수
있도록 하였습니다. 작품과 별로 관련이 없어 보이는 시냇물 한 줄기, 바
위 하나가 작품의 이해를 더욱 풍요롭게 한다는 점도 놓치지 않을 수 있
었습니다.

마흔 명이나 되는 토박이 현장 교사들이, 우리나라 마흔 개 지역의 대

표작을 찾아 자기 지역의 문학 답사를 기획하고, 학생들과 함께 답사를 거친 다음 누구라도 바로 활용할 수 있도록 만들었습니다. 작품을 가르칠 때 답답하고 아쉬웠던 부분을 교사만큼 절실하게 느끼는 사람이 있을까요? 그래서 학생들에게 작품 이해의 열쇠가 되는 현장을 직접 보고 듣고 만지고 느낄 수 있도록 했습니다. 그리고 현장에서 아이들의 작은 반응도 놓치지 않으려 했습니다. 답사를 마친 뒤 학생들과 함께 그 반응들을 정리해 보았더니 학생들에게 기발하고 새로운 심상이 생겨나는 것을 지켜볼 수 있었습니다.

이 책이 중·고등학교 선생님과 학생 들에게 문학 작품을 살아 있는 그 어떤 것으로 느끼게 하고 하루를 그것과 더불어 호흡하게 하는 데 좋은 길잡이가 되리라 믿습니다. 소풍처럼 떠나서 보물찾기 놀이하듯 작품을 즐길 수 있도록 만들었습니다. 가슴 뿌듯하게 빛나는 보물들을 안고 돌아올 수 있기를 기대합니다.

2014년 3월
지은이 일동

3

삶이란 어울려 날아가는 티끌처럼

부산 · 울산 · 경남 · 대구 · 경북

1

입 앙다물고 꿈꾸는 말들

광주·전남·전북

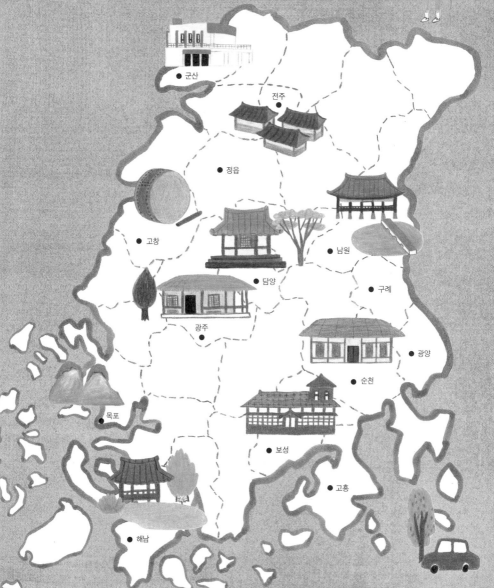

군산

전주

정읍

고창

담양

남원

구례

광주

광양

순천

목포

보성

고흥

해남

이성환 | 광주 숭덕고

푸른 가슴으로 남도를 품다

5월 마지막 주 토요일 오전 8시, 숭덕 고등학교 앞. 조금 이른 시간 이었지만, 함께할 다섯 아이들이 모두 들뜬 표정으로 모였다. 광운, 서현, 우정, 정민, 정은에게 광주의 문인 시비와 담양의 한국 가사 문학관을 돌 아보는 답사 일정을 알려 주며 미리 준비한 자료를 나누어 주었다. 호기 심과 설렘이 가득한 얼굴로 받아든다. 그러고는 모두 함께 7인승 승용차 를 타고 자연스럽게 문학 이야기를 나누며 답사를 시작했다.

송정 공원에 있는 박용철 시비

20분 정도를 달려 첫 번째 목적지인 송정 공원에 도착했다. 용아(龍兒) 박용철(朴龍喆, 1904~1938) 시인의 시비가 있는 곳이다. 배 모양의 시비가 우리를 반겼다. 목소리가 바리톤처럼 중저음인 광운에게 시비를 읽게 했

박용철 시비

다. 킥킥거리던 아이들이 일순간에 숙연해진다. 수십 번 와 봤지만 시비에 새겨진 「떠나가는 배」를 읽노라면 가슴이 아려 온다. "주름살도 눈에 익은 아, 사랑하던 사람들"이라는 구절에서 어쩔 수 없이 떠나야만 하는 선생의 고뇌가 읽히기 때문이다. 정민이 시를 제법 볼 줄 안다는 듯 당시와 현 시대 젊은이들의 상황이 비슷하다고 말한다.

"젊은이들이 희망이 없어 떠나는 모습이 시에 보이지. 희망이 없는 곳을 버리고 어쩔 수 없이 떠나야만 하는 당시 젊은이들의 슬픈 자화상이란다. 이 시는 1984년에 히트를 친 영화 「고래 사냥」의 배경 음악인 「나두야 간다」라는 노래 가사로도 유명하단다. 인터넷을 찾아보면 선생님이 무슨 말을 하는지를 알 수 있을 거야."

수학도였던 용아 시인이 일본 유학 시절 시인 김영랑을 만나 시인이 된 이야기, 『시 문학』 동인지를 창간하려 용아 시인의 하숙비를 턴 이야기, 『영랑 시집』과 『정지용 시집』을 발간해 준 이야기 등을 나누며, 우리는 공원에서 용아 생가로 발걸음을 옮겼다.

송정 중앙 초등학교 앞에 용아 생가가 있다. 송정 공원에서 10분 거리에 있는 송정 중앙 초등학교를 지나면 '박용철 생가'라는 작은 표지판이 보인다. 꼬불꼬불한 담장을 돌아 들어가면 골목 안쪽에 대문 달린 초가가 보이는데, 단박에 용아 생가임을 알 수 있다. 생가 앞 골목길은 담쟁이 덩굴이 낮은 담장에 드리워 고즈넉한 분위기다. 생가에 놓인 장독대, 그

앞까지 놓인 돌다리, 흐드러지게 핀 봄꽃, 뒤돌아 나오면 보이는 골목 어귀의 감꽃 등 모든 것이 그대로 용아의 시인 듯하다.

"얘들아, 광주에서 문학관 간 적 있니?"

뜬금없는 질문을 하니 아이들이 멀뚱히 쳐다본다. 바로 대답을 못 하고 자기들끼리 눈짓을 주고받더니, 간 적이 있는지 없는지 확실하진 않지만 광주 문학관에 대한 특별한 기억은 없는 것 같다고 말한다.

"다른 지역 문학관에 비해 규모나 시설은 좀 뒤떨어지지만, 광주에도 문학관이 하나 있어."

이런 이야기를 하며 다음 목적지인 송정 공원역으로 향했다. '예향의 도시', '문화 수도 광주'라는 말과는 어울리지 않는 규모지만, 지하철 역사 안에는 광주 유일의 문학관인 '광주 지하철 문학관'이 있다. 이곳은 2009년 광주광역시 문인 협회와 광주광역시 도시 철도 공사의 협조로 만들어졌다.

박용철 시인에 대한 소개와 함께 「떠나가는 배」가 문학관 중앙을 장식하고 있고, 김영랑의 「오-매 단풍 들것네」, 김현승의 「가을의 기도」, 이수복의 「봄비」 등 여러 시가 아기자기 전시되어 있었다. 마치 환경 정리가 잘된 교실을 보는 듯했다. 짧게나마 시 감상을 마치고 우리는 다음 문학 답사지로 발걸음을 옮겼다.

중외 공원에 있는 김남주 시비

송정 공원에서 한참을 달려 무등 야구장, 광주 문화 예술 회관을 지나니 확 트인 고속 도로 길옆으로 중외 공원이 보였다. 우리는 미리 자료로 준비해 온 김남주(金南柱, 1945~1994) 시인의 시 「함께 가자 우리 이 길을」을 같이 읽고 노래도 들었다.

김남주 시비

김남주 시비는 다른 시비들과 조금 다르게, 1미터 정도 높이의 비석 여섯 개가 나란히 서 있고 그 끝에 시인의 흉상이 있다. 평등의 정신을 상징하는 시비들과 골똘히 생각에 잠겨 광주를 바라보는 듯한 시인의 흉상 앞에서 우리는 숙연해질 수밖에 없었다. 시인의 대표작 「노래」가 시비에 새겨져 있어 나지막하게 읊어 보았다.

광주의 역사에서 1980년 5·18 광주 민주화 운동만큼 엄청난 사건은 없었을 것이다. 김남주 시인은 「학살 2」에서 당시의 상황을 노래했는데, 시비 앞에서 함께 이 시를 읽고 있자니 아이들의 눈망울에서 비장함까지 맴돌았다. 남조선 민족 해방 전선 사건으로 오랫동안 수감되었다가 출옥 후 작고한 김남주 시인이 피울음으로 토해 낸 이 시 속에는 당시 광주의 상황이 잘 드러나 있다. 시인의 카랑카랑하고 꼿꼿한 육성이 새삼 그리워지는 순간이었다.

5·18 광주 민주화 운동을 몇몇 보수 단체들이 폄하하고 있는 현실에 민주 영령과 시인 들은 지하에서 통곡하고 있을지도 모른다. 하지만 역

사는 진실을 알고 있다. 무슨 말이 더 필요할까? 시인은 역사를 난도질하고 광주의 역사를 부정하는 이들을 준엄하게 꾸짖고 있다.

무등산 원효사 가는 길에 있는 김현승 시비

더 오래 머물고 싶었지만, 우리는 김남주 시인과의 만남을 뒤로하고 다음 목적지를 향해 무등산 자락으로 들어섰다. 정비석 작가는 금강산 기행 수필 「산정무한」에서 "첫눈에 동자(瞳子)를 시울리게 하는 만산의 색소는 홍(紅)! 이른바 단풍이란 저것인가 보다."라는 말로 가을 금강산을 예찬했는데, 나는 오월 무등산을 보며 내 몸이 초록 잎으로 물들어 버릴 것 같은 착각이 들었다. "만산의 색소는 초록! 이른바 초록이란 저런 것인가 보다." 나는 이 여운을 오랫동안 간직하고 싶은 마음에 이렇게 흥얼거렸다.

아이들에게 나중에 좋은 사람과 함께 초록이 가득 찰 무렵 이곳에 다시 꼭 찾아와 여유롭게 사색을 즐겨 보라 했더니 까르륵거린다. 그 까르륵 소리가 숲길의 초록과 잘 어울리는 것 같았다. 그리고 초록과 함께 깊어지는 무등산 속에 홀로 서 있는 김현승(金顯承, 1913~1975) 선생의 시비도 초록을 닮아 있었다. 문득 김현승 선생의 눈물 빛깔도 초록색이 아닐까 생각하면서 우리는 선생의 시비를 만났다. 시인의 「눈물」 시비는 여름철이면 광주 시민들이 모여드는 원효 계곡 근처에 자리 잡고 있다. 시비 아래로 무등산이 광주를 넉넉하게 안고 있다.

> 아름다운 나무의 꽃이 시듦을 보시고
> 열매를 맺게 하신 당신은,

김현승 시비

나의 웃음을 만드신 후에
　새로이 나의 눈물을 지어 주
시다.

—김현승, 「눈물」 중에서

자식을 잃은 슬픔을 눈물로
승화시킨, 종교적이면서도 경건
함이 느껴지는 작품이다. 절대
자를 향해 자신의 가장 소중하고 값진 것을 온통 바친 시인의 눈물에서
고독함마저 느껴진다.

시비가 서 있는 곳은 시야가 탁 트인 무등산 자락의 명당이다. 시비 주
변에는 마치 연리지처럼 붙어 있는 나무 두 그루가 서 있는데, 시인과 천
상으로 떠난 아들과의 끊어질 수 없는 인연을 상징하는 듯하다. 생각하
면 생각할수록 멋진 곳에 자리를 잡았다. 떠난 아이를 가장 높은 곳에서
지켜보고 또 맞이하는, 동시에 선생이 그토록 경외하던 절대자를 가장
경건하게 맞이할 수 있는 곳이 바로 이곳 아닐까 하는 생각도 들었다.

담양에서 느끼는 가사 문학의 멋

유홍준 교수는 『나의 문화유산답사기』에서 "아는 만큼 보인다."라고
했다. 나는 담양이야말로 그렇다고 생각한다. 남도 사람이라면 최소한 서
너 번은 가 봤을 담양. 나는 담양에 가면 세 번 놀란다. 먼저, 담양의 대나
무 때문이다. 담양에는 하늘의 별보다 대나무가 더 많다. 대나무 예술의
절정인 죽록원에서 본 환상적인 대나무의 향연을 잊을 수 없다. 또 형형
색색 차려진 예쁘고 고운 남도 한정식도 놀랍다. 혀끝에서 온몸으로 퍼

한국 가사 문학관

지는 맛이다. 대통 밥, 떡 갈비와 함께 잘 차려진 음식을 보고만 있어도 담양에 정말 잘 왔다는 생각이 들며 몸과 마음이 행복해지는 것이다. 마지막으로, 담양은 주옥같은 가사 문학이 탄생한 곳이다. 조선 시대 문학의 정수(精髓)라 할 만한 「사미인곡」, 「속미인곡」의 배경이 된 곳이 바로 이곳이다. 소쇄원(瀟灑園)에 발을 내딛는 순간, 이 자연 친화적 고전 작품들이 나올 수밖에 없었던 이유를 우리는 누가 가르쳐 주지 않아도 알 수 있다.

우리는 무등산 김현승 시비에서 차로 20분 정도 달려 담양군 남면에 위치한 한국 가사 문학관을 찾았다. 담양에서 문학 답사를 하려면 우선 한국 가사 문학관에 들러 가사 문학과 관련한 영상을 시청하고 가사 문학관 근처에 있는 식영정, 송강정, 면앙정을 둘러보는 것이 좋을 듯했다.

"담양에는 소쇄원, 죽록원, 메타세쿼이아 길 등 멋진 명소도 많지만, 담양을 중심으로 한국 가사 문학이 발전했다는 사실도 기억해 두자. 교과서에 나온 송강 정철의 「성산별곡」, 「사미인곡」과 「속미인곡」, 송순의 「면앙정가」 등이 이곳 담양을 중심으로 지어졌지."

수업 시간에 귀에 못이 박히도록 담양의 가사 문학에 대해 이야기했는데 아이들은 처음 들어 본다는 듯한 표정이었다.

한국 가사 문학관에는 가사 문학 관련 자료를 비롯하여 송순(宋純, 1493~1583)의 『면앙집』과 정철(鄭澈, 1536~1593)의 『송강집』 및 친필 유묵

(遺墨) 등이 전시되어 있다.

먼저 30분가량 가사 문학에 대한 영상을 감상했다. 아이들은 영상을 보고 나니 수업 시간에 배운 내용이 고스란히 떠올랐다면서, 담양의 자연이 이토록 멋지니 멋진 작품이 탄생될 수밖에 없었을 것 같다며 내 기분을 맞추어 주었다.

정철이 젊은 시절 머물면서 「성산별곡」을 지었다는 식영정(息影亭)은 가사 문학관에서 걸어서 10분 거리에 있다. 원래 16세기 중반 서하당 김성원이 스승이자 장인인 석천 임억령을 위해 지은 정각으로 '그림자가 쉬는 정자'라는 뜻을 갖고 있다. '식영정 사선(四仙)'이라 불렸다는 정철, 임억령, 김성원, 고경명이 이곳에 머물며 서로 만나 즐겼다고 한다. 식영정 주변 경치도 매우 뛰어났다고 전해지는데 지금은 인공 호수인 광주호 때문에 물속에 잠겨 볼 수 없으니 아쉬울 뿐이다.

　　텬변(天邊)의 썬는 구름 셔셕(瑞石)을 집을 사마
　　나는 듯 드는 양이 쥬인(主人)과 엇더흔고
　　창계(滄溪) 흰 믈결이 뎡즈(亭子) 알픽 둘러시니
　　텬손운금(天孫雲錦)을 뉘라셔 버혀 내여
　　닛는 듯 펴티는 듯 헌스토 헌스홀샤

　　　　　　　　　　　　　　　　　　　　—정철, 「성산별곡」 중에서

식영정 뒤편 시비에 새겨진 글귀를 읽다가 이 구절이 지금 경치와도 기가 막히게 어울려 다들 감탄했다. 댐이 들어서서 옛 정취가 사라지긴 했지만, 물결로 정자를 둘렀으니 은하수를 베어 와 이어 놓은 아름다운 모습을 선생의 표현처럼 "헌스토 헌스홀샤"라고 할 수밖에 없었다.

차를 타고 메타세쿼이아 길을 지나 담양 봉산 쪽으로 20분쯤 달리다 보니 송강정(松江亭)이 나타났다. 정철이 「사미인곡」, 「속미인곡」을 지은 곳이다. 야트막한 언덕 위에 송강정이 외롭게 서 있다. 타협할 줄 모르는 대쪽 같은 성품 탓에 정치적으로 시시비비가 그치지 않았던 송강의 모습을 보는 듯했다. 오로지 한문만 숭상하던 조선 시대에 천대받던 우리글로 주옥같은 『송강가사』를 지어 국문학 발전에 불멸의 업적을 남긴 송강은 조선 최고의 시인이라 할 수 있다.

송강은 동인(東人)들의 압박으로 낙향해 이곳에 초막을 짓고 '죽록정'이라 이름 붙였다. 지금의 송강정은 후손들이 정철을 기리기 위해 세운 것이다. 그래서 정자의 정면에는 '송강정(松江亭)'이라 새겨진 편액이 있지만, 측면 처마 밑에는 '죽록정(竹綠亭)'이라 쓴 편액이 걸려 있다.

송강정 둘레에는 노송과 참대가 무성하고 앞에는 평야, 뒤에는 증암천이 펼쳐져 있으며, 멀리 무등산의 그림자가 보인다. 이곳에서 자신을 여성적 자아로 설정하여 임금을 향한 그리움을 구구절절하게 뱉어 낸 「사미인곡」과 「속미인곡」을 지을 수밖에 없었던 송강의 마음이 느껴졌다.

"이제 담양 문학 답사의 마지막 코스인 면앙정(俛仰亭)으로 가 보자. 면앙정은 송강정에서 차로 5분 정도 걸린단다."

말이 끝나자마자, 아이들이 송강 정철과 면앙정 송순이 어떤 관계인지 물어 왔다. 송강은 이곳에서 10여 년을 머물며 송순을 비롯해 김윤제, 김인후, 기대승, 임억령 등 당대의 학자와 문인 들에게서 학문을 배웠으며, 김성원, 고경명, 송익필 등을 평생의 벗으로 사귀었다. 그 때문에 송강은 중앙 정치에서 환멸을 느낄 때마다 자신의 정신적 고향인 무등산 기슭으로 발길을 돌렸다고 한다.

면앙정은 중종 28년(1533) 송순이 벼슬을 버리고 고향 담양으로 내려

면앙정

와 지은 정자다. 이곳은 송순 선생의 시문 활동의 근거지이자, 당대 시인들이 교류하여 호남 제일의 가단을 이루었던 곳으로 의미가 깊다. 송순은 이곳에서 후학들을 가르치며 한가롭게 여생을 보냈다. 또 이황을 비롯해 강호제현들과 학문을 논했다. 「면앙정삼언가」를 지어 이를 정자 이름과 자신의 호로 삼았는데, 정자는 임진왜란으로 사라지고 지금의 정자는 후손들이 중건했다고 전해진다. '내려다보면 땅, 우러러 보면 하늘, 그 가운데 정자가 있으니 풍월산천 속에서 한 백 년 살고자 한다.'라는 뜻이 담긴 곳이기도 하다.

무등산 제월봉에 놓인 백여 개의 가파른 계단을 딛고 오르면, 담양의 들녘이 눈앞에 넓게 펼쳐지며 면앙정을 만날 수 있다.

신선이 어떻던지 이 몸이야 그로고야
강산풍월(江山風月) 거느리고 내 백 년을 다 누리면
악양루상(岳陽樓上)의 이태백이 살아오다
호탕정회(浩蕩情懷)야 이에서 더할쏘냐

—송순, 「면앙정가」 중에서

자신을 신선에 비유하며 이백보다 더 풍류를 즐기며 산다고 자부하는 송순이 부럽다. 광주에 세워진 현대 시인들의 시비들과 가사 문학의 정취가 담긴 담양의 정자들을 둘러보며 하루를 보내고 나니 머릿속이 온통 '푸름'으로 꽉 찬 느낌이었다. 박용철 시인에게서는 당시 현대 시가 추구했던 시의 본질에 대한 푸른 가치를, 김남주 시인에게서는 불의와 타협하지 않는 정의의 당당한 푸름을 보았다.

대나무와 함께한 담양의 자연 속에서 만난 가사 문학은 남도의 유토피아적 푸름을 전해 주었다. 보물 같은 아이들과 문학의 향기에 심취하여 오월 남도 정신을 만끽한 푸른 하루였다.

- **누가:** 숭덕고 2학년 학생들과 이성환 선생님
- **언제:** 2013년 5월 25일(토요일)
- **인원:** 6명
- **테마:** 빛고을에서 죽향까지 푸름으로

함께하는 문학 답사

토박이 이성환 선생님의 귀띔!

광주, 담양 문학 답사는 경로 안내가 가능한 승용차를 이용하는 것이 좋아요. 만약 단체 답사를 계획했다면 전세 버스를 빌리는 것을 추천합니다. 앞에서 소개한 곳 외에도 김덕령, 임제, 이순신, 박상, 송순, 이수복, 박봉우 시인의 시비가 있는 사직 공원과 고정희 시인의 시비가 있는 광주 문화 예술 회관, 그리고 광고 문학관 등을 들러 본다면 더욱 풍성한 문학 답사가 될 겁니다.

문학 답사 코스 추천!

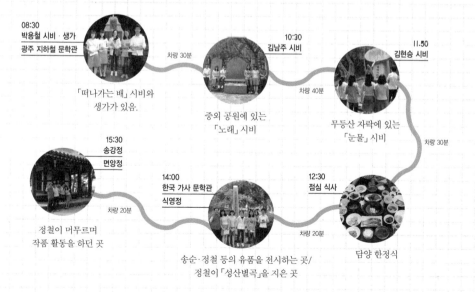

08:30
박용철 시비·생가
광주 지하철 문학관

「떠나가는 배」 시비와
생가가 있음.

차량 30분

10:30
김남주 시비

중외 공원에 있는
「노래」 시비

차량 40분

11.50
김현승 시비

무등산 자락에 있는
「눈물」 시비

차량 30분

12:30
점심 식사

담양 한정식

차량 20분

14:00
한국 가사 문학관
식영정

송순·정철 등의 유품을 전시하는 곳/
정철이 「성산별곡」을 지은 곳

차량 20분

15:30
송강정
면앙정

정철이 머무르며
작품 활동을 하던 곳

박화성과 천승세를 찾아서

목포(木浦)라는 지명은 서해에서 육지로 들어가는 길목이라는 뜻
이다. 혹자는 나무와 목화를 실어 나르는 포구라는 뜻이라고도 한다. 목
포는 1897년 개항 이후 일제가 곡물, 면화를 수탈해 갔던 현장이다. 한편
으로는 항구를 통해 선진 문화가 다른 지역보다 일찍 보급되면서 문화
예술 활동이 활발했던 곳이다.

목포는 1950년대 한국 문학의 르네상스를 꽃피운 곳이기도 하다. 소설
에는 오성덕, 정철, 박상권, 이창렬, 백두성, 천승세, 시에는 심인섭, 박정
은, 전승묵, 정기영, 이동주, 박기동, 권일송, 정규남, 안묵, 최하림, 김지하
가, 평론에는 최일수, 이가형, 장병준, 김현, 희곡에는 김우진, 차범석, 박
경창이, 수필에는 조희관, 차재석, 김진섭 등이 있었다. 이렇게 목포 문학
이 활짝 열린 것은 소설가 소영(素影) 박화성(朴花城, 1904~1988)의 영향이

크다. 박화성은 1925년 등단해서 단편 소설 「하수도 공사」 등 많은 작품을 남기면서 30여 년간 목포에서 문학에 열정을 쏟았다.

목포 문학 답사는 목포 문학관에서 시작하는 게 좋다. 이곳에는 박화성, 차범석, 김우진, 김현 등 목포 문인들의 상설 전시관이 마련되어 있어 문학적 감흥이 저절로 솟아난다. 앞으로는 영산강 하구 바다가 한눈에 들어오고 뒤로는 입암산이 감싸고 있어 경관이 좋을 뿐 아니라 목포 문화 예술 회관을 비롯하여 목포 자연사 박물관, 국립 해양 박물관, 남농 기념관 등이 근처에 있어 문화 타운을 형성하고 있다.

7월 13일 토요일, 하늘에는 얇은 구름이 끼어 있었다. 차를 몰아서 목포 문학관에 갔더니 시연이와 경은이가 먼저 와서 기다리고 있었다. 이어서 은선, 지후, 혜정, 진솔, 혜림 등 문학 토론 동아리 아이들이 도착했다. 뒤늦게 문창식 선생님도 오셨다. 모여서 답사 일정을 정리하고 박화성관에 들어갔다. 박화성의 유품과 자료 들이 전시되어 있는 공간이다.

박화성은 1925년 「추석 전야」로 등단하여 「백화」를 비롯 장편 17편, 단편 62편을 남겼다. 특히 초기 작품 「추석 전야」, 「홍수 전후」, 「하수도 공사」, 「헐어진 청년 회관」, 「고향 없는 사람들」은 리얼리즘에 입각해 현실 문제를 깊이 파헤친 작품으로 평가받았다.

그럼에도 불구하고 박화성은 한동안 한국 문단에서 제대로 인정받지 못했다. 그의 초창기 소설들이 노동자, 서민 중심의 동반자 문학이라는 이유 때문이었다. 광복 후 반공 중심의 이데올로기가 남한을 지배하는 동안 박화성의 자리는 그만큼 축소될 수밖에 없었을 것이다.

30분 정도 박화성관을 돌아보고 있을 때 천승세 선생님과 『소설 문학』 동인 회원들이 오셨다.

드디어 문학 답사의 첫 꼭지인 천 선생님의 특강이 시작되었다. 주제

목포 문학관

는 '박화성과 나'였다. 천 선생님은 박화성 여사의 아들이다. 어머니의 영향을 받아서인지 젊은 시절부터 문학적 성취가 대단했다. 천 선생님은 이를 '더러운 피'를 물려받았다고 표현하셨다. 외롭고 고독하게 살아갈 수밖에 없는 당신의 처지와 모자간의 애틋한 정을 에둘러 표현한 것일 테다. 우리는 천 선생님의 재담 섞인 말에 웃기도 하고 지난한 삶에 탄성을 지르기도 하면서 열정적인 강연에 빠져들었다.

특강이 끝나고 박화성 흉상 앞에서 기념사진을 찍고 걸어서 5분 거리에 있는 갓바위로 갔다. 나란히 서 있는 두 바위의 형상이 꼭 삿갓 쓴 사람이 바다를 바라보는 모습이다. 전설에 따르면 아들이 아버지를 장사지내다 실수로 바다에 빠뜨리고 상심해서 며칠이고 망부석처럼 서 있다가 바위가 되었다고 한다. 큰 것이 아비 바위, 작은 것이 아들 바위라 불린다.

천 선생님은 이곳에 자신의 젊은 시절 문학적 향수가 어려 있다고 하셨다. 여기서 영산강으로 오르내리는 돛배를 구경하기도 했고 외롭고 쓸쓸할 때는 늘 이곳을 찾았다며 소설 「낙월도」도 여기서 구상했다고 하셨다.

바다 위에는 갓바위를 빙 둘러서 부교가 놓여 있다. 200미터 정도 되는

이 다리를 건너면 평화 광장이 나온다. 평화 광장에서 영산강 하굿둑까지 산책로가 이어져 있으니 목포 최고의 산책로라 할 만하다.

우리는 갓바위를 배경으로 사진을 찍고 너울지는 바다와 물속 치어들을 보며 잠깐 한가로운 시간을 보냈다. 이곳은 목포 팔경 중 하나다. 저녁노을도 아름답고 옛날에는 황포 돛배들이 영산강으로 오가는 풍경 또한 아름다웠다고 한다. 이곳 부교에서 보면 해도 달도 크게 보인다고 한다.

이어서 소설 「하수도 공사」의 배경지를 돌아보기로 했다. 자동차로 삼학도를 지나 목포항을 돌아 20분 정도 가면 석조 건물인 옛 동양 척식 주식회사 목포 지점이 나온다.

동양 척식 주식회사는 일제 강점기 조선의 경제를 착취하기 위해 설립된 국책 회사로 목포 지점은 전국 9개 지점 가운데 하나다. 현재는 목포와 부산에만 남아 있다고 한다. 한때는 건물이 너무 낡아 붕괴될 위험이 있어 철거하려고도 했으나 우리 과거사를 돌아볼 수 있는 유산이기에 복원 공사를 거쳐 목포 근대 역사관으로 재탄생되었다. 내부에는 목포의 근대와 일제 강점기 관련 자료들이 전시되어 있고 한쪽에는 그 당시 쓰이던 금고와 집기류가 그대로 남아 있다.

일제 강점기에 일본인의 거류지였던 이곳 주변에는 지금도 일본 가옥과 도로가 장방형 모습 그대로 남아 있다. 네거리에 있는 한 카페가 눈에 띄어 들어가 보았다. 일본식 이 층 가옥으로, '행복이 가득한 집'이라는 간판이 붙어 있었다. 정원과 내부 구조도 일본식 그대로였다. 아이들은 처음 보는 풍경이라 그런지 이리저리 돌아다니며 호들갑을 떨었다. 흑백 텔레비전이나 구식 전축을 틀어 보기도 하고 흔들의자에 앉아 보기도 했다. 마냥 들떠서 작은 것에도 감탄하는 아이들의 순수함이 부러웠다. 나도 잔잔한 음악을 들으며 차 한 잔을 마시니 피로가 풀렸다.

카페를 나와 조금 걸으니 국도 1, 2호선 표지석이 나왔다. 국도 1호선은 목포에서 신의주까지, 2호선은 목포에서 부산까지 이어진다. 국도 1호선 표지석 위로 붉은 건물이 보인다. 옛 목포 일본 영사관이다. 1897년 목포항이 개항된 뒤 설치되어 조선 침탈을 강행했던 기관이다. 경술국치 이후에는 목포부청으로 쓰였고 광복 후에는 도서관, 목포 문화원 등으로 쓰였다. 앞으로는 목포 근대 역사관으로 활용될 예정이라고 한다. 일본 영사관은 붉은 벽돌로 지어진 르네상스 양식의 이 층 건물로 좌우대칭의 사각형 모양이다. 아이들은 실내로 들어갈 수 없어서 아쉬운지 창가에 붙어서 까치발을 하고 내부를 들여다보았다.

현관 발코니에서 내려다보니 목포 바다가 한눈에 보였다. 바둑판처럼 이어진 도로를 따라 주택지가 펼쳐져 있고 멀리 삼학도와 목포항도 보인다. 건물 뒤는 유달산 기슭 절개지다. 그곳에는 일제 강점기 때 대피소인 방공호가 검은 입을 벌리고 있었다. 동쪽에는 초원 관광 호텔이 있는데 거기가 일제 강점기 경찰서 자리다. 이곳이 바로 소설 「하수도 공사」의 중심 배경지로, 일용직 노동자들이 동맹 파업을 벌였던 곳이다.

「하수도 공사」는 유달산 절개지에서 벌어지는 노동자들의 대투쟁을 다룬 소설이다. 실업자 구제라는 명목으로 벌어진 공사였지만 취지와는 달리 청부업자들은 노동자들의 임금을 깎거나 떼어먹으면서 노동 착취를 자행했다. 이에 노동자들은 경찰서로 몰려가서 동맹 파업을 벌이는데 이때 주인공인 동권이 노동자들의 대표가 되어 노동 쟁의를 주도한다. 그렇게 끈질긴 투쟁으로 노동자들은 시차를 두고 임금을 다 받아 내게 된다. 하지만 그래도 노동자들의 삶은 나아지지 않는다. 그리고 존경하는 선배 정이 잡혀 가자 동권은 새로운 투쟁을 예고하고 목포를 떠난다.

모든 객관적 정세가 나를 이곳에 머무르게 하지 않으므로 나는 이곳을 떠나고야 만다. 사랑하는 사람을 두고 떠나는 나도 종시 사람인지라 어찌 한 줄기의 별루가 없으랴마는 나는 보다 뜻있는 상봉을 위하여 떠나는 것이다. 군이 만일 나의 뜻을 알고 나를 사랑할진대 그대 스스로 모든 환경을 돌파하고 자체를 편달하여 나아갈 수 있는 용기를 가진 자라고 나는 생각한다. 굳세인 벗이 되어지라. 오직 바라는 바이니 원컨대 오직 끝까지 건강하라.

1931. 12. 13. 떠나는 동권
― 박화성, 「하수도 공사」 중에서

영사관 옆으로 유달산으로 오르는 지름길이 나 있다. 예전에는 너무 비탈져 오르기 힘들었는데 이제 경사진 곳곳마다 나무 계단이 놓여 쉽게 오를 수 있었다. 우리는 앞서거니 뒤서거니 땀을 뻘뻘 흘리면서 산을 올랐다. 오른쪽에는 노적봉이 솟아 있었고 왼쪽에는 노적봉 예술 공원 아래로 이훈동 저택을 비롯하여 잘 가꿔진 집들이 내려다보였다. 앞쪽으로는 유달산이 정상까지 한눈에 들어온다. 달성각, 대학루, 유선각 등 정자들이 올려다보였다.

노적봉

유달산을 오른쪽으로 끼고 돌아 팔각정으로 향했다. 목포 시사, 유달산 조각 공원으로 가는 길이다. 팔각정에서도 목포 시가지가 한눈에 내려다보였다. 아래에는 낡고 오래된 주택들이 다닥다닥 붙어 골목을 이루고 있었다. 일제 강점기 조선인들은 일자리를 찾아 여기에 집도 짓고 움막도 치며 모여 살았을 것이다. 돌로 축대를 쌓아 놓은 곳곳이 당시 하수도 공사가 벌어진 현장이다.

하수도 공사는 유달산을 둘러 죽교동 뒤쪽에서 북교 초등학교, 청년 회관을 거쳐 불종대, 수문통 거리를 지나 아리랑 고개까지 이어졌다고 한다. 저기 어딘가에 동권이 오가던 비탈길도 보이는 것 같고 노동자들이 묵던 합숙소도, 정이 집도, 기와 거리도, 포목점도 보이는 것 같았다. 저기 언덕받이에는 동권과 용희가 살던 집도 있었을 것이다.

우리는 다시 자동차를 타고 목포역을 지나 박화성의 생가 터로 향했다. 박화성의 생가는 도로가 나면서 사라졌고, 지금은 생가로 짐작되는 자리인 한 식당 앞 귀퉁이에 표지석 하나만이 서 있었다.

표지석을 확인한 뒤 다시 차를 타고 죽동 거리를 지나 옛 청년 회관 건물로 갔다. 일제 강점기 때 뜻있는 인사들이 모금 운동을 벌여서 지은 돌집으로 청년들이 똘똘 뭉쳐 일제에 항거했던 항일 운동의 발상지이며 조선인 차별 철폐를 부르짖었던 곳이다. 『조선 청년』이라는 잡지를 발간해 전국적으로 항일의 명성을 날린 곳이기도 하다. 광복 이후 교회로 사용되다가 지금은 남교 소극장으로 개축되어 각종 공연과 음악회, 출판 기넘회가 이곳에서 열린다.

소극장 골목길을 돌아 나와 남교로 네거리를 건너가면 유달 파크 맨션 아파트가 나온다. 예전 영흥고교가 있던 자리다. 그 옆으로 난 잔등 길이 만세로다. 1919년 당시에 정명 여학교 학생들이 4·8 만세 운동을 벌였던 곳이다. 산정동과 남교동을 잇는 통로로, 지금은 건물이 많아 보이지 않지만 옛날에는 이 고개에서 유달산이 한눈에 보이고 뒤로는 호남선 기찻길과 목포 교도소가 잘 보였다고 한다. 이 잔등을 넘으면 바로 오른쪽으로 정명여고가 보인다. 박화성이 다녔던 학교다. 어린 박화성은 죽동 생가에서 출발하여 수문포를 지나서 남교를 건너서 이 잔등을 넘었을 것이다. 「하수도 공사」의 주인공인 동권과 용희도 이 만세로를 자주 넘나들었을 것이다. 동권은 여기서 5리 길에 있는 상업 학교에, 용희는 정명 여학교에 다녔기 때문이다.

만세로에는 박승희 민주 열사를 기리는 추모비도 있다. 원래 정명여고 출신이어서 기념 사업회에서 학교 정원에 흉상을 세우려고 했으나 학교 측에서 반대하는 바람에 이렇게 학교 담장 밖에 서 있다고 한다. 마음이 조금 편치 않았다. 그래도 우리는 흉상을 껴안기도 하고 함께 사진도 찍으면서 즐거워했다. 그렇게 놀다 보니 어느새 날이 저물어 가로등도 네온사인도 켜지고 있었다. 다시 차에 올라 박화성의 자택이었던 세한루(歲寒樓)로 향했다.

세한루는 박화성이 20여 년간 작품 활동을 했던 곳이다. 첫 단편집『고향 없는 사람들』출판 기념회가 이곳에서 열렸고, 조희관, 차범석, 최하림, 권일송, 김현 등 목포 문인들도 자주 드나들었다. '세한루'라는 이름은 서예가 손재형이 보낸 글 때문에 붙었다. "세한(歲寒) 연후에야 송백의 절개를 아는 것이니 세한의 송백이 되어야 합니다."라는 글을 받고 겨

세한루

울을 이겨 내는 송백처럼 굳고 단단하게 일제 강점기를 이겨 내겠다는 뜻을 담았다는 것이다. 그런데 지금은 집도 정원도 없어지고 쓸쓸하게 표지석 하나만 덩그렇게 남아 있다. 목포시에서 소방 도로 공사를 하면서 집과 정원 모두 헐었다고 한다. 그래도 시에서 이곳에 박화성 소공원을 조성하기로 해서 조금은 위안이 되었다.

세한루 앞뜰에 곧게 서서 소나무를 닮고자 했던 흰옷 입은 박화성의 모습을 떠올려 보았다. 목포에서 태어나 목포에서 문학을 하고 목포에서 삶의 대부분을 보낸 그는 겨울 소나무처럼 푸르게 인내하면서 구부러진 역사의 길을 뚜벅뚜벅 걸었던 것이다.

목포 근대의 지명은 이제 대부분 사라지고 없다. 그 당시 건물과 도로는 노후되고 주변이 개발되면서 철거되거나 소실되었다. 수문통 거리도 불종대도 쌍샘 거리도 쌍교 장터도 어디인지 확실하지 않다. 그러다 보니「하수도 공사」에 등장하는 지명도 막연해서 그냥 지나쳐야만 했다. 하지만 이번 문학 답사를 통해 유달산 절개지에서 벌어졌던「하수도 공사」의 배경지가 목포 근대 거리 답사 코스와 비슷한 곳이 많다는 사실을 확인할 수 있었다. 우리가 답사한 배경지를 지도로 만들어서 정리하면 앞으로 목포 답사 코스가 하나 더 늘어날 수도 있겠다는 생각이 들었다.

이제는 문학 지도를 만드는 일만 남았다. 무더운 날씨에도 불구하고 얼굴 한번 찌푸리지 않고 답사에 임해 준 우리 아이들과 뒤풀이를 하면서 문학 답사를 마쳤다.

- **누가:** 목상고 문학 토론 동아리 학생들과
  최기종, 문창식 선생님
- **언제:** 2013년 7월 13일(토요일)
- **인원:** 11명
- **테마:** 박화성 소설 배경지 답사

함께하는 문학 답사

토박이 최기종 선생님의 귀띔!

목포 하면 바로 유달산과 삼학도, 갓바위가 떠오르죠? 먹거리로는 세발 낙지와 홍탁, 꽃게무침, 갈치찜, 민어회가 있고요. 항구의 뽕짝이 살아 있고 이별의 눈물과 만선의 기쁨이 교차하는 곳이기도 하죠. 갓바위 문화의 거리에서 남종화와 해양 문화를 느끼고 유달산에서 다도해와 삼학도를 굽어보세요. 또 동본원사, 태동 반점, 쌍샘 거리, 청년 회관, 반야사로 이어지는 목포 구시가 골목길을 걸으면서 근대의 풍취를 느껴 보세요.

문학 답사 코스 추천!

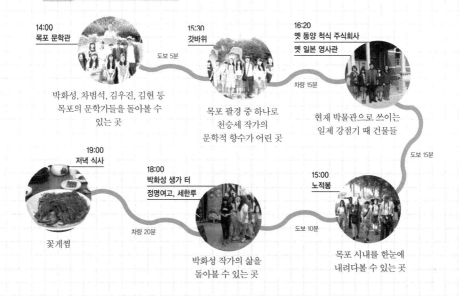

14:00 목포 문학관
박화성, 차범석, 김우진, 김현 등 목포의 문학가들을 돌아볼 수 있는 곳

도보 5분

15:30 갓바위
목포 팔경 중 하나로 천승세 작가의 문학적 향수가 어린 곳

차량 15분

16:20 옛 동양 척식 주식회사 옛 일본 영사관
현재 박물관으로 쓰이는 일제 강점기 때 건물들

도보 15분

15:00 노적봉
목포 시내를 한눈에 내려다볼 수 있는 곳

도보 10분

18:00 박화성 생가 터 정명여고, 세한루
박화성 작가의 삶을 돌아볼 수 있는 곳

차량 20분

19:00 저녁 식사
꽃게찜

전남 보성·고흥

조경선 | 전남 고흥 녹동고

질펀한 갯벌에서
역사와 문학을 사색하다

국가 폭력에 의해 억울하게 죽어 간 사람들의 이야기를 잊지 말아야 하는 이유는 다시 그 비극이 일어나지 않아야 하기 때문이다. 약자들에게 폭력을 자행한 이들이 사과하고 반성하면 좋으련만 그러는 경우는 거의 없다. 끊임없이 자신들을 합리화하고 자신들의 세계를 이어 가며 잘못을 되풀이한다. 그러니 우리가 그 진실을 기억해 내고 잊지 않는 수밖에 없다.

좌익이 뭔지 우익이 뭔지도 모르는 사람들이 소화 다리에 끌려와 총살당한 이야기, 그들의 붉은 피가 벌교 갈대밭에서 바다로 흘러가던 광경, 시체들 사이에서 아들과 남편을 찾는 가족들의 넋 나간 모습, 나병을 터부로 여겨 환자들을 소록도에 강제로 수용해 단종 수술을 받도록 강요한 이야기, 나병 환자들의 천국을 만들어 주겠다고 하면서 권력자들의 업적과 명예를 우선해 환자들에게 노역을 강요한 이야기······. 보성·고흥 문학 답사를 떠나며 다시 한번 돌이켜 생각해 본다.

걸쭉하고 비장한 역사와 문학의 현장, 벌교

조정래(趙廷來, 1943~)의 대하소설 『태백산맥』을 세 번 읽었다. 처음 읽었던 스무 살 때는 1948년 여수·순천 사건부터 1953년 휴전까지의 역사적 진실을 보여 준 대하소설의 묵직한 주제 의식에 전율을 느꼈다. 두 번째는 삼십 대가 된 후, 고흥에서 만난 지역 여성 독서 동아리 회원들과 함께 읽었다. 일 년 계획을 잡고 매달 한 권씩 읽고 토론했고, 열한 번째 달에는 임권택 감독의 영화 「태백산맥」을 보고, 마지막 달에는 벌교에 있는 태백산맥 문학관으로 문학 답사를 갔다. 그렇게 두 번 읽으니 소설 속 언어와 인물이 눈앞에 생생하게 펼쳐졌다. 그리고 최근에 문학 동아리 아이들과 문학 답사를 가기 위해 『태백산맥』을 다시 읽었다. 벌교를 여러 번 오간 경험 덕분에 이번에는 공간 하나하나가 의미 있게 다가왔다.

제석산 자락에 위치한 태백산맥 문학관에서 문학 답사를 시작했다. 문학관 외벽에는 "문학은 인간의 인간다운 삶을 위하여 인간에게 기여해야 한다."라는 문구가 새겨져 있다. 조정래 작가의 문학관을 그대로 보여 주고 있다. 모 인터넷 서점에서 주관한 문학 캠프에서 조정래 작가는 "문학을 꿈꾸는 사람들은 저 글을 봐라. 저렇게 할 생각이 없으면 지금이라도 관둬라." 하고 단호하게 말했다. 그리고 "작가는 그 시대의 산소이자 스승, 나침반이자 등불"이라고 했다.

작가의 아버지는 선암사 대처승이었는데 후에 절에서 나와 벌교에서 교사 생활을 했다고 한다. 그래서 조정래 작가는 3년 동안 학교 관사에서 살았다. 어렸을 때는 집 앞으로 보이는 중도 들판과 소화 다리 아래로 떠

태백산맥 문학관

내려가던 빨치산의 시체를 보기도 했다. 그때 보고 듣고 느낀 것을 토대로 소설을 쓰기 시작했다니, 그만큼 유년의 기억은 인생에서 중요한 셈이다.

2008년 문을 연 태백산맥 문학관은 단일 문학 작품을 위해 설립된 문학관 중 전국 최대 규모이다. 다양한 전시물 중에는 작가의 취재 수첩도 있는데 4년 동안 사건과 인물을 구상하고 취재한 내용이 빼곡히 적혀 있다. 1만 6,500장 분량의 원고지도 높은 키를 자랑하며 전시되어 있다. 작품 속 배경과 인물을 생생하게 접할 수 있는 공간도 마련되어 있다. 문학관 바닥에는 벌교에서 가 봐야 할 작품 속 공간이 안내되어 있어 문학 답사 여정을 한눈에 계획할 수 있다. 문학관 건물 옆 외벽에는 통일을 기원하는 벽화 '원형상 – 백두 대간의 염원'이 설치되어 있다.

조정래 작가는 벌교 일대와 지리산 구석구석을 소설의 무대로 삼고 세밀한 현장 취재와 인터뷰를 거쳤다. 그러니 벌교를 걷는 것은 소설『태백산맥』속으로 들어가는 것과 같다.

태백산맥 문학관에서 나와 오른쪽으로 걸어가면 '소화의 집'을 만날 수 있다. 무당의 딸인 소화와 빨치산 정하섭의 사랑 이야기와 함께 험한 길을 걷는 이에 대한 그리움이 느껴진다. 다시 오른쪽 위로 조금 올라가면 '현 부자네 집'이 나온다. 일본식 이 층 누각이 눈에 띄고, 그 시대 지주의 집이 으레 그렇듯 벌교의 알짜배기 벌판이 한눈에 내려다보인다.

태백산맥 문학관을 나와 벌교 터미널을 지나 중도 방죽과 철 다리를 찾아간다. 벌교 갯벌 위로 갈대가 솟아 바람에 날리고 있다. 소설에서는 바다갈대를 "푸른빛 도는 숱 적은 흰 꽃을 피운다."라고 묘사한다. 철다리를 바라보며 소설 속 가장 개성적인 인물인 염상구를 떠올려 본다. 염상구는 빨치산인 형 염상진과 대척점에 있는 인물로 빨치산을 잡는 청년단 대장이 되어 설친다. 어린 시절 염상구는 다 해진 고무신을 자기에게 벗어 던져 주고 새 고무신을 신으면서 뽐내던 형을 증오하며 열등감을 가지고 살았다. 그는 '오야붕'을 가리기 위해 '땅벌'과 같이 철 다리 중앙에 서서 기차가 가까이 올 때까지 오래 버티는 시합에서 이긴다.

벌교 철길은 일제 강점기에 일본이 착취한 쌀을 운반하는 길로도 쓰였다. 철 다리 아래 창고가 줄지어 있었는데, 철 다리에서 바다 쪽으로 곧게 뻗은 길이 '중도 방죽'이다. 간척지 방죽으로 일본인 중도(中島, 나카시마)의 이름을 따 붙였다. 뻘에 돌멩이와 흙을 집어넣어 땅을 만드느라 벌교의 빈농들은 노예처럼 일을 했지만, 약속과는 달리 땅은 한 쪼가리도 얻지 못했다. 이에 대해 『태백산맥』 뒤표지에 추천서를 쓴 김윤식 평론가는 이 소설의 주제를 이루고 있는 여수·순천 사건의 진실은 소작 쟁의이며, 지주인 최씨, 김씨, 그리고 일본인 중도와 그 밑의 모든 소작인과의 대결과 갈등이야말로 여수·순천 사건의 본질임을 처음으로 다룬 작품이라고 했다.

발걸음을 옮겨 '회정리 교회'로 가 본다. 소설 속 서민영과 이지숙이 야학을 하던 곳이다. 지금은 '대광 어린이집'으로 바뀌었는데, 석조 건물 위쪽을 유심히 바라보면 '회정리 교회'라고 새겨진 한자를 확인할 수 있다. 왼쪽 문 옆에 '1939'라는 숫자도 보인다.

벌교 중학교를 지나 낙안 방향인 위쪽으로 걸어가면 홍교가 나온다.

벌교 사람들은 소설 속 등장하는 이름 그대로 '횡계 다리'라고 부른다. 율어 지역을 해방구로 만든 염상진 등이 가난한 벌교 농민들이 설날을 쇠도록 쌀가마니를 쌓아 두었던 바로 그곳이다.

　홍교를 마주 보고 있는 골목을 따라가면 높다란 돌담 안에 자리 잡은 '김범우의 집'을 찾을 수 있다. 착한 지주 김사용과 일제 강점기에는 독립군이었다가 광복 후 인민군 장교가 되어 나타난 형 김범준, 그리고 소설의 중심인물인 지식인 김범우가 살던 곳임을 짐작해 볼 수 있다.

　다시 아래로 걸어 내려오면 '소화 다리'가 나온다. 여수·순천 사건과 6·25 전쟁을 거치면서 많은 이들이 벌교천을 흐르는 이 다리 위에 강제로 세워졌다. 총살당한 이들의 시체가 난간 없는 다리에서 떨어져 갯벌로 쓰러지면 썰물을 따라 바다로 흘러가 버렸다고 한다. 지금은 콘크리트 난간이 있지만, 원래 쇠 난간이었던 것을 일제가 쇠붙이를 공출한다며 뜯어가 난간이 없어졌다고 한다. 새로운 세상을 꿈꾸던 사람들이 학살과 보복이라는 극한 대립 속에서 죽어 갔다. 소화 다리에 서 있으면 저절로 숙연해진다.

　소화 다리를 건너 조금 더 안쪽으로 걸으면 벌교 금융 조합 건물이 아직도 옛 모습을 잘 간직한 채 서 있다. 앞으로 조금 걸으면 벌교 초등학교가 있다. 소설 속 '벌교 남 국민학교'다. 좌우익이 서로 벌교를 장악할 때마다 무고한 사람들을 대상으로 약식 재판이 벌어졌던 비극의 현장이다. 온갖 집합 장소로도 쓰였는데, 군인과 토벌대가 모이거나 각종 궐기 대회에 동원된 학생과 주민 들이 모이기도 했다.

　벌교에 왔으니 꼬막을 먹으러 간다. 시집 『사소한 물음들에 답함』을 쓴 송경동 시인이 벌교 출신이다. 그의 시 「참꼬막」을 함께 읽어 본다.

닫는 힘도 여는 힘

까닭 없이 벌어지지 않기 위해
까닭 없이 헤헤 열리지 않기 위해
어둔 뻘 속 맹렬히 파고든다

수십억 톤 물이 내리누른다 해도
깨지지 않는 부드러운 자신을 열기 위해
입 앙다물고 꿈꾸는 말들

다 보면서 꾸는 꿈이
무슨 꿈이냐고

—송경동, 「참꼬막」

벌교 저항 문학의 전통은 노동 시를 쓰는 송경동 시인으로 이어진다. 거리에서 시를 낭송하는 그의 힘은 "어둔 뻘 속 맹렬히 파고"드는 벌교 꼬막의 생명력을 닮았나.

점심을 먹고 나서 벌교 초등학교 옆 보성 여관에서 쉬었다 가도 좋다. 소설 속 '남도 여관'이다. 토벌대들이 숙소로 묵으면서 벌교 사람들에게 민폐를 끼치던 그곳이다. 일 층을 새롭게 단장해 차도 한잔할 수 있어 벌교 문학 답사 중간에 들르기 딱 좋은 공간이다. 입장료 천 원을 내고 내부를 관람할 수도 있는데 다다미방과 자료실, 전시실 등 볼거리가 많다.

교통의 중심지였던 벌교에 1935년 세워진 보성 여관은 5성급 호텔을 방불케 할 정도의 규모였다고 한다. 지금도 숙박이 가능하다. 이 층 다다

보성 여관

미방은 전형적인 일본식 방으로, '육첩방'이 나오는 윤동주의 「쉽게 씌어진 시」를 떠올리게 한다.

벌교 문학 답사의 마지막 여정은 벌교역이다. 이곳은 휴전이 되고 다가온 혹독한 겨울, 토벌대의 공격에 맞서다 수류탄을 뽑아 죽은 염상진의 목이 걸린 곳이다. 어머니 호산댁의 통곡이 터져 나오고, 아내 죽산댁이 경찰의 팔을 거세게 물고 늘어질 것만 같다. "요런 개좆 겉은 새끼덜아, 살아서나 빨갱이제 죽어서도 빨갱이여! 당장에 못 띠 내리겄어!"라고 외치는 아우 염상구의 목소리도 들리는 듯하다.

벌교역에서 차로 20분 남짓 가면 율어면이 나온다. 율어와 벌교를 이어 주는 주릿재에 『태백산맥』 문학비가 세워져 있다. 그 아래로 염상진 등이 농지 개혁을 하며 해방구로 만든 율어가 한눈에 내려다보인다. 소설에서 염상진은 그 길목 산자락에 묻혔다. 그의 무덤 앞에 무릎을 꿇고 "대장님, 우리넌 아직 심이 남아 있구만요. 끝꺼정 용맹시럽게 싸울팅께 걱정 마시씨요." 하는 하대치의 말에는 대하소설 『태백산맥』의 메시지가 담겨 있다.

인간의 상처를 어루만지는 바닷가, 고흥

보성에서의 일정을 마치고 뱀골재를 넘어 고흥으로 향했다. 뱀골재는 벌교와 고흥의 경계이다. 주민들도 함부로 오르지 않고 바라보기만 한다는 신성한 산으로 알려진 고흥 첨산은 그 뾰족한 생김새를 멀리서도 한눈에 볼 수 있어 고흥의 나침판 역할을 한다.

그 너머 두원면 학림 마을에서 태어난 송수권(宋秀權, 1940~) 시인. 그는 몇 년 전 시집 『달궁 아리랑』과 『빨치산』을 펴냈다. 대하소설 『태백산맥』을 읽은 뒤 이 시집을 펼치면 빨치산들이 왜 산에 올라갔으며, 왜 그렇게 비장한 최후를 맞이했는지를 시적 상상력을 동원해 그려 볼 수 있다.

　　날아가는 새가 되지 않으려고
　　밤마다 가슴에 돌을 얹고 잠들었다.

　　　　　　　　　　　　　　　　　　—송수권, 「빨치산」

『노동의 새벽』을 쓴 박노해(朴勞解, 1957~) 시인의 고향이 고흥군 동강면이다. 1980년대 노동자이자 시인인 그는 노동 문학의 새로운 지평을 열었다. 그의 시집 『그러니 그대 사라지지 말아라』에도 「꼬막」이라는 시가 나온다. 벌교 꼬막이 유명하지만 사실 고흥 꼬막 맛이 더 좋다고 고흥 사람들은 말한다.

27번 국도를 따라 끝까지 달리다 보면 녹동항과 소록 대교가 나온다. 나병 환자였던 한하운(韓何雲, 1919~1975)의 시 「전라도 길—소록도로 가는 길에」 앞 구절이 입안에서 저절로 새어 나온다.

가도 가도 붉은 황톳길

숨 막히는 더위뿐이더라.

낯선 친구 만나면

우리들 문둥이끼리 반갑다.

　　　　　　　—한하운, 「전라도 길—소록도로 가는 길에」 중에서

소록도에 들어서자 먼저 수탄장이 우리를 맞는다. 환자인 부모와 미감아 수용소에 격리된 자녀 들이 한 달에 한 번 멀찍이 서서 면회했던 곳이다. 자식이 전염될까 부모는 바람을 등지고 피눈물 흐르는 눈으로 바라보기만 했다.

앞으로 걷다 보면 소록도 병원이 나온다. 전국의 많은 사람들이 봉사 활동을 하러 이곳을 찾는다. 한평생 나병 환자로 천대받고 살아온 그들 곁에 잠시나마 있다 보면 그 운명에 가슴이 먹먹해져 온다. 전시실과 감금실, 검시실 등을 둘러보면 좀 더 생생한 현장을 느낄 수 있다. 검시실 앞에는 스물다섯 살 젊은 나이에 강제로 정관 수술을 받은 환자의 애절한 시가 남아 있다.

나병 환자들이 불편한 손과 발로 일군 중앙 공원은 계절마다 아름다운 모습으로 물든다. 중앙 공원 안쪽 가운데 돌계단을 올라가면 한하운 시비가 있다. 『한하운 전집』에 실린 일기 가운데 나병을 드러낼 수 없어 어머니 장례식장에 참석하지 못해 목이라도 달아매고 싶은 심정이라고 토로했던 대목이 문득 떠올랐다.

시비 뒤쪽에는 일제 강점기에 소록도 병원 원장이었던 일본인 스오 마

사토가 자신의 동상을 세우고 참배를 강요하던 장소가 나온다. 소설『당신들의 천국』에도 등장하는 스오 마사토는 나병 환자들의 낙원을 건설하겠다며 중앙 공원을 조성하고, 자신의 동상을 만들어 억지로 참배를 강요하던 인물이다. 뒤이어 5·16 군사 정변 이후 부임한 조백헌 원장은 정의로운 인물로 그려지는데, 그 역시 새로운 낙원을 건설하기 위해 오마도에 대규모 간척 사업을 강행한다. 조백헌 원장 역시 실존 인물을 모델로 했는데, 그는 바로 14대 소록도 병원장 조창원이다. 그와 나병 환자들 사이에서 드러나는 갈등과 배반, 화해를 담은 작품이 이청준의『당신들의 천국』이다.

다시 차를 타고 15분 정도 이동해서 오마도 추모 공원을 둘러본다. 추모 공원 내 전시관에는 소설『당신들의 천국』일부 내용과 당시 공사 현장 사진이 전시되어 있다. 전시관 밖으로 나오면 공사 현장을 재현한 조각상이 보인다. 그 앞에 앉으면 넓은 오마도 간척지가 한눈에 보인다. 나병 환자들은 이곳에서 새로운 낙원을 꿈꾸었지만 실패했다. 그 실패에 대해 소설 속 인물 이상욱은 운명을 같이하지 못하는 사람들 사이에선 절대의 믿음이 생길 수 없고 그 같은 운명을 살 수 없는 사람들 사이의 믿음이 없는 사랑이나 봉사는 한낱 오만한 시혜자로서의 자기도취적인 동정으로밖에 보일 수가 없다고 말한다.

이 추모 공원은 정작 소록도 환자들은 와 볼 수 없다고 한다. 입구가 봉으로 막혀 있고, 경사가 급한 오르막길이라 몸이 불편한 그들이 올라가기 어렵다는 것이다. 추모 공원에는 어울리지 않게 민속놀이장도 있다. 여전히 천국은 '당신들'만의 것이 아닌가 생각해 본다. 권력자들에 의해 일방적으로 만들어진 곳은 아무리 좋아도 천국이 아니다. 스스로 선택하고 자유롭게 만들어 갈 수 있는 곳이 천국이다.

일정을 마치고 녹동항으로 돌아와 여름이 제철인 장어구이를 먹었다. 보성과 고흥 문학 답사로 보낸 하루. 곳곳에 숨겨진 한국 현대사와 인간의 상처가 문학을 통해 형상화되고 있는 현장을 응시할 수 있었던 뜻깊은 시간이었다. 그 아픔이 과거의 역사책이나 소설에만 숨어 있으랴. 권력을 가진 이들은 여전히 과거를 유리하게 정치적으로 이용하며 진실을 왜곡하고 부정을 일삼는다. 불안과 공포의 시대를 어떻게 살아야 할지 다시 생각해 보는 여정이었다. 품 넓은 황톳길 그리고 갯벌, 푸른 바닷가가 인간의 상처를 어루만져 준다.

녹동항에서 다시 벌교로 나서는데 해가 서쪽으로 조금 기울었다. 남양면 중산리에서 바라보는 일몰은 평화롭고 아름답다. 그 앞 우도까지 이어진 고운 바닷길, 그 길을 찾아 생각에 잠기며 걷고 싶었지만 집으로 가는 열차 시간을 떠올리며 발길을 돌렸다.

- **누가**: 녹동고 문학 동아리 학생들과
  조경선 선생님
- **언제**: 2013년 7월 13일(토요일)
- **인원**: 8명
- **테마**: 벌교와 고흥의 문학

함께하는 문학 답사

토박이 조경선 선생님의 귀띔!

벌교 문학 답사는 태백산맥 문학관에서 시작합니다. 소설『태백산맥』을 읽고 가는 것이 좋아요. 만화『태백산맥』이나 영화「태백산맥」을 보고 갈 수도 있지요. 11월 벌교 꼬막 축제에 맞춰 가면 조정래 작가가 안내하는 문학 답사에 참여할 수도 있습니다. 고흥 문학 답사는 소록도에서 시작합니다. 이청준의『당신들의 천국』, 한하운의『보리피리』, 송수권의『산문에 기대어』등을 먼저 읽고 고흥의 숲과 바다를 걸어 보기를 추천합니다.

문학 답사 코스 추천!

10:00
태백산맥 문학관
벌교 일대
『태백산맥』의
내용과 배경을 접하는 곳

차량 5분

12:00
점심 식사
꼬막 정식

도보 3분

13:00
보성 여관
『태백산맥』에서
토벌대가 묵었던
'남도 여관'

차량 1시간 20분

14:50
소록도 중앙 공원
한하운 시비가 있는
소록도의 공원

차량 15분

15:50
오마도 추모 공원
『당신들의 천국』의
배경지

전남 순천·광양·구례

명혜정 | 전남 순천여고

인물과 인물, 그들이 교차하는 자리

2013년 7월 13일, 순천여고 독서 토론반 '토론의 숲' 학생들과 함께 문학 답사를 떠났다. 약속 시간이 다가오자 전날 학기 말 고사를 마치고 신바람이 난 스물네 명의 학생들이 김승옥(金承鈺, 1941~) 작가와 매천(梅泉) 황현(黃玹, 1855~1910) 선생에 대해 조사한 자료를 들고 하나둘씩 나타나기 시작했다. 이미 6월에 김승옥의 「무진기행」을 주제로 독서 토론을 했지만 다시 내용을 상기시키려고 자료를 나누어 주었다.

본격적으로 시작된 여름이 벌써 흰 구름을 두둥실 띄우며 폭염을 내리쏠 준비를 단단히 하는 듯해 학생들이 오늘 하루를 잘 견딜 수 있을지 걱정도 되었지만 화창한 날씨에 설레기도 했다. 학교를 출발한 버스는 20여 분 만에 순천만 주차장에 도착했다. 순천만 문학관으로 가는 길은 폭이 좁아서 버스가 들어갈 수가 없다.

청대밭의 싱그러운 이슬처럼−김승옥, 정채봉

순천만! 갈대와 갯벌, 철새들이 연출하는 서정시를 들을 수 있는 멋진 공간이다. 순천만의 갈대밭은 특별하다. 봄, 여름, 가을, 겨울 어느 때나 무한의 감동을 선사한다. 봄날에는 새싹들이 싹을 틔워 청대밭을 이룬다. 갈대숲에 깃들어 사는 텃새들은 봄날에 알을 낳고 품어 새끼를 깐다. 그래서 봄날에 이곳을 걷노라면 새 생명이 지저귀는 소리와 어미 새의 함성이 합쳐진 오케스트라의 우람한 선율을 들을 수 있다.

여름날에는 키 높이까지 자란 갈대들이 꼿꼿한 그리움을 키우고 있다. 한 치의 양보도 없이 바다를 향한 열망을 발산하는 듯해 보름달이라도 뜨는 날이면 그 그리움에 물들어 시심이 저절로 인다.

가을이 되면 철새들, 특히 천연기념물인 흑두루미의 보금자리인 이곳은 새들의 천국이 된다. 겨울 갈대밭도 마찬가지다. 겨울 철새들이 떼를 지어 날아다니는 모습은 영화의 한 장면 같다. 갈대밭으로 날아오는 새 떼와 그 너머로 펼쳐지는 푸른 바다를 상상해 보라!

순천만 관리 공단 주차장에서 샛길을 따라 순천만 문학관으로 향하면 갈대밭의 향연을 누릴 수 있다. 사방으로 펼쳐신 길대밭은 바람 한 점만 스쳐도 긴 파도를 그린다. 그런데 정작 오늘은 바람 한 점 찾아오지 않는다. 10여 분을 재잘대며 잘 걸어오던 학생들이 함성을 지르기 시작했다.

"선생님! 업어 주세요. 너무 더워요! 오래 걷는다는 말씀은 안 하셨잖아요."

학생들 목소리를 못 들은 체하고 온통 푸른 갈대밭을 손으로 가리킨다.

"얘들아, 저렇게 아름다운 청갈대 본 적 있어?"

"……."

고생하지 않고 순천만 문학관에 오는 방법도 있다. 순천만을 순회하는

기차를 타면 된다. 순천만 관리 공단에
서 출발하여 문학관을 지나 갈대숲 사
이로 한 바퀴 도는 기차는 한 시간 간격
으로 운행된다.

순천만 문학관

순천만 문학관에 들어서니 정자가 하
나 보인다. 애들은 정자에 가서 후다닥
앉기부터 한다. 정갈한 마당에 초가집
네 채가 서 있다. 관리 사무실, 서점 그
리고 정채봉관과 김승옥관이다. 모두 초가인 데다 가곡이 흐르고 마당
에는 봉숭아가 흐드러지게 피어 마치 1960년대로 들어선 듯한 기분이었
다. 먼저 정채봉관부터 답사를 하기로 했다. 입구에서 우리를 반갑게 맞
이해 주신 조성혜 문화 해설사님이 학생들에게 친절하게 정채봉(丁埰琫,
1946~2001) 작가의 유년에 대해 이야기해 주셨다. 어머니가 아주 어릴 때
세상을 떠나고 아버지마저 일본으로 가 버렸기 때문에 조부모 슬하에서
자라면서 평생 '엄마'를 그리워했다는 정채봉 시인의 시 한 구절에 코끝
이 찡해졌다.

　　하늘나라에 가 계시는
　　엄마가
　　하루 휴가를 얻어 오신다면
　　아니 아니 아니 아니
　　반나절 반 시간도 안 된다면
　　단 5분
　　그래, 5분만 온대도 나는

원이 없겠다

얼른 엄마 품속에 들어가

엄마와 눈맞춤을 하고

젖가슴을 만지고

그리고 한 번만이라도

엄마!

하고 소리 내어 불러 보고

숨겨 놓은 세상사 중

딱 한 가지 억울했던 그 일을 일러바치고

엉엉 울겠다

—정채봉, 「엄마가 휴가를 나온다면」

시를 읽어 주시는 문화 해설사님의 목소리에서 작가에 대한 애정과 연민을 느낄 수 있었다.

정채봉 시인은 광양에서 농업 고등학교를 졸업하고 동국대에 입학했다. 그리고 법정 스님을 만나게 되었다. 수필집 『무소유』에서 수행자의 삶에서 느끼는 정서를 고운 언어로 승화시킨 법정 스님은 수필 작가로도 유명하다. 정채봉 시인은 스님과 깊은 교감을 이어 가며 불교적인 소재로 작품을 쓰게 되었다. 「오세암」이 대표작이다. 엄마를 찾아 오세암으로 간 다섯 살 소년, 그 맑은 소년의 영혼이 바로 작가의 영혼 아닐까? 법정 스님의 시냇물처럼 맑은 수필과 정채봉 작가의 고운 동화와 시 들은 서로 통하는 것 같다.

정채봉 작가에게 크게 영향을 미친 또 한 사람은 바로 김수환 추기경이다. 김수환 추기경을 우연히 만난 정채봉 작가는 아이처럼 순수한 그

분의 삶에 끌려 자주 찾아가 만났으며 「바보 별님」이라는 동화를 창작한다. 스스로를 낮추고 별처럼 세상을 빛낸 김수환 추기경의 생애를 작가의 시각으로 재구성한 작품이다.

문화 해설사님은 작품마다 내용까지 짚어 주며 설명해 주셨고 학생들은 메모를 하거나 휴대 전화로 사진을 찍느라 부산했다.

정채봉관을 지나 김승옥관으로 향한다. 「무진기행」이 워낙 유명한 작품이라서인지 문학관이 모두 「무진기행」의 배경처럼 느껴졌다. 이 작품을 원작으로 삼아 만든 영화 「안개」의 포스터도 크게 전시되어 있었다.

「무진기행」의 배경인 '무진'이라는 소읍은 특별한 이미지를 지니고 있다. 안개가 많이 끼는 곳, 그래서 그 속에서 의식이 흐려지거나 숨겨진 욕망에 사로잡히기도 하는 주인공에게 죄책감을 불러일으키는 동시에 도피처가 되어 주는 곳이다.

학생들은 창문 밖으로 순천만을 둘러보며 문화 해설사님에게 이곳에 안개가 그렇게 많이 끼느냐고 물었다. 그리고 무진의 실제 무대가 순천만이냐고 물었다. 문화 해설사님은 현실에서 영감을 얻긴 했지만 순천만이 곧 무진은 아니라고 대답해 주셨다.

김승옥 작가는 순천만 문학관에 자주 내려온다. 문학관은 사람이 사는 집처럼 설계되어 있어 마루를 가운데 두고 방 세 개가 이어진 전형적인 초가삼간이다. 댓돌 위에 슬리퍼가 있으면 김승옥 작가가 머물고 있다는 뜻이다. 문학 답사를 일주일 앞두고 사전 답사를 갔었는데 그때는 김승옥 작가가 마루에 앉아서 쉬고 있었다. 문학관 입구 서점에서 산 작품집을 꺼내 들고 사인을 받으며 다음 주에 문학 답사를 오겠다고 말씀드렸더니 고개만 끄덕이셨는데 답사 날에는 김승옥 작가가 보이지 않았다. 김승옥 작가는 언제 내려오냐고 물으니 일주일 후 행사가 있어서 참석하러 오신다는 소식을 전해 주었다.

김승옥 작가의 부친은 일찍이 일본 유학을 떠나 그곳에서 역시 유학 중이던 모친과 결혼했다. 그런데 조국으로 돌아온 뒤 여수와 순천에서 일어난 반란 사건에 연루되어 불행하게도 젊은 나이에 돌아가시고 만다. 사회주의 사상가들을 제거하기 위해 그들을 반란자로 내몬 여수·순천 사건은 당대의 무고한 지식인들까지도 희생시킨 비극적인 사건이었다.

김승옥 작가는 우리 학교에서 한 블록 너머에 자리 잡은 순천 고등학교 출신이다. 그래서 순천고 교정엔 김승옥 작가의 기념비가 있다. 작가는 고등학교 졸업 후 서울대 불문과에 입학하여 기라성 같은 문우들을 만난다. 1970년대 반체제 시인으로 이름을 날린 김지하, 장흥 출신의 소설가 이청준, 문학 평론으로 유명한 염무웅, 김치수, 김현 등이다. 김승옥 작가의 대학 시절이 담긴 사진과 해설판을 자세히 읽으며 작가의 스무 살을 그려 본다.

학문에 대한 순수와 열정으로 가득 찬 친구들, 그들과 함께한 대학 시절은 얼마나 즐거웠을까? 인생에서 사람을 만나는 것만큼 큰 변화를 가져오는 일도 드물다. 뜻깊은 사람을 만나면 삶이 바진간 있게 흘러간다. 반짝이는 별들이 모여 성운을 이뤘던 대학 시절은 작가에게 신바람이 절로 나는 시절이었을 것이다. 1960년대를 배경으로 한 「서울, 1964년 겨울」, 당시 서울대생을 소재로 한 작품 「환상 수첩」 등에는 고뇌하는 청춘의 방황과 좌절, 죽음 등이 형상화되어 있다.

문학관 입구 정자에서 문학관에서 얻은 정보를 알아맞히는 퀴즈 시간을 가졌다. 짙푸른 초록 들판, 여기저기서 들리는 매미 소리가 눈과 귀를 상쾌하게 씻어 주는 듯했다. 학생들은 덥다고 엄살을 부리면서도 퀴즈를 서로 맞히려 눈을 반짝였다. 정채봉의 대표작 「오세암」, 김수환 추기경을 모델로 한 작품 「바보 별님」 등 작품 제목을 알아맞히는 문제가 나가자 학생들의 환호성이 들판으로 퍼져 나갔다. 정채봉 작가에 대해 열 문제를 낸 뒤 김승옥 작가로 넘어가서는 「무진기행」에 대한 문제를 집중적으로 냈다. 무진에 영감을 준 고장 이름, 음악 선생이 불렀던 노래 제목 등의 문제에 탈락자가 속출했다. 결국 스무 문제를 다 맞힌 학생은 세 명이었다. 문화 상품권 세 장을 선물로 주고 다음 목적지로 향했다. 순천만을 순회하는 기차가 마침 문학관 입구에 도착했으나 순천만 관리 공단 입구에서 손님을 가득 실은 바람에 우리는 탈 수가 없었다. 다시 땡볕 아래를 걸어 주차장으로 향했다. 학생들은 올 때처럼 투덜거리지 않았다. 처음 오는 길은 멀게 느껴졌지만 되돌아가는 길은 가깝게 느껴지나 보다. 도란도란 아이들의 수다가 정겨웠다.

부끄러움 없이 달빛에 서서-황현

버스는 순천을 떠나 광양으로 향했다. 광양 읍내는 순천에서 10여 분이면 도착할 수 있다. 읍내로 들어서서 광양 고등학교를 지나면 약 5분 후에 매천 황현의 생가가 있는 봉강면 석사리에 도착한다. 생가에 도착하기 전에 우리는 함께 매천 선생의 「절명시」를 읊었다.

1910년 경술국치로 국권을 빼앗기자 시골에서 역사학자로 살아가던 선비 황현은 죽음으로 역사의 치욕에 항거한다. 그는 죽어 가면서 절명시를 남겼는데 네 수 중 가장 많이 알려진 것이 아래와 같다.

鳥獸哀鳴海嶽嚬　새와 짐승도 슬피 울고 강산도 찡그리네.
槿花世界已沈淪　무궁화 이 나라가 이젠 망해 버렸네.
秋燈掩卷懷千古　가을 등불 아래 책 덮고 지난 역사 생각해 보니

黃縣 생가

難作人間識字人
인간 세상에 글 아는 사람
노릇 어렵기만 하구나.
─황현, 「절명시 3」

그의 생가 뒷산에는 문
덕봉이라는 봉우리가 있
는데 옛적부터 그 마을에
서 유명한 문장가가 나온다는 말이 전해진다고 한다. 매천 선생의 생가
에 도착하니 광영 고등학교에서 국사를 가르치는 황규태 선생님이 기다
리고 있었다. 선생님은 오랫동안 광양 학생들을 대상으로 역사 답사 동
아리를 이끌고 있어 매천 선생에 대해 해박한 지식을 가지고 있었다.

황 선생님은 매천 황현 선생이 학자로 성공하게 된 것은 할아버지의
경제력 덕분이었다는 이야기로부터 설명을 시작했다. 조선 시대 말 재산
이 줄고 벼슬에 나간 사람도 드물어서 쇠락해 가던 집안을 매천의 할아
버지가 서서히 재산을 불려 일으켰다고 하다 그리고 손자인 매천 선생
에게 일찍이 스승을 붙여 한학을 공부하게 했다. 매천은 열한 살 때부터
조선의 대학자인 왕석보에게 글을 배웠다. 그리고 서른두 살이 되자 구
례 만수동으로 이사해 '구안실'이라는 서재를 지었다. 그곳에서 한시를
짓고 왕석보 가족과 깊은 교류를 맺기도 했다. 스승과의 인연은 매우 각
별해 매천 선생이 1908년 구례에 호양 학교를 설립할 때 왕석보와 그의
후학들이 함께 참여하기도 했다.

매천 선생이 구례로 이사를 갈 때 광양 집을 사들인 사람이 바로 김승
옥 작가의 할아버지다. 이 집은 1980년대까지 김승옥 작가의 명의로 되

어 있었는데 광양시에서 선생의 유적지를 보존하고자 사들였다고 한다.

실제로 김승옥 작가는 초등학교에 들어가기 전까지 그곳에서 자랐다. 매천 선생의 생가에서 김승옥 작가가 유년 시절을 보냈다는 새로운 정보는 문학 답사의 즐거움을 더해 주었다. 책에서는 볼 수 없는 내용을 접하는 재미에 학생들도 귀가 솔깃해졌다.

어렸을 적부터 신동으로 소문난 매천은 남다른 독서력으로 수만 권의 책을 읽었고 문장 또한 탁월했다고 한다. 서른네 살에 과거에 급제하였으나 벼슬길에는 나아가지 않고 평생 학문만 하였다. 수만 권의 책을 읽었고 한때는 문하생들에게 한시를 가르치기도 했으며 이건창, 강위, 김택영과 함께 당대 한문학의 4대 문장가로 손꼽히며 깊은 교유를 맺었다. 그리고 마흔이 되자 『매천야록(梅泉野錄)』을 쓰기 시작하는데 이 책은 한말의 역사적 상황에 대해서 자신의 의견을 피력한 소중한 자료로 평가받고 있다고 한다. 날카로운 비판력과 탁월한 문장력으로 써 내려간 이 책은 학문에 전념해 온 그의 삶이 맺은 열매라는 생각이 들었다.

매천은 경술국치 소식을 접하고 '글만 읽은 사람이 무엇을 할 수 있을까?' 하며 나라를 잃어 가는데 아무것도 할 수 없음을 한탄했다고 한다. 그래서 그가 할 수 있는 최선의 방법으로 순국을 선택한 것 같다. 죽음으로 망국의 상황에 항거한 선비, 그는 순절을 결심하기까지 얼마나 많은 생각을 했을까?

매천의 생애에 대한 설명을 들은 뒤 덥다고 움직이지 않으려는 애들을 데리고 뒷산에 올랐다. 매천 선생의 묘소가 있었는데 부인과 합장이 된 묘소가 아주 잘 관리되어 있었다.

다시 버스에 올라 매천 선생의 위패를 모신 매천사로 향했다. 1908년 호양 학교를 창립하여 후세 교육에 전념하던 그는 2년 후 돌연 목숨을 스

매천사

스로 끊어 버린다. 후세의 교육을 이끌어 갈 위대한 업적을 남기고 떠난 선생의 죽음이 안타까웠다.

매천사에 도착해서 묵념을 올린 뒤 사당 앞 대월헌(待月軒)이라는 현판이 걸린 집으로 향했다. 대월헌은 달을 맞이하는 추녀라는 뜻이다. 세 칸의 방 중 왼쪽 방이 매천이 순절한 곳이라고 했다. 우리는 그 방 앞에 섰다. 죽음을 각오했지만 그도 사람인지라 아편을 끓인 물을 단숨에 마시지 못하고 숨을 멈추고 쉬어 가며 마셨다고 한다. 진한 아편 물을 마셨지만 단박에 목숨이 끊어지지 않아 방에 불을 때어 온도를 높였고, 피가 빠르게 돌며 온몸에 아편 기운이 퍼지자 돌아가셨다는 황 선생님의 해설에 모두 숙연해졌다.

황 선생님은 황현의 동생 황원에 대해서도 자세히 설명해 주셨다. 평생 형을 흠모하며 형의 학문의 세계를 따른 동생은 형의 죽음을 널리 알리고 『매천집』을 편찬했으며, 1944년 마을 뒤편 저수지에 몸을 던졌다.

우리는 소나무가 유독 기품 있게 늘어선 야트막한 뒷산으로 올라가 황원이 순절한 저수지를 바라보았다. 백여 년이 지났으나 저수지는 그때 모습 그대로인 듯 물이 가득 차 있었다. 우리는 모두 조용히 생각에 빠졌다.

한 사람의 생애를 더 깊이 들여다볼 수 있다는 것이 문학 답사의 매력이다. 절명시 네 수만을 배경지식 삼아 온 학생들도 매천의 삶의 흔적을 따라다니며 많은 것을 느꼈으리라.

사람은 누구나 뜻을 세우고 그것을 실천하며 살아간다. 그리고 시간이 흐르면 죽게 마련이다. 스스로 죽음을 선택해 자신의 뜻을 더 강직하게 표현한 사람이 바로 매천이었구나! '나같이 글만 읽은 사람이 무슨 쓸모가 있을까?' 그가 읊조렸다는 이 말이 자꾸만 귓가에 맴돌았다. 남은 시간 동안 교직에서 나는 무엇을 할 수 있을까? 해답을 생각하느라 돌아오는 버스에서 쉽게 눈을 감을 수가 없었다.

함께하는 문학 답사

토박이 명혜정 선생님의 귀띔!

순천 문학 답사를 떠나기 전 김승옥의 「무진기행」과 정채봉의 「오세암」을 읽어 봅시다. 상상 속 공간인 무진의 모델이 순천만 이었다는 점을 상기하며 문학관 주변을 둘러보면 깊은 인상을 받을 수 있을 거예요. 김승옥 작가가 문학관에 자주 내려오기에 답사를 떠나기 전, 해설사에게 작가의 일정을 문의하는 편이 좋습니다. 광양 황현 생가와 구례 매천사를 방문할 때는 문화 관광과에 전화해 해설사를 요청할 수 있어요.

문학 답사 코스 추천!

09:30
순천만 문학관
정채봉과 김승옥의 문학 세계를 기리는 문학관

차량 20분

12:00
황현 생가 · 묘소
황현 생가 뒷산에 묘소가 있음.

차량 3분

13:00
점심 식사
대통 밥

차량 30분

15:00
매천사
황현의 위패를 모신 사당

김경윤 | 전남 해남고

한국 시 문학의 일 번지, 해남

　　백두 대간을 달려온 국토의 숨결이 마지막으로 자맥질하는 한반
도의 끝자락, '땅끝'이라 불리는 해남은 예로부터 기후가 온화하고 농산
물과 해산물이 풍부한 덕분에 사람들의 마음도 갯벌처럼 넉넉하고 말씨
는 호박국처럼 구수한 곳이다.

　　유홍준은 『나의 문화유산답사기』에서 남도를 "뜻있게 살다 간 사람들
의 삶을 베어 내는 듯한 아픔과 그 아픔 속에서 키워 낸 진주 같은 무형의
문화유산이 있고, 무엇보다도 조국 강산의 아름다움을 가장 극명하게 보
여 주는 산과 바다와 들판"이 있는 곳이라고 말했다. 해남 역시 자연 경
관이 아름답고 주변에 볼 만한 문화유산이 많다.

　　또한 해남은 일찍이 고산 윤선도, 석천 임억령, 미암 유희춘, 옥봉 백광
훈, 공재 윤두서 등 수많은 시인과 예술가를 배출한 예향(藝鄕)이기도 하

다. 현대에도 이동주, 박성룡, 김준태, 김남주, 고정희, 황지우 등 이루 헤아릴 수 없을 정도로 많은 시인을 배출했으니 가히 '한국 시 문학의 일번지'라 불릴 만한 곳이다.

시조 문학의 최고봉 고산 윤선도

문학 답사를 떠나는 날, 아침부터 가을을 재촉하는 보슬비가 내리는데도 출발 시간이 다가오자 학생들이 삼삼오오 모여 버스에 올랐다. 학교 앞에서 출발한 버스는 읍내 외곽을 돌아 대흥사 방면으로 빗속을 뚫고 달렸다. 차창 밖 들판에는 아직 덜 여문 벼들이 바람에 출렁이며 온통 초록 물결을 이루고 있었다. 10분쯤 달리자 첫 번째 목적지인 고산 윤선도(尹善道, 1587~1671) 유적지에 도착했다. 이곳을 찾아온 답사객들은 대개 유물 전시관이나 녹우당으로 서둘러 발길을 옮기기 일쑤지만 우리는 주차장 앞 연못을 먼저 둘러보았다. 고산은 기이하게도 세 번이나 연꽃과 인연이 있다. 그의 출생지는 연화방(蓮花坊), 현재의 종로구 연지동(蓮池洞)이고, 대표작인 「어부사시사」의 산실인 보길도 부용동(芙蓉洞)도 이름에 연꽃의 다른 이름인 '용(蓉)' 자가 들어 있으며, 녹우당이 있는 이 마을의 이름도 연동(蓮洞)이다. 그가 머무는 곳마다 연꽃이라는 이름이 따라다닌 셈이다. 연꽃은 진흙탕 속에서 청아한 아름다움을 드러내는 꽃이다. 연꽃의 이러한 속성이 고산의 생애를 연상케 한다. 고산은 진흙탕 같은 어려운 시대를 살았으나 강직한 성품으로 그 향기를 잃지 않은 조선 시대 손꼽히는 지성이었다. 유난히 '연(蓮)'과 인연이 많았던 그는 연꽃과 같은 삶을 살았던 것이다.

윤선도 유물 전시관에 도착한 우리는 잠시 타임머신을 타고 과거로 들어가듯 지하 전시관으로 들어가 문화 해설사의 안내에 따라 해남 백련동에 터를 잡고 500여 년 이상 살아온 해남 윤씨 어초은공파의 역사와 유물을 둘러보았다. 특히 조선 최고의 시인으로 추앙받는 고산 윤선도의 유품들, 국보 제240호인 「자화상」의 주인공으로 조선 회화사에서 사실주의 화풍을 개척한 화가로 높이 평가받는 공재 윤두서의 작품 등을 통해 고산과 공재가 살았던 조선 시대 사대부가의 삶의 체취를 느낄 수 있었다.

고산은 열네 살에 처음 한시를 지었지만, 고산의 재능은 역시 시조에서 제대로 빛을 발했다. 당시 사대부들에게 시조는 단지 '시여(詩餘)', 즉 한시를 짓다가 남은 여흥에 불과했다. 그러나 고산은 사대부들이 한문학의 틀에 갇혀 있을 때, 자연을 소재로 우리말의 아름다움을 살려 낸 시조를 일구어 냈다. 시란 모름지기 세계와의 불화 속에서 그 서정적 빛을 발한다고 하던가. 서른 살에 당시 정권의 실세였던 이이첨의 전횡을 신랄하게 비판하고, 왕인 광해군에 대한 질책도 불사할 정도로 대담한 상소문을 올렸다가 함경도 경원으로 유배된 고산은 유배지에서 그의 처녀작이라고 할 수 있는 연시조 「견회요」를 쓰게 된다. 그 후 고산은 사대부 언어의 무거운 의장을 벗어던지고 평이한 우리말을 물 흐르듯 유연하게 구사하면서 감칠맛 나는 울림을 끌어냈고, '우리말의 연금술사'로서 미적 능력을 유감없이 발휘했다.

특히 "내 벗이 몇이냐 하니"로 시작되는 「오우가」는 마치 오래된 친구를 소개하듯 화자의 목소리가 몹시 부드럽고 친근하다. 자연물인 물, 돌, 솔, 대, 달을 추상적인 도(道)의 현현이 아니라 '벗'으로 환유한 것은 당시로서는 '감수성의 혁명'이라 할 만큼 획기적인 발상이었다. 또한 변화무쌍한 사계절의 역동적 이미지와 강호 자연을 향해 던지는 '은유의 그물망'에 걸려 싱싱한 언어들이 파닥거리는 「어부사시사」는 가히 우리 시조 문학의 절정이라 할 만하다.

녹우당

이처럼 고산은 시조 문학의 최고봉으로 평가받지만, 한편 그는 강직하고 올곧은 정치인이기도 했다. 고아하고 서정적인 시인의 삶 이면에는 혈기 방장하고 꼬장꼬장한 정치 논객으로서의 삶이 있었다. 그로 인해 일생 동안 세 차례에 걸쳐 16년이나 유배 생활을 해야 했고, 관직에 오르지 않았을 때는 해남 금쇄동과 보길도 부용동을 오가며 은거 생활을 했다.

유물 전시관에서 나와 녹우당으로 발길을 옮겼다. 그새 비가 그치고 하늘이 한 뼘쯤 높아져 있었다. 고풍스러운 기와 돌담을 배경으로 우뚝 서 있는 수령 500년이 넘은 은행나무가 이 집의 연륜을 말해 준다. 가는 날이 장날이라고 녹우당으로 들어가는 솟을대문은 굳게 닫혀 있고, '문화재 수리 중'이라는 안내문이 붙어 있었다. 우리는 옆문으로 들어가 윤선도의 자취가 남아 있는 사랑채 툇마루에 앉아 만년(晩年)에 거문고 소리를 들으며 시름을 달랬을 한 선비를 상상했다. 이 사랑채는 효종이 왕세자 시절 스승이었던 고산을 흠모하여 수원 화성에 지어 하사한 것이다. 고산의 나이 82세 되던 해에 이곳으로 옮겨졌다. 녹우당(綠雨堂)이라는 당호는 천연기념물로 지정된 뒷산 비자나무가 한 줄기 바람에 우수수 스치는 소리가 봄비 내리는 소리처럼 들린다 해서 붙여진 이름이라 한다.

고산 문학의 산실이라고 할 수 있는 금쇄동과 「어부사시사」의 산실 보길도 부용동까지 간다면 좋겠지만 금쇄동은 연동에서 10킬로미터 정도 떨어진 현산면 구시리에 있고, 보길도 부용동은 40킬로미터 정도 떨어진

땅끝에서 다시 50여 분을 뱃길로 가야만 한다. 못내 아쉬웠지만 전시관의 그래픽 자료를 보면서 상상의 나래를 펼 수밖에 없었다.

이른 점심을 먹기 위해 대흥사 입구에 있는 보리밥집으로 향했다. 해남의 먹거리촌은 읍내에서 대흥사로 들어가는 길목에 있는데, 닭 요리를 전문으로 하는 닭 요리촌과 보리밥과 산채 음식을 전문으로 하는 음식촌이 있다. 보리밥집에 도착한 아이들은 오랜만에 학교 급식이 아닌 점심을 먹으며 활짝 웃었다. 이곳 보리밥집에서는 밥이 나오기 전에 구운 돼지고기와 쌈 채소가 나오고 고기를 다 먹을 때쯤 비빔밥이 나오는데 각종 산나물과 토하젓을 넣고 참기름을 둘러 쓱싹쓱싹 비벼 먹는 맛이 일품이다.

한국 여성주의 문학의 기수 고정희

배부르게 먹고 다음 행선지인 고정희(高靜熙, 1948~1991) 시인의 생가를 향해 버스에 올랐다. 고정희 시인 생가는 해남군 삼산면 송정리에 있다. 대흥사 입구에서 고정희 마을까지는 약 20분 정도 걸린다. 마을 입구 큰길에 버스를 세워 두고 벼들이 여물어 가는 들길을 지나 5분쯤 걸어 시인의 마을에 도착했다. 마을 뒤편에는 소담한 솔숲 동산이 편안하게 가슴을 내어놓고 마을 앞에는 삼산천이 흐르고 있다.

고정희 생가

집 안에 들어서자 아이들이 "할머니 집에 온 것처럼 정겹다."라고 말한다. 시인이 안산에 살 때 쓰던 유품을 그대로 옮겨서 정리해 놓은 사랑채에 들러 시인의 체취가 남아 있는 책과 가구 들을 둘러보았다. 벽면을 빙 두른 책꽂이는 문학과 사회 관련 책들로 빼곡하고 시인이 즐겼을 전축과 레코드판도 깔끔하게 정돈되어 있었다. 시인의 육필이 담긴 액자와 사진도 걸려 있고 자그마한 장식품도 많았다. 시인의 섬세한 감성이 읽히는 소품들이 잘 정리되어 있었다. 시인이 생전에 썼던 책상에는 방명록과 고정희 기념 사업회에서 매달 발간하는 『노래하는 뜰』이라는 소책자가 놓여 있었다. 아이들은 방명록에 글을 남기고 다투어 『노래하는 뜰』을 챙겼다.

방에 둘러 앉아 고정희 시인의 생애에 대해 소개하는 시간을 가졌다. 다시 내리기 시작한 비가 처마에 듣는 소리를 배경 삼아 학생들은 고정희의 대표 시를 몇 편 낭송했다.

상한 갈대라도 하늘 아래선
한 계절 넉넉히 흔들리거니
뿌리 깊으면야
밑둥 잘리어도 새순은 돋거니
충분히 흔들리자 상한 영혼이여
충분히 흔들리며 고통에게로 가자

뿌리 없이 흔들리는 부평초 잎이라도
물 고이면 꽃은 피거니
이 세상 어디서나 개울은 흐르고
이 세상 어디서나 등불은 켜지듯
가자 고통이여 살 맞대고 가자
외롭기로 작정하면 어딘들 못 가랴

가기로 목숨 걸면 지는 해가 문제랴

고통과 설움의 땅 훨훨 지나서
뿌리 깊은 벌판에 서자
두 팔로 막아도 바람은 불듯
영원한 눈물이란 없느니라
영원한 비탄이란 없느니라
캄캄한 밤이라도 하늘 아래선
마주 잡을 손 하나 오고 있거니

—고정희, 「상한 영혼을 위하여」

고정희는 스무 살 무렵까지 이 집에서 살면서 『월간 해남』 기자로 활동하며 홀로 문학 공부를 했다. 전형적인 농촌의 대가족에서 자란 시인은 초등학교 졸업 후 거의 독립적으로 성장했으며 정규 교육 과정을 거치지 않고 독학했다. 형제들이 많아 제대로 학교에 갈 수 없는 처지였다고 한다. 그러나 어린 시절부터 문학에 대한 열정은 남달랐다. 가족들의 회상에 따르면, 시인은 거의 밤을 새워 가며 책을 읽기도 하고 아궁이에 불을 지피다가 불이 꺼지는 줄도 모르고 정신없이 책을 읽어 어머니에게 꾸중을 듣기도 했다고 한다.

고정희는 1975년 『현대 시학』을 통해 시인으로 등단해 마흔셋의 이른 나이에 불의의 사고로 생을 마감할 때까지 '고행, 묵상, 청빈'을 좌우명으로 삼고 오직 시를 위해 온몸을 던졌다. 그는 날마다 시를 쓸 짬이 안 난다고 투덜대면서도 새벽 5시만 되면 어김없이 책상 앞에 앉아 시를 썼다고 한다. "오늘 하루를 생애 최초의 날처럼, 또한 마지막 날같이"라는

김남주 생가 옆의 기념 공원

말을 지침으로 삼아 가열차게 살았다.

우리 시 문학사에서 고정희는 여성 문제를 폭넓게 탐구한 여성주의 시인으로 기억된다. '여성의 경험'과 '여성의 역사성' 그리고 '여성과 사회가 맺는 관계 방식'을 특별한 문학적 가치로 강조하고 이론화한 작가는 고정희 이전에 아무도 없었다. 고정희가 없었다면 한국 문학사에 페미니즘이라는 인식의 장은 훨씬 더 늦게 열렸을 것이다. 우리는 마을 뒤편에 있는 고정희 시인의 묘소에 가서 짧았지만 치열했던 그의 삶을 추념하는 시간을 가진 후 김남주(金南柱, 1945~1994) 시인의 생가로 발길을 옮겼다.

자유와 해방의 시인 김남주

김남주 생가는 고정희 생가와 들을 사이에 두고 건너편에 있는 삼산면 봉학리에 있다. 해남읍에서 13번 국도를 타고 남쪽으로 4킬로미터 남짓 내려가면 큰길 오른편에 '시인 김남주 생가'라는 입간판이 놓여 있다.

고정희 마을에서 출발한 답사 버스는 10여 분이 채 지나지 않아 김남주 생가가 있는 마을 회관 앞에 도착했다. 김남주 생가는 지난해까지만 해도 초가지붕이었으나 해마다 태풍의 피해로 관리가 어려워지자 올해

강판으로 새로 단장했다. 지금은 아무도 살지 않는 김남주 생가에 들어서자 김남주 기념 사업회에서 생가를 복원하면서 조성했다는 기념 공원에 서 있는 김남주 흉상이 먼저 눈에 들어왔다. 시인이 바라보고 있는 뒷산 소나무는 아직도 청청하고 한낮에도 어둑한 뒤란 대숲에는 청대나무가 서늘한 그늘을 드리우고 있었다.

방 안에 들기 전 먼저 우산을 받쳐 들고 김남주 시비와 감옥 체험실이 있는 기념 공원을 둘러보았다. 그의 대표작인 「함께 가자 우리 이 길을」, 「조국은 하나다」, 「사랑은」, 「자유」, 「노래」 등이 새겨진 시비가 이곳저곳에 세워져 있었다. 학생들은 특히 한 평도 안 되는 좁은 감옥 체험실에 호기심을 보였고 철창 안에 들어가 시인의 흉내를 내기도 했다.

시인이 처음 옥고를 겪고 고향에 내려와 거처하면서 시를 썼던 행랑채에는 그가 옥중에서 보았던 이런저런 잡지와 단행본 들이 꽂힌 서가가 먼지에 쌓여 있었다. "수번 2164, 교부일 81. 3. 23, 요납일 81. 4. 22."라고 적힌 열독 허가증이 붙은 책들과 『진혼가』, 『나의 칼 나의 피』, 『조국은 하나다』, 『솔직히 말하자』, 『사상의 거처』, 『이 좋은 세상에』 등 그가 남긴 시집들을 보니 그의 투쟁적 삶이 시와 하나였음을 느낄 수 있었다.

그의 시는 대부분 복역하던 감방에서 쓰였다. 집필의 자유가 허락되지 않는 감옥에서 시인은 머릿속에 시를 써 두었다가 면회 온 친지들에게 불러 주거나, 읽던 책의 여백이나 우유갑에 못 조각이나 손톱으로 눌러서 시를 썼다. 그가 감옥 안에서 썼던 육필 원고와 은박지에 새긴 시들은 몇 장의 사진으로 남아 생가 안채에 전시되어 있다.

시인이 시인으로서 표현의 자유와 사상의 자유를 누릴 수 없었던 그 어둠의 시대에 김남주는 시를 사회 변혁의 무기로 삼아 반유신·반독재 투쟁의 전면에 나섰던 시인이요, 전사였다. 10년 세월을 종이도 펜도 주어지지 않은 감옥에서 보내면서도 이 땅의 민주화와 조국의 통일을 위해 싸웠던 그를 사람들은 '한국의 체 게바라'라고 부르기도 한다. 문학적 고상함을 떨쳐 버리고 폐부를 찌르는 통쾌한 민중의 언어로 단호하게 쓰인 그의 시들은 1980년대 한국 문학의 정점에 있었다.

> 만인을 위해 내가 일할 때 나는 자유
> 땀 흘려 함께 일하지 않고서야
> 어찌 나는 자유이다라고 말할 수 있으랴
>
> 만인을 위해 내가 싸울 때 나는 자유
> 피 흘려 함께 싸우지 않고서야
> 어찌 나는 자유이다라고 말할 수 있으랴
>
> 만인을 위해 내가 몸부림칠 때 나는 자유
> 피와 땀과 눈물을 나눠 흘리지 않고서야
> 어찌 나는 자유이다라고 말할 수 있으랴
>
> 사람들은 맨날
> 겉으로는 자유여, 형제여, 동포여! 외쳐 대면서도
> 안으로는 제 잇속만 차리고들 있으니
> 도대체 무엇을 할 수 있단 말인가
> 도대체 무엇이 될 수 있단 말인가
> 제 자신을 속이고서
>
> ─ 김남주, 「자유」

한 학생이 김남주의 대표 시 중 하나인 「자유」를 낭송하는 동안 다른 학생들은 사뭇 엄숙한 표정을 짓고 있었다.

김남주는 항상 우리 스스로를 성찰하게 하는 시인이며, 그의 시는 오늘도 우리를 전율하게 한다. 그의 '솔직함'과 '단순함'의 미학 앞에서 우리는 다시 한번 몸서리치도록 진실했던 그의 삶과 시들을 생각하며 가슴이 뜨거워졌다.

억압과 착취가 없는 세계를 꿈꾸면서 시의 칼날로 억압과 착취에 맞서 싸웠던 시인, 김남주의 생가를 나서는데 뒤란의 대숲에서는 아이들의 발소리에 놀란 새들이 자유를 향해 비상하는 시인의 영혼처럼 젖은 날개를 털며 어디론가 날아가고 있었다.

- **누가**: 해남고 문예 창작부 학생들과
  김경윤 선생님
- **언제**: 2013년 9월 14일(토요일)
- **인원**: 28명
- **테마**: 한국 문학을 빛낸 해남의 시인들

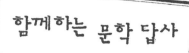
함께하는 문학 답사

토박이 김경윤 선생님의 귀띔!

　이번 답사에서 만난 시인들은 모두 시대와 불화를 겪으면서 문학을 통해 변혁 의지를 보여 주었다는 공통점이 있습니다. 답사 전에 시인들에 대한 자료집을 만들어 학생들이 시인의 생애와 작품을 공부할 수 있도록 했어요. 그리고 학생들은 윤선도의 「오우가」와 「어부사시사」, 고정희의 「상한 영혼을 위하여」, 김남주의 「자유」 등을 미리 읽고, 시인의 생가에서 그 작품들을 낭송하며 감상하는 시간을 가졌답니다.

문학 답사 코스 추천!

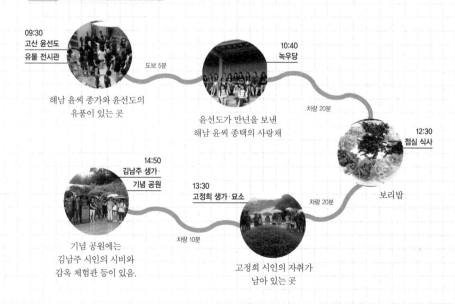

09:30
고산 윤선도
유물 전시관

도보 5분

10:40
녹우당

해남 윤씨 종가와 윤선도의
유품이 있는 곳

윤선도가 만년을 보낸
해남 윤씨 종택의 사랑채

차량 20분

12:30
점심 식사

보리밥

14:50
김남주 생가·
기념 공원

13:30
고정희 생가·묘소

차량 20분

차량 10분

기념 공원에는
김남주 시인의 시비와
감옥 체험관 등이 있음.

고정희 시인의 자취가
남아 있는 곳

김영진 | 전북 군산영광여고

『탁류』 따라 걷는 길

　　'징게 맹갱 외에밋들'이라 불리는 김제·만경 평야는 이 땅에서 유일하게 지평선을 품은 곳이지만 조선인에게는 풍요가 아니라 허기의 다른 이름이었습니다. 옥구, 임피의 너른 들판 또한 그러했고요. 이 황금 들판에서 거둔 곡식들은 조선 최초의 신작로인 전군가도(全群街道, 전주 – 군산 간 도로)를 거쳐 군산항을 통해 일본으로 실려 나갔습니다. 군산항으로 들어오는 일제의 군수품도 이 길을 통해 보급되었지요. 1908년 일본인들이 대한 제국 정부를 설득해 만든 이 아스팔트 도로는 아이러니하게도 지금은 '번영로'라는 이름을 달고 있습니다(게다가 1975년에는 이 길에 가로수로 벚나무를 심어 놓기까지 했답니다). 이 신작로와 함께 1912년 호남선 철로의 지선으로 군산선 철길까지 내서 일제는 호남평야의 미곡을 거침없이 빼앗아 갑니다.

이렇듯 군산은 1899년 일제의 강압에 의해 개항된 이래 수탈의 땅이었습니다. 1930년대에는 군산 토지 중 80퍼센트, 옥구 농경지의 60퍼센트가 일본인 소유였습니다. 군산이 개항된 이후 일본인들은 곡창 지대인 전라북도의 토지 소유를 확대해 나갔던 것입니다. 많은 조선인들이 이들의 소작인으로 전락하게 되었지요. 그렇게 생산된 쌀은 대부분 일제에게 수탈당했고 조선인들은 굶주림에 허덕이며 그 시대를 살아 내야 했습니다.

수탈의 땅 군산에 밀려든 탁류

채만식(蔡萬植, 1902~1950)은 그의 고향 군산을 무대로 1930년대 식민지 조선의 '탁류'를 쏟아 놓았습니다. 당연하게도 『탁류』는 일제 수탈의 꼭짓점인 군산항 부근에서 시작합니다. 이곳 동네 이름이 장미동입니다. 이름이 참 예쁘다고요? 꽃 이름 장미(薔薇)를 떠올리셨군요. 그 장미가 아닙니다. 쌀을 저장한다는 뜻의 장미(藏米)입니다. 일본으로 반출될 쌀을 쌓아 놓았던 데서 유래한 이름이지요. 참 아픈 이름입니다. 아직도 군산 내항 일대에는 당시 쌀 창고로 쓰였던 대형 건물들이 여기저기 남아 있습니다. 이런 창고들이 당시에는 삼백 개가 넘었다고 합니다. 그것으로도 모자라 쌀가마니들을 창고 벼밑에 쌓아 놓기도 했다고 하지요. 이렇듯 군산은 일제가 조선의 쌀을 수탈해 가기 위해 만든 거점이었습니다. 장미동 한복판에 미두장(米豆場)이 있었습니다. 『탁류』는 바로 이 미두장에서 이야기를 내어놓습니다.

미두장은 군산의 심장이요, 전주통(全州通)이니 본정통(本町通)이니 해안통(海岸通)이니 하는 폭넓은 길들은 대동맥이다. 이 대동맥 군데군데는 심장 가까이, 여러 은행들이 서로 호응하듯 옹위하고 있고, 심장 바로 전후좌우에는 중매점(仲買店)들이 전화 줄로 거미줄을 쳐 놓고 앉아 있다.

— 채만식, 『탁류』 중에서

미두장의 정식 명칭은 미곡 취인소(米穀取引所)입니다. 군산 미두장이 문을 연 것은 1932년 1월 1일입니다. 미두는 일본 오사카의 미곡 시세를 놓고 3개월 단위로 쌀값을 예측해서 현물 없이 쌀을 사고파는 행위였습니다. 실제 쌀이 거래되는 게 아니라 일정한 시점에 쌀을 사거나 팔 권리를 거래했던 것이지요. 일종의 공인된 도박장인 셈입니다.

이 건물은 지금 남아 있지 않습니다. 1999년 군산 개항 100주년을 맞아 군산시가 조성한 백년 광장 맞은편 도로 모서리에 그곳이 미두장 터였음을 알려 주는 빗돌 하나 달랑 서 있을 따름이지요. 당시 미두장은 L자형이 층 목조 건물이었습니다. "낡은 목재의 이 층으로 협수룩하니 보잘것없어도" 미두장은 군산의 심장이었습니다. 백년 광장 바로 옆에 문을 연 군산 근대 역사 박물관에 가면 미두장 건물 모형을 볼 수 있습니다.

우리 답사도 이곳 미두장 터에서부터 시작합니다. 『탁류』에 제일 먼저 얼굴을 내미는, 단작스러운 인물 정 주사. 그는 미두에 손을 댔다가 패가망신한 사람입니다. 『탁류』에 등장하는 주요 인물들의 불행은 이 미두장과 관련이 있습니다. 주인공 초봉이가 파란 많은 생을 살 수밖에 없었던 연유도 정 주사의 미두 노름 때문이었습니다. "미두장 앞 큰길 한복판에서, 다 같은 '하바꾼(절치기꾼)'이로되, 나이 배젊은 애송이한테 멱살을 당시랗게 따잡혀 가지고는 죽을 봉욕을 당하는" 정 주사 모습을 상상해 봅니다.

미두장 터에 서서 (당시 본정통이라 불렸던) 도로 건너편을 보면 오른쪽에 옛 일본 장군의 투구가 연상되는 웅장한 건물이 눈에 들어옵니다. 옛 조선은행 군산 지점 건물입니다. 1923년 지어진 이 건물은 당시에는 경성 이외의 장소에서는 볼 수 없었던 큰 건물이었다고 합니다. 이 층 건물인데 실제 높이는 사 층 건물에 견줄 정도입니다. 당시 군산에서 가장 번화한 거리였던 이 길 좌우에 일제 식민 자본의 상징적 건물인 미두장과 조선은행이 자리하고 있었던 것이지요.

　　그때 마침 ××은행 군산 지점의 당좌계(當座係)에 있는 고태수(高泰洙)가, 잠깐 다니러 나왔는지 맨머리로 귀 위에 철필대를 꽂고 슬리퍼를 끌고, 미두장 앞을 지나다가 싸움 열린 것을 보더니 멈칫 발길을 멈춘다. 그러자 또, 미두장 안에서는 중매점 '마루강〔丸江〕'의 '바다지〔場立〕'로 있는 곱사 장형보(張亨甫)가 끼웃이 밖을 내다보다가, 태수가 온 것을 보고 메기같이 째진 입으로 히죽히죽 웃는다.

　　　　　　　　　　　　　　　　　　—채만식,『탁류』중에서

『탁류』비운의 주인공 초봉이의 남편 고태수가 일하던 ××은행 군산 지점이 바로 이 건물입니다. 이 옛 조선은행 군산 지점 건물은 현재 군산 근대 건축관으로 간판을 바꿔 달았습니다. 옛 조선은행 건물뿐 아니라 『탁류』에 등장하는 당시의 주요 건물들도 대부분 새롭게 단장을 했습니다. 이렇게 저렇게 지금 군산은 근대와 현대가 공존하는 공간이 되어 있습니다.

　　푸른 지붕을 이고 섰는 ××은행 앞까지 가면 거기서 길은 네거리가 된다. 이 네거리에서 정 주사는 바른편으로 꺾이어 동녕 고개 쪽으로 해서 자기 집 '둔뱀이'로 가야 할 것이지만, 그러지를 않고 왼편으로 돌아 선창께로 가고 있다.

— 채만식, 『탁류』 중에서

봉변을 당한 정 주사가 맥없이 풀어진 발걸음을 미두장에서 선창 방향으로 조금 내걷다 만나게 되는 네거리에서 우리 일행도 잠시 발길을 멈춥니다. 정 주사 집으로 가는 길은 오른쪽입니다. 그가 둔뱀이(둔배미, 둔율동)로 갈 때 넘었을 동녕 고개는 지금은 완만하게 솟은 언덕길입니다. 정 주사는 선창에 들러 잠시 회한에 잠겼다가 정신을 수습하고는 발길을 돌려 다시 이 고개를 넘어 집으로 갈 겁니다. 정 주사를 따라 우리 일행도 우선 선창 쪽으로 걸어가기로 합니다.

동녕 고개를 향해 섰던 정 주사는 홀연 왼쪽으로 몸을 돌려 선창 쪽으로 발길을 내딛습니다. 발맘발맘 그를 따라 걷습니다. 600미터쯤 걷다 바닷가 쪽으로 길을 건너면 과거 이곳이 선창이었음을 알리는 빗돌 하나를 만나게 됩니다. 째보 선창. 정 주사의 발길이 머문 이 선창의 이름입니다. 이름이 참 괴상하지요? 하구로 흐르던 금강 줄기가 한쪽으로 살짝 째지면서 선창을 이루었다고 해서 붙여진 이름이랍니다. 일설에 의하면 옛날 이곳에 텃세를 부리던 째보(언청이)가 살아서 이런 이름이 붙여졌다고도 합니다.

"크고 작은 목선들이 저마다 높고 낮은 돛대를 웅긋중긋 떠받고 물이 안 보이게 선창가로 빡빡이 들이밀"리던 선창을 지금은 볼 수 없습니다. 1990년 금강 하굿둑이 완공된 이후 토사가 쌓여 고깃배가 들어올 수 없게 되자 쓸모없어진 이 선창을 매립해 버렸거든요.

강심으로 똑딱선이 통통거리면서 떠온다. 강 건너로 아물거리는 고향을 바라보고 섰던 정 주사는 눈이 똑딱선을 따른다.

그는 열두 해 전 용댕이〔龍塘〕에서 가권을 거느리고 저렇게 똑딱선으로 건너오던 일이 우연히 생각났다. 곰곰이 생각은 잦아지다가, 그래도 그때는 지금보다는 나았느니라 하면, 옛날이 그리워진다. 이윽고 기름기 없는 눈시울로 눈물이 괸다.

— 채만식, 『탁류』 중에서

정 주사는 열두 해 전 선산(先山) 한 필, 논 사천 평, 집 한 채를 모조리 팔아서 빚을 뚜드려 갚고 나서 똑딱선을 타고 이곳 선창에 내려 군산의 삶을 시작했습니다. 이곳으로 건너와 800원짜리 집 한 채를 장만할 밑천과 겨우 이삼백 원이 수중에 남아 있었는데 미두에 빠져 이마저도 탕진하고 하바꾼으로 전락한 것입니다. 젊은것에게 봉변까지 당하고는 근천맞은 자신의 몰골이 처량하여 고향을 생각하며 뚜벅뚜벅 걸어 이곳까지 온 게지요. 그러면서 이런 마음도 내어 보았겠지요.

정 주사는 마침 만조가 되어 축제 밑에서 늠실거리는 강물을 내려다본다.

그는, 죽지만 않을 테라면은 시방 그대로 두루마기를 둘러쓰고 풍덩 물로 뛰어들어, 자살이라도 해 보고 싶은 마음이다.

— 채만식, 『탁류』 중에서

여기 서서 정 주사는 속으로 이렇게 외쳤을지도 모르겠습니다. "나 다시 돌아갈래!"

흥분했던 마음이 사그라지니 정 주사는 그제야 '내가 왜 청승맞게 강변에 나와서 이러고 섰을꼬?' 하는 싱거운 생각을 하고는 슬며시 발길을 돌립니다. 정 주사의 허기진 걸음걸이가 안쓰럽습니다. 왔던 길을 되돌아 집으로 향하는 그의 무거운 발걸음을 애잔한 마음으로 내려다보며 우리도 그를 따라 걷습니다. 아까 그 동녕 고개로 들어섭니다.

정 주사는 내키지 않는 걸음을 천천히 걸어 전주통(全州通)이라고 부르는 동녕 고개를 지나 경찰서 앞 네거리에 이르렀다. 거기서 그는 잠깐 망설인다. 탑삭부리 한 참봉네 집 싸전 가게를 피하자면, 좀 돌더라도 신흥동으로 둘러 가야 한다.

그러나 묵은 쌀값을 졸릴까 봐서 길을 피해 가고 싶던 그는 도리어, 약차하면 졸릴 셈을 하고라도 눈치를 보아 외상 쌀이나 더 달래 볼까 하는 억지가 나던 것이다.

정 주사는 요새 정거장으로부터 시작하여 새로 난 소화통이라는 큰 길을 동쪽으로 한참 내려가다가 바른손 편으로 꺾이어 개복동 복판으로 들어섰다.

예서부터가 조선 사람들이 모여 사는 곳이다.

— 채만식, 『탁류』 중에서

조선은행 앞길이 본정통, 동녕 고개로 들어서 처음 만나는, 본정통과 나란히 놓인 길이 전주통입니다. 조금 언덕진 길을 넘다 보면 정면에 사층 건물이 나타납니다. 그리고 그 건물 오른쪽으로 널따란 공영 주차장이 보입니다. 그곳이 바로 경찰서가 있던 자리입니다. 그곳에서 서쪽 월명산 방향으로 뻗은 길이 명치통, 동쪽으로 난 길이 소화통입니다. 모두 일제가 자기들 식으로 붙여 놓은 이름입니다.

정 주사가 경찰서에서 동쪽으로 접어든 뒤 소화통을 따라 걷고 있습니다. 100미터쯤 내려가면 오른쪽으로 길이 나 있습니다. 군산영광여고 건물 뒷길입니다. 여기서부터 조선 사람들이 모여 살았습니다. 저쪽 일본인 거주 지역이 근대적 공간이라면 이쪽 조선인 거주 지역은 전근대적 공간이었습니다. "제법 문화 도시의 모습을 차리고 있는 본정통이나 전주통이나 공원 밑 일대나, 또 넌지시 월명산 아래로 자리를 잡고 있는 주택 지대나, 이런 데다가 빗대면 개복동이니 둔뱀이니 하는 곳은 한 세기나 뒤떨어져 보"이는 곳이었지요. 그 길 따라 죽 올라가 봅니다.

복판에 포장도 안 한 토막길이 있고, 길 좌우로 연달아 평지가 있는 둥 마는 둥하다가 그대로 언덕 비탈이었다지요. "급하게 경사진 언덕 비탈에 게딱지 같은 초가집이며, 낡은 생철집 오막살이들이, 손바닥만 한 빈틈도 남기지 않고 콩나물 길 듯 다닥다닥 주어 박혀" 있었고요. 그래서 개복동에서 둔뱀이로 넘어가는 이 고개 이름이 콩나물 고개입니다. 지금 군산 영유아 통합 지원 센터 '시소와 그네' 건물이 자리한 곳 바로 앞 구릉입니다. '명일(明日)이 없는 사람들'이 살았던 곳이지요. 광대뼈가 툭 불거지고 기름기 없는 얼굴로 못생긴 노랑 수염 몇 낱을 연방 쓰다듬으며 콩나물 고개까지 거진 당도한 정 주사는 왼쪽 길 옆에 있는 탑삭부리

한 참봉네 싸전 가게를 넌짓 들여다봅니다.

한 참봉네 싸전 가게의 모델이 되었을 집은 지금 없어지고 그 집터에 빗돌 하나가 세워져 있습니다. 이곳은 『탁류』에서 여러 사건이 얽히는 공간이었지요. 주인공 초봉이와 혼인을 하게 되는 고태수가 하숙을 하던 집이었고, 초봉이와 고태수의 혼담이 처음 오간 자리도 바로 이 집이었습니다. 한 참봉의 첩이자 이 싸전 가게의 안주인 김 씨와 고태수가 불륜을 저지르다 장형보의 밀고로 한 참봉에게 맞아 죽은 곳도 바로 이곳이었고요.

이제 정 주사네 집으로 가야 할 때가 되었습니다. 한 참봉네 싸전 가게를 나와 콩나물 고개를 오릅니다. 오른쪽으로 방향을 틀어 경사가 급한 길을 타고 한참을 올라가야 합니다. 언덕 비탈을 의지하여 오막살이들이 생선 비늘같이 들어박혀 있고, 납작한 토막집들이 시루 속 콩나물처럼 박혀 있었다던 이 언덕에 이제는 고층 아파트가 숲을 이루고 서 있습니다. 헛헛한 배를 움켜쥐고 가쁜 숨을 몰아쉬며 길을 오르는 정 주사를 따라 우리도 천천히 언덕마루까지 걸어 오릅니다.

당연히 정 주사네 집도 지금은 없습니다. 남쪽으로 다리가 놓여 있네요. 그 다리 한가운데서 정 주사네 집터가 그곳에 있었음을 알리는 빗돌을 만나게 됩니다.

'흙구더기'까지 맞닿았던 수만 평의 논은 다 없어지고, 그 자리에 집이 들어앉고 그 한복판으로 이 근처의 집 꼬락서니와는 얼리지 않게 넓은 길이 질펀히 뻗어 들어왔다. 그놈을 등 너머 신흥동으로 뽑으려고 둔뱀이 밑구멍에 굴을 뚫을 계획이라는데, 정 주사네 집은 바로 그 위에 가서 올라앉게 되었다. 그래 정 주사는 굴을 뚫다가 그놈이 혹시 무너져서 집이 풍당 빠지기나 하는 날이면, 집이야 남의 셋집이니 상관없지만, 집안의 사람들이 큰일이라고 슬며시 걱정이 되는 때도 있다.

— 채만식, 『탁류』 중에서

정 주사네 집터가 지금 이렇게 허공에 놓인 사연은 이렇습니다. 『탁류』는 1937년 10월 12일부터 1938년 5월 17일까지 『조선 일보』에 연재된 소설입니다. 둔뱀이 밑구멍에 굴을 뚫어 신흥동으로 통하는 길을 내려던 계획은 1940년대 초 산을 반토막 내는 계획으로 변경되어 공사가 시작됩니다. 세월이 흘러 1996년에 동서로 뚫린 길 위에 남북으로 창성동과 선양동을 잇는 다리가 건설되었지요. 선양 고가교, 바로 지금 우리가 서 있는 이 다리입니다. 그러니까 『탁류』가 발표되던 시기에 이 다리가 있던 곳에는 언덕바지가 있었고, 이 높은 언덕바지에 정 주사네 집이 있었던 것입니다.

스물한 살 먹은 맏딸 초봉이, 열일곱 살 먹은 작은딸 계봉이, 열네 살 큰아들 형주, 여섯 살 먹은 병주, 그리고 정 주사 내외까지 여섯 식구가 이 집에 살았습니다. 아, 한 사람 더 있군요. 아랫방을 얻어 살았던 남승재요. 장재동 금호 병원 조수로 일하며 의사가 되기 위해 시험공부를 하고 있었고, 초봉이의 마음의 연인이자 작품 끝에 가서는 계봉이의 연인이 되는 인물 말입니다.

정 주사네 집터가 있던 다리 위에 서서 비탈진 언덕을 붙잡고 다닥다닥 가까스로 견디고 있었을 토막집들을 그려 봅니다. 이곳에서 빈한한 삶을 이어 가던, 자기 땅에서 유배당한 조선인들을 생각하니 아픈 허기가 느껴집니다.

정 주사네 집을 뒤로하고, 이제 우리는 『탁류』의 주인공 초봉이를 만나러 갑니다. 초봉이를 만나려면 왔던 길을 다시 돌아가야 합니다. 가파른 언덕길을 내려갑니다. 다 내려와 왼쪽으로 방향을 틀면 한 참봉네 싸전 가게가 바로 오른쪽에 보입니다. 아까 정 주사와 함께 지나온 소화통, 지금의 중앙로가 보이면 거기서 오른쪽으로 몸을 돌려 걸어 가야 합니다. 100미터쯤 걷다 개복 교회 조금 못 미친 곳에서 길 건너편을 보면 검은 빗돌 하나가 눈에 들어옵니다. 이 부근이 큰샘거리(大井洞)임을 알려 주는 표식입니다. 정 주사가 서천 장항에서 군산으로 이사 와 처음 살았던 집이 여기쯤에 있었습니다. 맞은편에는 탑삭부리 한 참봉네가 살고 있었고요. 초봉이가 고태수와 혼인하여 잠깐 살았던, "새길 소화통이 뻗어 나간 뒤곁으로 예전 '큰샘 거리'의 복판께 가서 바로 옆에 나앉은 집"도 이 부근에 있었을 것입니다.

가던 발걸음을 다시 재촉합니다. 이 길 따라 동남쪽으로 계속 내려가면 전군가도가 나오지요. 소화통을 따라 300미터 정도 더 내려갑니다. 큰 교차로가 나옵니다. 초봉이를 만나려면 이제 왼쪽으로 몸을 돌려 길을 건너야 합니다. 길을 건너 조금 걷다 보면 큰 느티나무가 한 그루 보이지요. 나무 뒤쪽에 군산역이 있었답니다. 느티나무는 과거 군산역 광장 한쪽에 자리 잡고 있었습니다. 역의 터주 같은 존재였지요. 사람들에게 휴식 공간을 마련해 주던 그 나무는 든든한 배경을 잃은 지금도 여전히 그늘을 드리우고 지나는 사람들에게 자리를 내어놓습니다. 군산역은 2008년에 내흥동으로 이사했답니다.

정거장에서 들어오자면 영정(榮町)으로 갈려 드는 세거리 바른편 귀퉁이에 있는 제중당(濟衆堂)이라는 양약국이다.

차려 놓은 품새야 대처면 아무 데고 흔히 있는 평범한 양약국이요,

규모도 그다지 크지는 못하다.

— 채만식, 『탁류』 중에서

정거장은 군산역을 말합니다. 군산역은 없어졌으니 아까 그 느티나무에서부터 천천히 왔던 길로 돌아가기로 합니다. 저 앞에 '전북 약국'이라는 간판이 붙은 건물이 눈에 들어옵니다. 초봉이가 점원으로 일하던 양약국 제중당의 모델이 된 약국입니다. 약국 앞에 '제중당 약국'이라는 글자가 새겨진 빗돌이 보이는군요.

이 제중당의 주인은 박제호입니다. 대머리에 말 대가리같이 긴 얼굴의 박제호는 보이지 않고, 들국화처럼 초초하고 청초한 초봉이가 혼자 앉아서 낡은 부인 잡지를 보고 있네요. 헙수룩한 검정 치마에 흰 저고리를 받쳐 입고요. 길 건너편 샛골목에서 기생 행화가 해죽이 웃으며 제중당으로 들어서겠지요. 또 제약실에서 안으로 난 문이 열리며 제호의 아낙 윤희가 나올 것입니다.

남승재가 일하는 금호 병원은 제중당에서 대각선 방향 교차로 너머에 있습니다. 남편 태수가 비명횡사하고 곱사 장형보에게 겁탈당한 뒤, 군산을 뜨려고 정거장으로 나오는 길에 승재가 있는 저 금호 병원께로 주의가 끌리고 어찌하지 못하는 마음 가누며 고개를 떨구는 초봉이 모습을 그려 봅니다.

채만식을 찾아서

『탁류』 길을 따라 걷고 나서 우리는 작가 채만식을 만나러 갑니다. 월명산 수시탑을 지나 포장된 산길을 따라 에돌아 오르면 왼쪽 산자락에 '백릉 채만식 선생 문학비'가 외롭게 서 있습니다. 『탁류』의 첫머리 일부가 새겨진 문학비 근처에 서서 보면 우리가 답사한 『탁류』의 공간적 배경들이 한눈에 들어옵니다. 멀리 금강 하구도 보이고 정 주사의 고향이었던 서천 장항도 군산 내항도 풍경화처럼 다가옵니다.

염상섭과 함께 1930년대 우리 문단을 대표하는 소설가 채만식은 1902년 전라북도 임피에서 부농의 아들로 태어났습니다. 6남 3녀 중 다섯째 아들이었습니다. 임피 보통학교를 졸업하고 서울 중앙 고등 보통학교에 입학했습니다. 1920년, 중앙고보 3학년 때(당시 18살) 부친의 강권으로 고향에 내려와 연상의 여인 은선홍과 혼인합니다. 원하지 않은 혼인은 불행으로 이어집니다. 사이에 두 아들을 두었지만 이들은 거의 별거 상태로 살게 되고, 채만식은 1936년 김씨영이라는 여인과 살림을 차립니다. 김씨영과의 사이에서도 세 남매를 두었습니다. 이런 불행한 가정사는 그를 평생 죄의식에 시달리게 했다고 합니다.

채만식은 중앙고보를 졸업한 1922년 일본 와세다 대학에 입학하지만 이듬해 간토 대지진이 일어나 조선인 탄압이 극에 이르자 학업을 중단하고 귀국합니다. 그즈음 가세마저 기울어 유학을 완전히 포기합니다. 이후 『동아 일보』, 『개벽사』, 『조선 일보』 등에서 기자로 일하며 작품 활동을 병행하다 1936년 『조선 일보』 퇴사 후 전업 작가의 길을 걷습니다. 그는 다작 작가였습니다. 『탁류』, 『태평천하』 등 15편의 중·장편 소설과 「레디메이드 인생」, 「치숙」, 「논 이야기」 등 70여 편의 단편 소설을 남겼습니다. 소설뿐 아니라 희곡, 평론, 동화, 수필, 콩트 등 거의 모든 문학 장르에 걸쳐 작품을 썼습니다. 그가 세상에 내놓은 작품이 무려 300여 편에 이릅니다.

그의 말년은 가난과 병마와의 싸움으로 채워집니다. 그리고 1950년 6월 11일 이리시(익산시) 마동 자택에서 폐결핵으로 세상을 뜨고 맙니다.

채만식 문학관

당시 나이 49살이었습니다.

채만식은 1940년대에 접어들어 안타깝게도 일제의 탄압을 이기지 못하고 친일 작품을 쓰고 말았습니다. 그가 쓴 친일 작품으로는 「혈전」, 『아름다운 새벽』, 『여인 전기』 등 소설 3편과 여타의 글 10여 편이 남아 있습니다.

2001년 문을 연 채만식 문학관은 내흥동 금강 하굿둑 부근에 있습니다. 작가 채만식의 유품과 작품 등이 전시되어 있어 그의 삶과 문학 세계를 더듬어 보기에 좋습니다. 그러나 이 문학관에 그의 친일 작품은 전시되어 있지 않습니다. 친일 관련 기록마저 보이지 않습니다.

해방 후 채만식은 자전적 성격의 단편 소설 「민족의 죄인」을 발표하여 자신의 친일 행위를 고백하고 변명도 하면서 민족 앞에 죄인임을 인정합니다. 그는 친일 행위를 작품으로나마 사죄한 유일한 작가입니다. 여타의 친일 작가들이 자신의 과오에 대해 모르쇠로 일관한 점을 생각할 때 그의 인정과 사죄는 나름 의미 있는 일이라 하겠습니다. 그러나 한 작가의 이름을 걸고 만든 문학관에 그 작가의 빛만 전시하는 건 결코 바람직한 일이 아닙니다. 빛과 함께 어둠도 기록하고 자료도 함께 전시해 두어야 합니다. 채만식 문학관에 채만식 문학의 '모든 것'이 전시되기를 바랍니다. 그때에야 비로소 온전한 '채만식 문학관'이 될 수 있을 테니까요.

고은 그리고 이광웅

『탁류』따라 길을 걷다 보니 하루 낮을 거의 다 써 버렸습니다. 군산이

낳은 세계적이고 세기적인 시인 고은(高銀, 1933~), 그의 『만인보』를 따라 걷는 여행은 다른 기회로 미루어야 할 것 같습니다. 그래도 고은을 찾아 갈 앞으로의 여행을 위해 짧게나마 시인의 행적을 돌아보려 합니다.

"당신은 시인이 아니라 시다." 시인 고은에게 어느 인도 시인이 한 말이라 합니다. 고은을 두고 이보다 적확하게 표현한 말이 또 있을까 싶습니다. 고은, 그는 시인이라기보다 그냥 시라 해도 무방한 사람입니다. 그의 역작 『만인보』를 읽어 본 사람이라면 모두 이 말에 동의하리라 생각합니다. 『만인보』는 1980년 여름, 시인이 내란 음모 및 계엄법 위반으로 육군 교도소 특별 감방에 수감되었을 때 구상했다고 합니다. 총 4,001편을 묶어 완간한 『만인보』는 세계 문학사에서도 그 전례를 찾아볼 수 없는 기념비적 시집입니다.

시내에서 대학로를 따라 남쪽으로 가다 보면 군산 대학교 조금 못 미쳐 왼쪽 방향으로 미제 방죽(쌀물 방죽, 은파 호수)이라 불리는 오래된 저수지로 들어가는 길이 나옵니다. 청년 고은을 시인의 길로 인도한 시집 『한하운 시초』. 시인이 중학교 2학년 때 그 시집을 주운 곳이 바로 이 미제 방죽 들머리 부근이었습니다. 그에게 이 사건은 '정신의 화재 사건'으로 남아 있다고 하지요. 미제 방죽은 고은 시 문학의 요람이라 할 수 있는 곳입니다. 그 길 왼쪽에 있는 주차장을 지나 안쪽으로 들어가면 수변 무대가 있고 그 부근에 고은 시인의 시 「삶」이 새겨진 시비가 있습니다.

눈썹 긴 분임이, 무슨 일이든 잘도 잊어 먹는 진동이, 눈물단지 김기충, 곰배정 영감 정동필, 머리에 기계충 달고 살던 진달풍이, 콧수염 울창한 김재득 영감, 곱슬머리에 힘이 장사인 김재문, 주낙 놓아 물고기 마구 건지지 않고 조금씩 건지며 살아가는 키다리 사행이 아저씨, 형이 죽고 나서 갈 데 없는 형수가 불쌍하다고 형수하고 사는 진필수…….『만인보』에

등장하는 이들 모두 이 방죽
가에 살았습니다. 오막살이
미륵이네 집도 눈 짝짝이에
통나무 같은 장군리댁 외딴
집도 이 방죽가 어디쯤에 있
었을 것입니다.

고은 시비

아버지보다 좋은 엿장수
아저씨가 가위 소리 내며 지나갔을 미제 방죽 둘레 길을 따라 안쪽으로
들어가면 물빛 다리가 나오고 그곳을 지나 남쪽으로 더 들어가면 고은
시인이 태어나 살았던 미룡동 용둔 마을이 나옵니다. 고은을 18년 동안
키워 준 곳입니다. 신우대와 잡풀이 포위하고 있는 시인의 생가는 흉물
스럽게 방치되어 있습니다. 안타까운 일입니다. 그의 생가를 서둘러 복원
했으면 좋겠습니다.

어린 고은에게 한글을 가르쳐 준, 그에게 불빛이었던 새터 관전이네
머슴 대길이 아저씨를 따라 오르던 할미산이 마을 부근에 있습니다. "기
적 소리/기차 연기 바라보다가/정거장 생각"(고은, 「정거장」 중에서)을 하던
곳, 시인이 자기 운명의 서장(序章)이었다고 말하는, 저 금강 건너 장항
제련소 굴뚝과 그 굴뚝의 긴 연기를 바라보던 곳도 바로 이 할미산입니
다. 이 산에 올라 미제 방죽을 내려다보며 "미제 아이들/용둔리 아이들/
둑길에 모여/연꽃 와라 연꽃 와라 연꽃 와라 외쳐"(고은, 「미제 방죽」 중에서)
대는 모습을 그려 보아도 좋을 것 같아요.

"나의 마지막 시는 내가 죽기 전날 쓰게 될 것이다. 가능하다면 무덤
속에서도 계속 시를 쓰려고 한다." 아마 그럴 것입니다. 고은, 그는 천상
시인입니다.

이광웅(李光雄, 1940~1992) 시인도 군산 문학 답사에서 반드시 만나야 할 시인입니다. 이광웅 시인은 전두환 정권 시절 대표적인 공안 조작 사건인 '오송회' 사건의 주범으로 몰려 모진 고문을 당하고 감옥살이를 했습니다. 이후 다시 학교에 복직했으나 전교조 가입을 이유로 또다시 해직되는 파란의 삶을 살았습니다. 그의 젊음과 영혼을 갉아먹은 독재의 서슬 같은 암 덩어리가 그의 몸속까지 침범하게 되고 시인 이광웅은 그 병마와 고통스럽게 싸우다 세상을 뜨고 맙니다.

여리디 여린 그가 견뎌야 했을, 통증으로 얼룩진 그의 시대적 삶을 되새기며 해 질 녘 이광웅 시비 앞에 서 볼 것을 권합니다. 그의 시비는 금강호 휴게소 부근 금강 하굿둑이 시작되는 곳에 있습니다. "백석의 시처럼 가난하고 외롭고 높고 쓸쓸한/한 편의 서정시 같은/어깨 맞대고 도란도란 길을 가는 봄날/민들레꽃 같은/소년 같은"(안도현, 「군산 동무―이광웅 선생님」 중에서) 시인을 떠올리며 시비에 새겨진 「목숨을 걸고」를 나직이 읊조리다 보면 내리던 붉은 노을이 짙은 빛살로 여러분을 감싸 안을 것입니다.

- **누가:** 군산영광여고 2학년 학생들과 김영진 선생님
- **언제:** 2013년 9월 7일(토요일)
- **인원:** 10명
- **테마:** 『탁류』의 도시 군산 문학 답사
  (채만식, 고은, 이광웅을 중심으로)

함께하는 문학 답사

토박이 김영진 선생님의 귀띔!

　　군산은 근대와 현대가 공존하는 도시입니다. 군산에 오시면 『탁류』에서 묘사한 1930년대 일제 강점기 조선의 풍경을 지금도 생생하게 볼 수 있습니다. 『탁류』 답사는 옛 조선은행 건물 앞이나 미두장 터에서 시작해 보기를 권합니다. 이동 시간을 절약하려면 옛 조선은행 건물 뒤편에서 자전거를 빌려 답사하는 것도 좋아요. 채만식 문학관과 이광웅 시비는 좀 멀리 떨어져 있으니 차를 이용해야 합니다. 그 정반대쪽에 있는 고은 생가와 미제 방죽 답사도 차를 이용해야 하고요.

문학 답사 코스 추천!

09.00
미두장 터·째보 선창
콩나물 고개
'정 주사' 집터

『탁류』의 배경지인
째보 선창 일대

도보 20분

12:30
점심 식사

갈비 김치찌개

도보 20분

14:00
전북 약국

『탁류』의 초봉이가
일하던 '제중당'의
모델이 된 약국

차량 15분

14:40
채만식 문학관

채만식의 삶과 문학 세계를 둘러
볼 수 있는 곳

차량 20분

16:30
고은 시비·생가

미제 방죽가의 「삶」 시비와
용둔 마을의 고은 생가

차량 25분

17:30
이광웅 시비

「목숨을 걸고」가
새겨진 시비

복효근 | 전북 남원 금지중

이리 오너라, 업고 놀자

　　남원은 자타가 인정하는 고전의 고장이다. 특히 판소리계 소설인 『춘향전』과 『흥부전』 그리고 고전 소설을 논할 때 빠뜨릴 수 없는 「만복사저포기」와 「최척전」 등의 작품들이 남원을 배경으로 하고 있다. 그러나 등잔 밑이 어둡다는 말도 있듯 우리 고장을 배경으로 한 작품들을 깊이 있게 읽고 답사를 해 볼 기회가 지금껏 없었다. 그래서 학교 독서 동아리 학생들과 남원을 배경으로 한 고전 문학 작품을 몇 개 골라 읽고 한 나절 걸어서 답사할 수 있는 일정을 잡아 보기로 했다.

　　8월의 마지막 날, 그 무섭던 한여름 불볕도 조금은 사그러들어 우리는 드디어 답사에 나섰다. 금지중 독서 동아리 '고리봉 책벌레' 아이들 아홉 명이 꼬무락꼬무락 학교 느티나무 아래 모였다. 두 대의 승용차에 나누어 탄 우리는 만인의총(萬人義塚)에 도착했고, 주차장에 차를 묶어 두었다. 만인의총에서 시작하여 「오ᄂ리 오ᄂ리쇼셔」 노래탑, 「만복사저포기」의 배경지인 만복사 터, 『춘향전』의 배경지인 광한루원, 마지막으로 『춘향전』을 주제로 하여 즐길 수 있도록 조성해 놓은 춘향 테마파크를 둘러볼 예정이다. 모두 시내에서 멀지 않은 곳이라 한적하게 걸어 다닐 수 있다.

남원은 지리적, 전략적 요충지로 아주 먼 옛날부터 외침과 전란이 잦았던 곳이다. 임진왜란 때 호남을 장악하지 못해 전세가 불리해졌다고 판단한 왜군은 정유재란을 일으켜 남원을 집중 공략했다. 이때 명나라의 군사적 지원을 받은 우리 민·관·군은 남원성에서 죽을힘을 다하여 왜군과 치열한 전투를 벌인다. 전세가 불리해지자 명나라 장수들 중 일부는 수성을 포기했지만 이복남 장군 등과 우리 민·관·군 1만 여명은 끝까지 저항하다 몰살당했다. 전시 상황 속에서 달리 무덤을 만들고 장례를 치를 수 없어 이들의 시신을 한데 묻고 묘를 만들었으니 이것이 바로 '만인의총'이다. 우리는 만인의총 앞에서 나라 지키는 일을 다른 나라에게 맡기거나 의지하는 것이 얼마나 위태로운 일인가에 대해 얘기를 나누었고, 영령들을 모신 충렬사에서 묵념했다.

만인의총 너른 마당 옆 잔디밭에 서 있는 노래탑 앞으로 발길을 옮겼

만인의총 충렬사

다. 만인의총에 얽힌 이야기가 자연스럽게 「오ᄂ리 오ᄂ리쇼셔」 노래탑 이야기로 이어졌다.

정유재란 당시 왜군들은 낙후된 일본의 그릇 문화를 발전시키고자 이 지역

에서 활동하던 도공들을 일본으로 끌고 갔다. 도공들은 한곳에 모여 거주하면서 도자기를 빚었는데 지금도 후손들이 그 명맥을 잇고 있다고 한다. 세계적으로 유명한 일본 도자기 장인들을 거슬러 올라가면 그 비조는 끌려간 조선의 도공들이라고 한다. 이들은 서로 단합해 조선인으로서의 정체성을 이어 가기 위해 1673년 다마야마궁〔玉山宮〕이라는 사당을 지어 단군을 모시고 매년 음력 8월 15일에 제사를 지냈다. 그리하여 해마다 이날이면 조선 도공들의 후예들은 사백 년 전 그들 조상들이 부르던 노래「오ᄂ리 오ᄂ리쇼셔」를 부르는데 그 오랜 세월 동안 우리말을 다 잊었어도 이 노래만큼은 뜻도 모른 채 우리 음 그대로 불렀다고 한다. 정확한 뜻은 모르지만 아득한 옛 우리 조상들이 부르던 노래 "아리랑, 아리랑 아라리요"를 우리가 지금까지도 부르는 것과 다를 바 없는 셈이다.

「오ᄂ리 오ᄂ리쇼셔」와 흡사한 노래가 기록으로 전한다. 궁중의 음악을 담당하던 장악원 악사 양덕수라는 사람이 임진왜란 때 남원으로 피란을 왔다가 그 당시의 거문고 곡을 모아 엮은『양금신보』에 이 노래가 실려 있다.

> 오ᄂ리 오ᄂ리쇼셔
> 미일에 오ᄂ리쇼셔
> 졈그디도 새디도 마르시고
> 새라난 미양댱식에 오ᄂ리쇼셔
>
> ─「오ᄂ리 오ᄂ리쇼셔」

축제나 명절의 제의 행사 때 불리던 풍요롭고 평화로운 날을 기원하는 노래가 아닐까 한다. 그런데 정작 고국에서는 다 잊은 노래를 멀리 이국에 끌려간 도공들은 수백 년이 지나서도 잊지 않고 부르며 망향의 애환을 달랬던 것이다. 노래의 힘이란 그런 것이다. 공동체를 더욱 단단하게 뭉치게 하고 혹은 상처를 치유하고 애환을 달래며, 수백 년의 세월 동안 가슴에서 가슴으로 흐르는 강과 같다. 1988년, 이 도공의 후예들은 남원을 찾아 그들이 부르던 노래를 들려주는 기념 음악회를 열었다. 그리고 1994년, 이러한 사실을 바탕으로 이 노래탑이 세워졌다.

이제 「만복사저포기」의 고향 만복사(萬福寺) 터를 향해 발을 옮겼다. 300미터 정도 걸어가면 길 가까이에 정유재란 당시 처절한 전투가 벌어졌던 남원성이 일부 복원되어 남아 있다. 남원성을 바라보며 우리는 시냇가 둑길을 걸었다. 마지막 여름을 불태우는 태양 볕이 따가웠다. 표지석이 크게 서 있는 용정 마을 입구 앞에 멈추었다. 여기는 양집, 양필 두 형제의 효자비가 서 있는 곳이다. 제 살을 찢어 피를 내어 죽어 가는 부모님에게 먹여 살려 내었다고 한다. 그 옆에는 우리나라에 몇 군데 남지 않은 사직단이 온전히 보전되어 있다. 사직단은 임금이 백성을 위해 토지와 곡식의 신에게 제사를 모시던 곳이다. 마치 고전 소설 속 장면 같은 풍경을 지나 20여 분 남짓 걸어 만복사 터에 당도했다.

만복사는 요천과 함께 남원을 둘러 가는 물줄기인 광지천 근처에 있다. 보호각 안에 석불 입상이 모셔져 있고 경내엔 오층탑이 훼손된 채 서 있다. 커다란 당간 지주가 남아 있어 절의 규모를 짐작하게 할 뿐 온전히 남아 있는 것이 없다. 폐허나 다를 바 없다. 당간 지주 역할을 했던 것으로 짐작되는 석인상 한 짝이 길가에 서 있다. 파손된 몇 개의 좌대와 석등, 석탑 잔해, 수많은 주춧돌이 보인다. 고려 시대 융성했던 이 절은 조선조 억불 정책으로 버려졌다가 정유재란 때 소실되어 무너졌다고 한다.

이곳을 배경으로 한 「만복사저포기」는 매월당(梅月堂) 김시습(金時習,

1435~1493)이 쓴 최초의 한문 소설집『금오신화』에 실린 단편 소설이다. 한 남자와 죽은 여자의 사랑을 그린 작품이다. 남원에 양생(梁生)이라는 노총각이 있는데 부모를 여의고 만복사라는 절에서 방 한 칸을 얻어 외롭게 살고 있었다. 의지할 데 없이 나이 든 양생의 외로움은 남달랐으리라. 일찍이 어머니를 여의고 그를 기른 외숙모마저 잃은 매월당의 처지와 겹쳐진다.

만복사 터

　김시습은 삼각산 중흥사에서 공부하다가 수양 대군이 단종을 내몰고 왕위에 올랐다는 소식을 듣고 통분하여, 유교 경전들을 태워 버리고 중이 되어 설잠(雪岑)이라는 법명을 얻는다. 인, 의, 예, 지, 신으로 대표되는 유교의 덕목들을 뿌리째 부정해 버린 세조의 패륜을 보고 시습은 하늘이 무너진 것처럼 허망했으리라.

　세 살 때 시를 지어 세상을 놀라게 한 그는 중이 되어 방랑의 길을 떠난다. 어린 조카를 죽이고 왕위에 오른 포악무도한 세조의 반인륜을 보고 세상을 등진 김시습은 몇 차례 세조의 소명을 받고도 나가지 않는다. 그리고 그는 남원부의 만복사 동쪽 방에 사는 양생의 이야기를『금오신화』에 새겨 넣는다.

　「만복사저포기」는 외로운 양생이 여인을 그리워하며 읊는 시로 시작된다.

　　물총새 쌍을 이루지 못해 외로이 날고
　　원앙도 짝을 잃고 맑은 물에 먹을 감네.

누구의 집에 약속 있나 바둑 두는 저 사람

한밤 등불 꽃점을 치며 창에 기대어 시름하네.

— 김시습, 「만복사저포기」 중에서

양생은 법당의 부처님과 내기를 한다. 저포 놀이다. 오늘날 윷놀이와 비슷한 놀이라고 한다. 부처를 의인화한 것도 재미있지만 저포 놀이에서 양생이 부처를 이긴 것도 흥미롭다. 부처의 인연으로 만난 처녀와 양생이 바로 그날로 법당 앞 행랑채에서 즐거움을 나눈 것도 파격이다. 인간을 초월한 신격이나 인간 세상의 논리를 넘어선 추상적 명분들에 물릴 대로 물린 사람의 상상력이 아닐까?

양생이 만나 사랑을 나눈 그 처녀는 왜구의 침략과 분탕질에 정절을 지키다 죽은 처녀의 유혼이었다. 처녀의 유혼은 저승으로 들지 못하고 이승을 떠돌고 있었던 것이다. 이제 배필을 만나 원을 풀었으니 저승으로 떠나야만 한다. 수밀도를 베어 문 듯 달콤한 사랑을 나누던 그 여자가 며칠 후면 저승으로 가야만 한다. 불교에 뿌리를 둔 많은 설화들이 그렇듯 이 비극적 만남과 헤어짐을 김시습은 인연으로 설명하려고 한다. 하룻밤 맺은 사랑도 때로 한평생의 길이와 무게와 깊이에 이를 수 있으니, 온 마음과 온몸을 건 전인격적인 사랑만이 그러할 것이다.

양생은 처녀의 가족과 함께 임시로 묻힌 처녀의 시신을 수습하여 장례를 치러 준다.

나는 집에 들어가도 정신이 홀린 듯 아무 말 못 하고,

밖에 나가도 마음이 창망하여 갈 곳을 모른다오.

그대 영혼 모신 휘장을 대할 때마다 눈물이 앞을 가리우고,

맑은 술을 따를 때마다 슬픔이 더해진다오.
아리따운 그 모습이 눈에 보이는 듯하고
낭랑한 그 목소리 귀에 들리는 듯하다오.
아아, 슬프도다.
그대의 성품은 총명하고
그대의 기운은 맑았으니
삼혼이 흩어진들
혼령이야 어찌 없어지리.
마땅히 하늘에서 내려와 뜨락을 거닐고,
맑은 향기 풍기면서 내 곁에 머물리라.

— 김시습, 「만복사저포기」 중에서

양생이 눈물로 지어 읊은 제문이다. 장례를 치른 양생은 슬픔을 이기지 못해 토지와 가옥을 팔아 지극정성으로 제를 올린다. 그 후 허공으로부터 처녀의 목소리가 들린다. 이승에서 다시 남자로 태어나 복락을 누리고 있노라고, 부디 도를 닦는 데 게을리하지 말라고. 양생은 이후 다시 장가를 들지 않고 지리산에 들어가 다시는 세상 사람들에게 그 모습을 드러내지 않았다.

여인의 정절만을 강조하던 그 시절에 '남자의 정절'을 보여 준 「만복사저포기」의 사랑은 발칙하면서도 혁명적인 데가 있다. 김시습은 당시의 남성 중심적이고 권력 지향적인 세태를 고발하고, 정절에 남녀가 있겠느냐고 묻는다. 아니, 이러한 분별심 저 너머의 사랑을 그리고 싶었는지도 모른다.

마침 만복사 부처님 앞에서 기도를 하는 스님 한 분을 만났다. 스님은

광한루원

이 부처님을 보호하는 보호각의 문짝이 없어서 수시로 동물들이 드나들거나 사람들로부터 훼손될 염려가 있다고 걱정하며, 문짝을 달아 달라고 관련 관청에 요구하는 서명을 받고 있다고 했다.

이제 시내 쪽으로 발길을 옮겨 광한루원을 찾을 차례다. 춘향을 만나러 가는 것이다. 따가운 햇살을 받으며 걷자니 그리 멀지 않은 거리인데도 지쳤다. 그늘을 찾다 보니 재래시장이 생각났다. 우리는 더위도 피할 겸 구경도 할 겸 시장 한가운데를 가로질렀다. 그러나 마침 쉬는 토요일이라서 문을 연 곳은 몇 군데 없었다. 그래도 순대 국밥집에서 풍겨 오는 구수한 국물 냄새는 시장 골목을 누비고 있었다.

섬진강 주요 지류인 요천(蓼川)에 면해 '호남제일루'라 불리는 광한루가 있다. 부벽루와 영남루가 그렇듯 광한루도 강을 끼고 있어 한층 아름답다. 또한 광한루가 있어 이곳 남원은 비로소 남원이 된다.

광한루는 조선 초기 재상이었던 황희가 남원에 유배되었을 때 지은 누각으로 처음에는 광통루(廣通樓)라 불렸다. 그 후 1434년 중건되었고, 전라 관찰사 정인지가 광한루(廣寒樓)라 이름 붙였다. 달나라에 있다는 '광한청허부(廣寒淸虛府)'를 줄여 붙인 이름이다.

광한루원에는 호수가 있어 그 운치를 더한다. 이 호수는 아무렇게나 만든 것이 아니라 신선 사상을 반영해 지어진 것이라고 한다. 호수 안에 인공 섬이 세 개 있는데 이것이 '삼신산(三神山)'으로, 각각 봉래산, 방장산, 영주산이라 한다. 1582년, 남원 부사 장의국이 광한루를 수리하면서 네 개의 무지개 모양으로 다리를 놓았는데 이것이 오작교다. 옥황상제의 딸 직녀와 목동 견우를 이어 주는 다리가 바로 오작교 아니던가? 공원 하나에도 긴 역사와 깊은 사상, 설화가 어려 있음을 알면 음미하는 맛도 한층 더할 것이다.

『춘향전』을 일러 동양의 『로미오와 줄리엣』이라고 말하는 사람도 없지 않다. 『춘향전』은 시대가 고착시켜 놓은 불의와 신분적 제약을 뛰어넘고 목숨을 건 전인격적인 사랑 이야기이다. 그것도 천재 작가 한 명이 창작한 허구가 아니라 온 민중의 소망이 함께 빚어 놓은 민족적 창작물이다. 폭정을 향한 민중의 분노와, 신분의 제약을 숙명처럼 여기고 살아야 했던 민중의 불만을 사랑이라는 원초적 힘으로 극복하고자 했던 민심의 언어 앞에서 숙연함까지 느끼게 된다.

여기 춘향 사당이 있다. 허구 속의 인물을 모시는 예가 또 있을지는 모르나, 이처럼 마치 실재했던 인물처럼 영정까지 모시고 범시민적인 제전을 베푸는 예는 많지 않을 것이다. 민중의 언어가 빚어낸 『춘향전』이라는 구조물도 아름답지만 춘향의 정신을 기리는 그 마음도 더없이 아름답다. 그러나 여기 놓인 춘향 영정을 보면 뭔가 개운치 않은 느낌을 어쩔 수 없다. 춘향 영정은 친일파로 알려진 한 화가가 그린 것이다. 목숨을 걸면서까지 줏대를 꼿꼿하게 지킨 춘향의 영정을 화가는 과연 어떤 마음으로 그렸을까?

광한루 북문 가까이엔 남원에 부임하여 근무했던 역대 부사들의 공덕을 기리는 영세불망비와 송덕비가 한데 모여 있다. 이 가운데『춘향전』의 등장인물 이몽룡의 실제 모델이라 추정되기도 하는 성이성의 아버지 '성부사'의 송덕비도 한쪽에 서 있다. 이들 중 과연 민중을 자식처럼 따뜻하게 보살펴 준 이가 몇이나 될까 헤아려 보기도 했다.

아이들은 그네 터에서 춘향이처럼 그네를 타 보고 싶어 했지만 그럴 만한 시간적 여유가 없어 아쉬웠다. 우리는 전시 공간으로 꾸며진 월매 집을 둘러보고는 서둘러 광한루원을 빠져나왔다.

광한루원 주변에는 추어탕집이 유난히 많다. 이곳은 '추어의 거리'가 조성되어 있을 정도로 추어탕이 유명하다. 괴나리봇짐을 짊어지고 패랭이를 쓴 미꾸라지 조형물이 추어의 거리에 서 있다. 이른 시간인데도 추어탕집에 사람이 많았다.

추어탕 한 그릇을 맛있게 비우고 우리는 마지막 목적지인 춘향 테마파크로 향했다. 광한루원 근처에는 요천 건너편으로 건너가는 다리가 하나 놓여 있다. 승월교다. 다리를 건너자 천변 쪽 인도에 판소리 다섯 마당에 대한 설명과 명창들에 대한 소개가 담긴 여러 형태의 조형물이 전시되어 있다. 이 길을 지나면 춘향 테마파크가 나온다.

춘향 테마파크에는 말 그대로『춘향전』과 관련된 여러 전시물이 길을 따라 여기저기 배치되어 있다. 남원 향토 문화 박물관을 지나면 춘향과 몽룡을 소재로 한 시들이 각각 커다란 바위에 새겨져 길을 따라 전시되어 있다. 김소월, 박재삼, 김동리……. 내로라하는 시인치고 춘향에 대하여 한 소절 읊지 않은 분이 없다. 길을 따라 올라가다 보면 임권택 감독이 「춘향뎐」을 찍으면서 세웠던 영화 세트장이 일행을 맞는다. 이렇게『춘향전』은 아득한 과거의 유산이 아니라 현재이자 미래의 문화임을 다시 느낄 수 있었다. 시, 소설, 연극, 영화, 미술, 음악 등 다양한 형태의 예술로 끝없이 변모하고 있기 때문이다.

길 중간에 수돗가가 있었는데 거기에는 어사또가 출두를 앞두고 남원 부사의 생일잔치에서 읊은 시가 새겨져 있다.

金樽美酒千人血　　금동이의 아름다운 술은 일만 백성의 피요
玉盤佳肴萬姓膏　　옥소반의 아름다운 안주는 일만 백성의 기름이라.
燭淚落時民淚落　　촛불 눈물 떨어질 때 백성 눈물 떨어지고
歌聲高處怨聲高　　노랫소리 높은 곳에 원망 소리 높았더라.

—『춘향전』 중에서

이렇게 『춘향전』은 신분을 뛰어넘은 사랑의 이야기인 동시에 부당한 권력에 대한 민중의 울분을 미학적으로 풀어낸 통쾌한 이야기이기도 하다.

테마파크 길이 끝날 즈음 남원 부사가 집무하던 관아를 재현해 놓은 곳이 있다. 부사가 오만한 자세로 앉아 형 집행을 지시하고 있고 마당에는 집장 사령들이 춘향이를 고문하는 장면이 조형물로 구성되어 있다. 그 뒤에는 태형을 체험할 수 있는 열십자 모양의 형틀이 놓여 있다. 우리는 형틀에 엎드려 보기도 하고 더러는 곤장을 쥐고 때리는 시늉을 해 보기도 하면서 『춘향전』의 등장인물이 된 것 같은 기분을 만끽하였다. 그리고 저 형틀에 묶여 진정 벌을 받아야 할 사람이 누구인가 생각해 보았다. 우리 시대의 춘향은 누구이고 또 이 시대의 변 사또는 누구인가 하는 질문을 던져 보기도 했다.

테마파크 정상에 서 있는 정자에 올라 문학 답사를 마무리했다. 내일이면 9월이 시작되고 가을도 이제 머지않았다. 땀을 거두어 가는 시원한 바람 한줄기가 불어왔다.

- **누가:** 금지중 학생들과 복효근 선생님
- **언제:** 2013년 8월 31일(토요일)
- **인원:** 10명
- **테마:** 남원의 고전을 찾아서

함께하는 문학 답사

토박이 복효근 선생님의 귀띔!

남원은 고전의 고장이라고 합니다. 이 글에서 안내하는 답사 코스는 그리 멀지 않은 거리여서 걷는 게 좋을 듯합니다. 걸으면서 자연 풍광도 보고 길가에 피어 있는 풀꽃들에게도 눈길을 주어 봅시다. 사직단, 효자비, 남원 읍성(일부 복원 부분) 등에도 눈길을 주고 두 개의 재래시장 사이를 지나므로 장날(4일, 9일)이라면 장 구경을 해도 좋을 것입니다. 여느 지역과 다른 개운한 맛이 느껴지는 남원의 추어탕을 점심으로 택해도 좋습니다.

문학 답사 코스 추천!

09:00 만인의총 — 정유재란 때 순절한 영령을 모신 곳

도보 5분

09:25 「오느리 오느리쇼셔」 노래탑 — 일본으로 간 도공들이 고국을 그리며 부른 노래를 기념하는 탑

도보 30분

10:05 만복사 터 — 「만복사저포기」의 배경이 된 만복사

도보 30분

11:05 광한루원 — 조선 중기에 조성된 광한루의 누원

도보 15분

12:00 중식 — 추어탕

도보 15분

13:30 춘향 테마파크 — 『춘향전』을 주제로 한 다양한 볼거리가 있는 테마파크

문화는 문학을 만들고
문학은 문화를 만든다

전통이 살아 있는 가장 한국적인 도시 전주. 전주 한옥 마을과 주변 관광지에는 사시사철 외지인의 발길이 끊이지 않는다. 계절별로 전주 국제 영화제, 세계 소리 축제, 전주 대사습놀이 등의 축제가 열리면 외국인들까지 함께해 그야말로 활기찬 놀이터가 된다. 판소리가 걸판지게 마당을 깔고, 손맛 그득한 먹을거리들이 인심 좋게 상을 차리는 동네다. 전주의 이런 멋은 물론 전주의 맛에서 나온다. 그러나 그것이 전부는 아니다.

아이들에게 물었다.

"다른 지역 사람들이 전주 여행 안내를 부탁한다면 어디 어디 데려갈래?"

대답은 한옥 마을과 경기전, 동물원, 도립 미술관, 그리고 맛집 몇 군데에서 한결같이 끝났다. 물론 한옥 마을이 전주의 상징이 된 것은 맞다. 이제 세계적인 문화 상품이 된 것도 맞다. 음식 맛있기로야 두말하면 입만 아프다. 그러나 전주 사람이 그것만 알면 곤란하다. 사람들은 흔히 자기가 사는 고장에 대해 과소평가하는 경향이 있다. 하지만 조목조목 짚어 보면 자신의 장점이 의외로 많듯 자기 고장의 자랑거리도 의외로 많다. 무엇보다도 전주는 문학과 예술이 살아 넘치는 고장이다. 전주의 오랜 문학 유산을 찾아 우리는 후백제 시대의 산성인 남고 산성부터 가 보기로 했다.

남고 산성—『삼국지』와 관성묘 그리고 「적벽가」

남고 산성(南固山城)은 둘레가 약 5,300미터에 이른다. 901년 후백제의 시조 견훤이 도성을 방어하기 위해 쌓았다고 전해지고 있어 견훤 산성이라고도 한다. 고려 말 왜구가 침입했을 때도 중요한 방어 기지였고, 임진왜란 때도 왜군을 막는 중요 거점이었다. 성 안에는 관청 건물과 창고, 화약고 등이 있었다고 한다. 지금은 복원 공사가 한창 진행되고 있다.

성 안 마을을 지나 안으로 조금 들어가면 언덕 위에 작은 사당이 하나 있다. 관우를 모신 사당 관성묘(關聖廟)다. 아이들이 관우는 중국 사람인데 왜 우리나라에 관우를 모신 사당이 있느냐고 묻는다. 굳이 여기까지 아이들을 데리고 온 이유는 중국 소설 『삼국지』가 우리 조상에게 얼마나 인기가 있었는지 이야기하기 위해서였다.

중국에는 관운장(關雲長), 즉 관우를 신으로 신봉하면 전시에 관운장의 신령이 나타나 적을 섬멸한다는 믿음이 있었다. 그 믿음이 우리나라에도 전파되어 임진왜란 즈음부터는 우리나라에서도 관우를 무신(武神)으로 섬기기 시작했다. 이는 후에 토속 신앙과 결합해 관우를 무신(巫神)으로 섬기게 되었다. 그래서 지금도 여러 곳에 관우 사당이 남아 있다. 우리나라 토속 신앙에서는 관우 외에도 최영, 임경업, 남이 장군 등을 무신으로 모신다고 한다. 『삼국지』의 등장인물 관우가 우리나라에 신으로 살아 있는 셈이니 한 편의 소설이 얼마나 큰 영향을 끼쳤는지 알 수 있다.

『삼국지』는 이렇게 우리나라의 토속 신앙에 영향을 주었을 뿐만 아니라 판소리에도 영향을 주었다. 『삼국지』에 나오는 적벽 대전 부분을 우리 조상들이 판소리로 만들어 불렀는데 이것이 「적벽가」다. 중국 소설이 어떻게 우리 판소리 사설에까지 등장하게 됐을까? 그건 『삼국지』가 우리 조상들에게는 낯선 남의 나라 이야기가 아니었다는 뜻이다. 판소리 「춘향가」, 「심청가」, 「흥보가」, 「수궁가」는 모두 조선 사람 누구나 아는 옛이야기를 바탕으로 삼고 있다. 「적벽가」도 같은 맥락이다. 그러니까 『삼국지』도 조선 사람에게 널리 알려진 이야기라서 판소리로 만들어지는 게 자연스러웠던 것이다. 조선 사람들은 그 이야기가 결코 남의 나라 이야기라고 생각하지 않았던 것이다.

남고 산성의 끝자락, 만경대에 오르면 전주 시내가 다 보인다. 남쪽으로 이어지는 높은 봉우리에는 천경대, 북쪽 능선으로 이어지는 가장 높은 곳에는 억경대가 자리하고 있다. 천경대, 만경대, 억경대, 이름 참 재미있다. 천 가지, 만 가지,

만경대 암각서

억 가지의 풍경을 볼 수 있는 조망터! 만경대에 오른 이유는 바위에 새겨진 글씨를 보기 위해서였다. 더 놀라운 것은 이 글씨가 바로 포은 정몽주(鄭夢周,

1337~1392)와 연관이 있다는 사실이다. "정몽주가 진짜 여기까지 왔었어요?" "글씨는 또 누가 새겼대요?" 아이들은 궁금해서 숨이 넘어간다. 더위를 식히려 우선 오목대로 이동했다.

오목대―황산 대첩, 이성계와 정몽주 그리고 조선

오목대에 올라 땀을 식히며 아이들과 이성계와 정몽주 그리고 조선 건국과 관련된 이야기를 나누었다. 조선 건국에 대해 이야기하려면 황산 대첩부터 짚고 넘어가야 한다. 황산 대첩이 없었다면 조선도 없었을 것이라고 말하는 사람도 있을 정도다. 함경도 지방에서 세력을 키운 이성계가 전국적으로 알려진 계기가 된 사건이 바로 황산 대첩이기 때문이다.

황산 대첩은 고려 우왕 4년(1378) 9월 남원 인월 황산에서 고려군이 왜구를 대파한 전투를 말한다. 황산 대첩은 소설로도 만나 볼 수 있다. 서권의 소설 『시골 무사 이성계』는 황산 대첩 최후의 결전이 벌어진 날을 역동적인 필치로 묘사해 낸 작품이다. 이성계와 적장 아지발도의 정면 대결, 책사(策士)들의 지략 대결, 고려군 내부의 분열과 암투 등이 한 편의 영화처럼 펼쳐진다. 서권은 이곳 전주에서 활동하다 요절한 작가다. 그의 또 다른 소설 『마적』은 아직도 세상 빛을 보지 못하고 원고로 남겨져 있다.

그렇다면 황산 대첩과 이 오목대는 무슨 연관이 있을까? 황산에서 왜군을 물리친 이성계는 개경으로 돌아가던 길에 조상의 고향인 전주에 들른다. 전주 이씨 집안 사람들은 바로 이 오목대에 모여 이성계의 승전을 축하하는 잔치를 베푼다. 그 당시 이곳은 그저 평범한 언덕에 불과했지만, 조선 왕조가 열리자 역사적인 장소가 되었다.

오목대에서 잔치를 벌이는 중 누군가가 자기 가문에서 영웅이 났다고 좋아하며 「대풍가(大風歌)」를 부른다. 「대풍가」는 유방이 한(漢)나라를 세운 뒤 직접 반란군을 진압하고 돌아오는 길에 고향에 들러 승전의 감회와 천하를 다스릴 꿈을 담아 부른 노래다. 용맹한 인물을 얻어 온 사방을 지키리라는 내용이다. 그런데 혼란스러운 시대에 전투에서 승리를 거둔 장군을 축하하는 자리에서 「대풍가」가 흘러나왔으니, 이성계도 유방처럼 난세를 평정하고 새 나라를 건설할 야망을 품고 있다고 생각할 수도 있는 일이었다. 그 자리에 같이 있던 정몽주는 고려의 국운이 쇠퇴해 가는 판에 이성계와 그 일족의 이런 행동에 착잡함을 느끼고 말을 몰아 만경대에 오른다. 그리고 그곳에서 고려를 걱정하는 시를 읊는다. 만경대에 홀로 올라 전주를 내려다보니 하늘에 해는 지고 뜬구름만 흘러간다고 탄식하는 내용이다.

원래 정몽주는 이성계와 상당히 가까운 관계였다고 한다. 정몽주는 이색의 제자로서 고려 말 신진 사대부를 대표하는 학자였고, 이성계는 여러 전투에서 승승장구하는 고려 말 대표적인 장수였다. 두 사람 모두 힘을 잃고 쓰러져 가는 고려의 모습에 실망하고 어떻게든 뜯어 고쳐야 한다는 생각을 가진 개혁파였다. 둘은 같이 일한 적도 여러 번 있었고, 뜻도 비슷했다. 그렇지만 위화도 회군 이후 관계가 틀어지고 만다. 정몽주가 왕조를 바꾸는 일에 끝까지 반대했기 때문이다. 이성계는 오랜 친분이 있는 그를 마지막까지 회유하려 애썼고, 아들 이방원을 보내 「하여가」로 떠보기도 한다. 이에 정몽주는 「단심가」로 화답하고 결국 죽음을 당한다. 학생들과 함께 「하여가」와 「단심가」를 읊어 보았다. 오목대에서 이 시조들을 읊으니 기분이 묘했다. 아이들은 전주가 정몽주와도 인연이 있는 곳이라는 사실이 신기한 모양이다.

한옥 마을

한옥 마을–전주의 향기, 판소리 그리고 최명희

오목대를 내려와 한옥 마을로 들어섰다. 마침 전주 대사습놀이 기간이라서 한옥 마을 전체가 흥성스러웠다. 전주 한옥 마을은 간단히 소개하기 어렵다. 워낙 많은 볼거리와 먹을거리, 체험 코스가 있고, 쇼핑 명소도 많기 때문이다. 한옥에서 숙박 체험을 하거나 게스트 하우스에서 머물며 천천히 즐겨야 제맛이다. 한옥 마을에 대해 자세히 알고 싶다면 매시간 경기전(慶基殿)에서 출발하는 문화 해설사를 따라가 보는 것도 좋다.

조선 시대 때 지어진 전각 경기전은 전주의 역사와 전통을 상징하는 문화재다. 조선 태조 이성계의 어진이 있는 곳이고, 전주 사고(史庫)가 있던 곳이다. 수많은 영화나 드라마의 배경이 된 곳이기도 하다. 경기전은 전주 한옥 마을 투어의 시작 지점으로, 이곳을 중심으로 한옥 마을 곳곳에서는 매일 많은 문화 행사가 열린다. 경기전은 전주 사람들에게는 추억의 장소이자 만남의 장소이고 외지 사람들에게는 전주 관광의 관문이다. 가을날 경기전에 서 있는 노랗게 물든 늙은 은행나무는 아름답다. 근처의 늙은 매화나무도 꼭 봐야 한다. 전주 사고 가는 길에 제 몸 하나 세우지 못해 땅에 몸뚱이를 누이고 있는 매화나무를 보자니 사는 일의 힘겨움이 느껴진다.

경기전 앞에 있는 전동 성당도 아름답다. 천주교 신자가 아니더라도 경건한 마음이 우러나는 곳이다. 전동 성당 동남쪽에 있는 양사재도 둘러볼 만하다. 국문학자이자 시조 시인인 가람 이병기 선생이 후학을 가르치던 곳이다. 지금은 한옥 체험을 하는 곳이지만 가람 선생의 삶의 모습을 조금이나마 느낄 수 있다. 양사재에서 조금 위로 올라가면 전주 향교가 나온다. 드라마 「성균관 스캔들」을 촬영한 곳이다.

전주 향교를 나와 한옥 마을을 걷다 보면 개성 있는 찻집과 맛집 들이 보인다. 고전과 현대의 멋이 어우러진 골목길도 만날 수 있다. 계속 걷다 보면 한옥 중의 한옥들이 모여 있는 곳에 이른다. 동락원, 청명헌, 삼도헌, 승광재 등 유명한 고택들이다. 더 가면 전주 전통 술 박물관과 전주 한옥 생활 체험관 옆의 전주 소리 문화관이 보인다. 판소리를 계승, 발전시키고 대중화하기 위해 건립된 시설이다. 전주에 왔다면 꼭 한번 들러 봐야 할 곳이다. 완판본 「열녀 춘향 수절가」의 본고장에서 중모리 장단 하나라도 제대로 배워 보면 어떨까?

한국 전통문화 중 판소리는 세계 최고 수준의 공연 예술이라 할 수 있다. 전주에 와서 판소리 한 대목 듣지 않고 갈 수는 없다. 전주에서 판소리를 들을 수 있는 곳은 아주 찾기 쉽다. 전주 전통문화관, 전주 소리 문화관, 도립 국악원, 한국 소리 문화의 전당 등의 공적 시설뿐만 아니라 수많은 판소리 연구소와 전수관, 학원 등이 있다. 조금만 관심을 갖고 알아본다면 쉽게 판소리 한 대목을 들어 볼 수 있는 곳이 전주다. 걸으면서 판소리 「춘향가」에 나오는 '쑥대머리' 한 대목을 흥얼거릴 수 있다면 전주를 제대로 느낀 것이리라.

춘향 형상 가련허다. 쑥대머리 귀신 형용, 적막 옥방의 찬 자리에 생각나는 것이 임뿐이라. 보고 지고 보고 지고 보고 지고 한양 낭군을 보고 지고, 서방님과 정별 후로 일장서를 내가 못 봤으니……

—「춘향가」 중에서

전주에는 소설가 최명희(崔明姬, 1947~1998)가 있다. 최명희의 생가가 있고, 무덤이 있고, 출신 학교가 있고, 그가 근무했던 직장이 있다. 그리고 한옥 마을 한가운데, 부채 문화관 옆에 최명희 문학관이 있다. 최명희 문학관에 가면 대하소설『혼불』하나만으로도 위대한 문학적 성취를 이루었다고 평가받는 그의 흔적을 만날 수 있다. 사람들은『혼불』을 '우리말의 보고', '민속학적 서사물', '토착 서민들의 생활 풍속사를 아름답게 형상화한 작품' 등으로 평가한다. 혹자는『혼불』을 읽으면 혼자서도 된장, 간장을 담글 수 있다고도 말한다. 다 맞는 말이다. 그러나 최명희의 섬세한 문장들이야말로 이 작품의 보물이라 나는 생각한다.

하기야 대숲에서 바람 소리가 일고 있는 것이 굳이 날씨 때문이랄 수는 없었다. 청명하고 볕발이 고른 날에도 대숲에서는 늘 그렇게 소소(蕭蕭)한 바람이 술렁이었다.

그것은 사르락사르락 댓잎을 갈며 들릴 듯 말 듯 사운거리다가도, 쏴아 한쪽으로 몰리면서 물소리를 내기도 하고, 잔잔해졌는가 하면 푸른 잎의 날을 세워 우우우 누구를 부르는 것 같기도 하였다.

─최명희,『혼불』중에서

『혼불』은 들머리부터 이렇게 우리의 감각을 일으켜 세운다. 작품의 줄거리나 겨우 알고 있을 아이들에게,『혼불』에서 아름다운 문장을 찾아보라고 숙제를 내 준 적이 있다. 아름다운 문장이 너무 많아서 오히려 싱거운 숙제였다. 제각각 찾은 문장들이 다 아름다웠다. 아이들과 함께 1년 뒤 자신에게 보내는 편지를 쓰는 시간을 가졌다. 청암 부인과 효원, 강모

최명희 문학관

와 강실, 춘복이와 옹구네 등 이 소설에서 삶을 한 자락씩 깔았던 인물들을 생각하며 그 시절을 상상해 본다. 우리들 혼에 불을 밝힌 걸작을 앞에 두고 자꾸 작아지는 자신을 본다. 『혼불』의 공간적 배경인 남원 혼불 마을과 혼불 문학관을 같이 둘러보지 못한 것이 아쉬웠지만 아이들이 한옥 마을의 매력에 깊이 젖어드는 것 같아 다행이었다.

동문 예술 거리에서 다가 공원, 덕진 공원까지―양귀자, 이병기, 신석정

한옥 마을에서 북쪽으로 걷다 보면 동학 농민 혁명 기념관을 지나 동문 예술 거리가 나온다. 전주 사람들의 문화 행사가 사시사철 벌어지는 놀이터다. 동문 사거리를 지나 홍지 서림에 이르렀다. 홍지 서림은 전주의 오래된 서점으로, 소설가 양귀자(梁貴子, 1955~)가 고향과 자신을 연결하는 끈으로 여기며 운영한다는 문화 공간이기도 하다. 그는 소설 「한계령」에서 자신이 전주에서도 철길 동네 사람이었고, 어린 시절의 그 철길은 몇 년 전에 시 외곽으로 옮겨졌지만 지금도 철로 연변의 풍경이 마음에 고스란히 남아 있다고 썼다. 실제로 양귀자의 고향은 기린봉과 오목대가 보이는 철길 옆 동네다. 「한계령」에서 주인공 '나'는 철길 옆 찐빵집 딸이었던 고향 친구 미화의 전화를 받는다. 미화의 힘겨웠던 삶은 어린 시절 힘겹게 가족을 부양했던 주인공의 큰오빠의 삶과 겹쳐지고, 나아가서는 제각기 무거운 짐 꾸러미를 어깨에 메고 '한계령'을 오르는 사람들을 만나는 데에 이른다.

양귀자의 소설을 만나기 위해서는 귀신사(歸信寺)에 가도 좋다. 전주에서 금산사 가는 길목에 있는 귀신사는 소설 「숨은 꽃」의 공간적 배경이기도 하다. 양귀자는 길의 끝에서 몸을 돌려야 비로소 절의 옆구리가 나타난다고 했지만 지금은 찻길에서도 귀신사가 훤히 보인다. 그러나 맨발에 목단꽃 무늬가 화사한 긴 치마를 펄럭거리며 달음박질하는 황녀를 만날 수는 없다. 머릿속에 먹물을 담아 놓고 주위에 검정물 뿌려 대는 인간하고는 길게 상종하지 않겠다던 김종구의 형형한 눈빛도 만날 수 없다. 작가가 고뇌에 찬 짧은 여행에서 찾던 '숨은 꽃'은 과연 무엇이었을까 생각해 본다.

이병기(李秉岐, 1891~1968) 선생은 전주에 거처했고 전북 대학교에서 근무하는 등 전주와 깊은 인연이 있다. 이런 연유로 다가 공원에 그의 시비가 있다. 「시름」이란 시의 전문이 새겨져 있는데, 청초한 '난초'의 시인이 이런 '시름'에 노심초사하기도 했다는 사실이 인간적으로 느껴지기도 한다. 아니면 이런 시름 때문에 난초에 빠져들었을까?

어디에선들 연꽃이 예쁘지 않을까마는, 덕진 공원의 연꽃은 예쁘기로 정평이 나 있다. 수많은 사람의 눈빛과 사연을 머금어서인지 연꽃이 더욱 소담스럽다. 덕진 공원 정문으로 곧장 들어가면 네 개의 시비가 빙 둘러선 작은 광장이 나온다. 신석정, 김해강, 신근, 이철균 시인의 시비다. 신석정 시비에는 「네 눈망울에서는」이라는 시가 새겨져 있다. 그가 그토록 사랑했던 딸에게 보내는 편지가 아니었을까 싶다. 시인의 동상이 자신의 시비에 살짝 손을 얹고 같이 사진 찍자고 우리를 유혹한다. 시인의 유혹에 빠져 다 함께 사진을 찍었다.

덕진 연못의 연꽃

덕진 연못을 가로지르는 연화교를 건너 건지산 쪽으로 가면 최명희 문학 공원이 있다. 최명희의 무덤이 있는 곳이다. 조용하고 아늑한 묘역에는 최명희의 아름다운 글귀들이 새겨진 예쁜 돌이 둘러 놓여 있다. 생전의 삶을 보여 주듯 묘역도 참 다소곳하다. 여유가 있다면 묘역 윗길을 걸어 한국 소리 문화의 전당까지 둘러봐도 좋다.

전주는 맛과 멋의 고향이고 전통의 도시라고 알려져 있지만 무엇보다도 예술이 살아 숨 쉬는 곳이다. 연극판이 흥겹게 열리고, 막걸릿집에서도 판소리를 들을 수 있고, 국내 최고의 서예 전시관인 강암 서예관도 있다. 무엇보다도 최명희, 양귀자, 최일남, 이강백의 고향이며, 안도현 시인과 김용택 시인이 살고, 이병천 소설가가 붓끝을 세우고 있는 곳이다. 그밖에도 수많은 문인들이 모국어를 배운 곳이다. 전주의 수준 높은 문화는 뛰어난 문인들을 품어 키웠고, 그 품에서 자란 작가들은 또 전주의 문화를 풍요롭게 하였다. 문학 답사를 통해 우리 아이들이 고향 전주를 더 사랑하고 즐기고 자랑스러워했으면 좋겠다.

- **누가**: 호남제일고 3학년 9반 학생들과
  장진규 선생님
- **언제**: 2013년 6월 8일(토요일)
- **인원**: 5명
- **테마**: 전주 문학의 향기를 찾아서

함께하는 문학 답사

토박이 장진규 선생님의 귀띔!

전주 여행은 한옥 마을 경기전에서 시작하는 것이 좋아요. 문화 해설사를 따라 한옥 마을을 돌고 경기전 입구로 돌아옵시다. 혹시 전주천 건너 다가 공원의 가람 시비를 보러 가거든 공원 입구에 있는 천양정도 빠뜨리지 마세요. 천양정은 전통 궁도를 만날 수 있는 흔치 않은 곳입니다. 전주 교대 남쪽에 있는 남고 산성에 올라 보면 전주의 역사를 느낄 수 있습니다. 만경대에 올라 전주 시내 전경을 감상하는 것도 인상적일 거예요.

문학 답사 코스 추천!

09:00
관성묘

도보 15분

남고 산성에 있는
관우를 모시는 사당

10:00
만경대

정몽주가 나라를
걱정하는 시를 읊은 곳

도보 20분

11:00
오목대

이성계가 황산 대첩 후
잔치를 벌인 곳

도보 10분

11:30
한옥 마을

경기전, 양사재, 최명희 문학관
등이 있는 곳

도보 5분

12:00
점심 식사

비빔밥

버스 25분

14:00
동문 예술 거리
다가·덕진 공원

덕진 공원에는
신석정, 김해강 등의
시비가 있음.

이봐, 이웃들아 산수 구경 가자

5월 12일 일요일 8시 30분. 평소 같으면 늘어지게 기지개를 폈을 이른 아침이다. 우리는 문학 답사를 가기 위해 학교 뒤꼍에서 만났다. 교정은 붉게 핀 철쭉꽃이 한창이다. 문학 답사에 참여하는 학생은 문학과 여행에 관심이 많은 네 명의 학생들이다. 오늘 이 학생들과 함께 승용차를 타고 정읍과 고창 지역 일대를 답사하면서 우리나라 시가 문학의 흐름과 발자취를 살펴볼 것이다.

태산 선비 문화의 중심, 가사 문학 「상춘곡」

우리가 제일 먼저 들를 곳은 태산 선비 문화 사료관이다. 주말은 사료관 정기 휴관일이라 관람이 불가능하지만 사전에 관장님께 부탁을 드렸더니 우리를 위해 특별히 개관해 주셨고, 해설까지 친절히 해 주셨다.

사료관 근처에 다다르자 갓 쓰고 도포 입고 부채 든 선비 그림 옆에 '태산 선비 문화의 중심지, 「상춘곡(賞春曲)」의 고장 칠보'라 적힌 입간판이 먼저 눈에 들어왔다. 태산 선비 문화 사료관이 있는 정읍시 칠보면은 신라 시대 때 '태산'이라 불리던 곳이다. 많은 유생들이 조선 시대 때 태산 일대에 서원을 짓고 유학을 공부했는데, 임진왜란 때는 전주 사고에 있던 『조선왕조실록』을 내장산으로 옮겨 무사하게 지켜 냈고 일제 강점기 때는 의병 활동 및 독립운동에 가담해 선비 정신을 실천했다.

이곳 선비들은 강직한 정신을 바탕으로 풍류도 즐겼다. 불우헌(不憂軒) 정극인(丁克仁, 1401~1481)은 이곳으로 낙향해 현재 사료관 뒤에 있는 산 솔숲에 정자를 짓고 풍류를 즐기며 우리나라 최초의 가사(歌辭) 「상춘곡」을 지었다. 또한 정극인의 제자 송세림이 전남 담양에서 정극인의 학문과 가사 등을 후학들에게 전했다고 하니, 담양 소쇄원 등지의 가사 문학은 이곳에서 출발했다고 할 수 있다.

선비 문화 사료관에서 향약 자료집인 『태인 고현동 향약』, 『칠광 십현도』 등 칠보의 일곱 가지 자랑에 대해 자세히 설명을 들었다. 그리고 관장님께서 상춘곡 둘레 길을 걸어 보라고 추천하셔서 우리는 옛 선비들의 풍류를 느낄 수 있기를 기대하며 둘레 길을 걷기로 했다.

가는 길에 우리는 춘우정(春雨亭) 김영상(金永相, 1836~1910)의 뜻을 기리고자 건립한 사당 '필양사(泌陽祠)'에 들렀다. 그는 경술국치 이후 회유책으로 지급된 일본 황제의 은사금을 거절했고 군산 감옥에서 순절했다. 가파른 계단을 5분 정도 올라 이마에 땀이 조금 맺힐 무렵 칠광 십현 등이 풍류를 즐겼다는 송정에 도착했다. 송정 앞에는 시내가 흐르고 벌판 너머로는 산이 병풍처럼 둘러져 있었다. 송정을 뒤로하고 소나무 사잇길을 5분쯤 오르니 「상춘곡」 한 대목에 나오는 경치가 펼쳐졌다.

송간(松間) 세로(細路)에 두견화를 붙이들고
봉두(峰頭)에 급히 올라 구름 속에 앉아 보니
천촌만락(千村萬落)이 곳곳에 벌여 있네.
연하일휘(煙霞日輝)는 금수(錦繡)를 잽혔는 듯
엊그제 검은 들이 봄빛도 유여(有餘)할사.

— 정극인, 「상춘곡」 중에서

둘레 길을 돌아 내려와 무성 서원에 도착했다. 무성 서원은 대원군의
서원 철폐령을 모면한 몇 안 되는 서원으로 신라 시대 최치원을 비롯해
조선 시대 신잠, 정극인, 송세림 등 유학자의 위패와 제사를 모시고 있다.
우리는 이곳 성현들께 정성스레 배례하고 서원 마루에 앉아 땀방울을 식
혔다. 어디선가 옛 선비들의 경전 읽는 소리가 들려오는 듯했다. 상춘곡
둘레 길이 완성되면 선비의 풍류를 느끼며 걸을 수 있는 멋진 둘레 길이
될 거라는 생각이 들었다.

기다림의 미학, 백제 가요 정읍사 공원

이제 정읍사 공원으로 향했다. 정읍사 공원은 전북 과학 대학교와 청
소년 수련원 사이에 있다. 자전거 대여소와 약수터가 보이고 그 옆으로
정읍사 공원에 오르는 계단이 있다. 이 계단은 백제 시대로 거슬러 가는
타임머신의 입구인 것만 같다. 계단 하나씩 오르니 어느새 망부상(望夫
像)이 눈앞에 서 있다. 얼마나 한이 깊었으면 망부석이 되었을까? 두 손
을 모으고 남편의 무사 귀환을 기원하는 망부상의 모습에서 시간을 초월
한 여인의 간절함을 느낄 수 있었다. 망부상 주변에는 석조물이 병풍처

「정읍사」 노래비

럼 둘러서 있다. 정읍사 망부석에 얽힌 백제 가요 「정읍사」를 토대로 작가 문순태가 쓴 소설 『정읍사』의 장면 장면을 부조로 제작한 것이다. 우리는 부조를 하나씩 감상하며 여인의 애절한 마음을 느꼈다.

망부상 옆 망부사(望夫祠)에 오르니 텅 빈 뜰에 싱그러운 풀잎과 개망초만이 여인의 애절한 사연을 아는지 모르는지 우리 일행을 맞이했다. 망부사를 나와 「정읍사」 노래비로 갔다. 「정읍사」 노래비에는 『악학궤범』에 실린 노래 「정읍사」 원문과 김중순이 개사하고 김강섭이 작곡한 「정읍사 노래」의 악보가 새겨져 있다. 원문을 읽고 악보를 보며 조금 흥얼거려 보지만 악보를 보는 데 익숙하지 않아 어색했다.

우리는 망부석이 되어 버린 여인이 눈길을 주고 있는 곳을 함께 바라보며 땀을 식혔다. 그리고 그 여인처럼 간절한 기다림의 마음을 담아 미래의 남편에게 편지 쓰는 시간도 가졌다.

정읍사 공원은 시민의 휴식처이자 현장 체험 학습 상소도 많이 찾는 곳이라 학생들에게도 익숙한 곳이었다. 주차장으로 내려와 약수터에 도착하니 천년의 기다림에도 마르지 않은 여인의 눈물 같은 약수가 몸과 마음을 시원하게 적셔 줬다. 따가운 햇살 아래 시원한 약수 한 모금을 마시니 기다림의 미덕을 절로 느낄 수 있었다. 준비해 온 간식을 먹은 후 다음 장소인 황토현으로 출발했다.

전봉준 동상

'보국안민, 제폭구민' 깃발을 들었던 황토현 전적지

황토현에서는 매년 '황토현 동학 농민 혁명 기념제'가 열리는데 마침 기념제 마지막 날이었다. 황토현 동학 농민 혁명 기념제는 다양한 행사로 구성되는데 '청소년 축전'이 있다는 점이 큰 특징이다. 우리는 먼저 황토현 전적지로 갔다. 입구에 제세문(濟世門)이 있고 그 문으로 들어가면 조그마한 광장이 펼쳐지는데 광장 안에 노송이 있어 고즈넉했다. 우리 일행은 녹두 장군 전봉준 동상 앞으로 갔다. 동상 앞에서 '보국안민(輔國安民)', '제폭구민(除暴救民)'의 깃발을 높이 세웠던 동학 농민군과 반봉건·반외세 운동을 구상했던 전봉준을 비롯한 농민군 지도부의 뜻을 기리며 묵념을 했다. 전봉준 동상을 배경으로 기념사진도 찍었다.

황토현 전적지에서 차로 5분 거리에 동학 농민 혁명 기념관이 나온다. 기념관 제1전시실에는 전봉준이 압송되는 사진을 비롯하여 제국주의와 혁명 관련 사진과 자료, 19세기 농민의 삶을 엿볼 수 있는 모형 등이 전시되어 있다. 제2전시실에는 동학 혁명 일지를 비롯하여 동학 경전과 동학군 집회 자료, 농민군과 관군, 일본군의 모형 등이 전시되어 있었다.

시간은 어느덧 12시를 훌쩍 넘어서고 있었다. 전봉준 고택까지 들러볼까 생각해 봤지만 남은 일정을 소화하기에는 무리가 따를 것 같았다. 동학 혁명과 관련된 곳은 하루를 꼬박 다녀도 모자랄 정도이다. 동학 혁명 기념관을 나오면서 우리 민족이 처한 현실이 마치 거친 모래 폭풍을 뚫고 사막을 건너는 낙타 같다는 생각을 하며 신동엽의 시「껍데기는 가라」를 조용히 되뇌었다.

우리는 차를 타고 고창군 성내면에 있는 식당으로 향했다. 가는 길에 동학군들이 모여 물을 마셨다는 우물 팻말을 마주쳤다. 곳곳에 혁명의 흔적이 남아 있다.

식당에 도착해 냉면과 갈비찜을 먹었다. 배고픔까지 더해지니 지상 최고의 맛이 아닐 수 없다. 역시 여행의 또 다른 즐거움은 먹는 즐거움이 분명하다.

소리꾼의 예술혼이 깃든 고창 판소리 박물관

식당에서 고창 읍내에 위치한 고창 판소리 박물관까지는 약 15분 정도 걸렸다. 고창 판소리 박물관은 고창읍 동리로에 있으며, 주변에는 판소리를 정리한 동리 신재효 선생 생가 터가 있다.

고창 판소리 박물관의 첫 번째 전시관에는 명예의 전당이 있다. 판소리의 역사와 관련된 영상이 상영되는 원형 전시실이다. '세계 무형 문화유산과 판소리'라는 주제 아래 판소리 명창들 사진도 전시되어 있었다.

다음 전시관인 소리 마당에는 판소리 전승 계보 등의 정보들이 가득했다. 합죽선 등 판소리 광대들이 남긴 흔적들과 판소리 사설집, 음반 등도 함께 전시되어 있었다.

우리는 이곳에서 해설사 선생님을 통해 판소리에 대해 많은 것을 배울 수 있었다. 유네스코에서 지정한 세계 무형 문화재 중 하나인 '판소리'는 열두 마당이 있었는데 현재「춘향가」,「흥부가」,「수궁가」,「심청가」,「적벽가」등 다섯 마당만이 전승되고 있을 뿐「변강쇠 타령」,「옹고집 타령」,

고창 판소리 박물관 내부

「배비장 타령」, 「강릉 매화 타령」, 「장끼 타령」, 「무숙이 타령」, 「가짜 신선 타령」 등 일곱 마당은 안타깝게도 소리를 잃어버렸다고 한다. 판소리 단가 「사철가」의 한 대목도 직접 들을 수 있었다. 학생들은 판소리 단가를 감상하니 새로운 경험이라며 좋아했다.

신재효와 고창 소리꾼들을 기념하는 전시관인 아니리 마당을 지나 발림 마당에 가면 판소리를 체험해 볼 수 있다. 발림 마당에는 판소리를 감상할 수 있는 음향 시설이 마련되어 있다. 그리고 판소리 광대들의 수련 과정과 소리 굴에서의 독공 과정도 살펴볼 수 있다. 우리는 각자 듣고 싶은 판소리를 한 대목씩 감상해 보고 고수가 되어 북도 치고 소리도 질러 봤다. 그다음으로 들른 혼 마당에서는 판소리의 역사와 음악적 특성, 명창들의 공연 모습 등이 담긴 디지털 영상이 상영되고 있었다.

고창 판소리 박물관을 나와 바로 앞의 신재효 선생 생가로 발길을 옮겼다. 생가 뜰에는 꽃들이 만발했고 방 안에는 판소리를 배우는 광경이 모형으로 재현되어 있었다.

박물관 앞에는 조선 중기에 왜구를 막기 위해 쌓았다는 고창 읍성이 있는데, 깔끔하게 정비되어 있고 신록이 한데 어우러져 매우 아름다웠다. 고창 읍성에는 머리에 돌을 얹고 성 둘레를 돌면 다릿병이 낫고 무병장수한다는 설화가 전해진다. 우리는 표지석 앞에서 기념사진을 찍고 문학답사의 마지막 목적지인 미당 시 문학관으로 출발했다.

팔 할이 바람이던 시인의 발자취를 느낄 수 있는 미당 시 문학관

고창군 심원면 용기리에 있는 용선 삼거리에 미당 시 문학관 안내 표지가 있다. 그것을 따라 우회전해 약 2킬로미터 정도 가면 미당 시 문학관이 나온다. 미당 시 문학관은 폐교된 선운 초등학교 봉암 분교 건물을 보수하여 개관되었고 부안면 선운리에 있다. 문학관 주변에 있던 서정

미당 시 문학관

주(徐廷柱, 1915~2000) 선생의 생가도 함께 복원되었다. 문학관에는 미당 시화 도자기, 『화사집』 원본, 운보 김기창(金基昶, 1913~2001) 화백이 그린 미당 초상 등을 비롯하여 유품 5천여 점이 전시되어 있다.

몇 년 전 겨울에 왔을 때는 텅 빈 운동장에 눈만 쌓여 삭막한 느낌이었는데 오늘은 넓은 운동장에 파릇한 잔디가 있어 싱그럽고 산뜻한 느낌이 들었다. 전시실 나무 바닥을 보니 학창 시절 교실 느낌이 물씬 풍겨 기분이 좋았다. 텅 비어 있던 전시실 중앙에는 문학관을 소개하는 영상 상영 공간이 생겼다. 문학관이 세련되게 정리된 듯했다.

예약된 시간에 도착해 해설사 선생님을 만났다. 해설사 선생님을 통해 우리는 미당의 작품을 하나하나 자세히 알아 갈 수 있었다. 나는 벽에 걸린 여러 작품 중 해설사 선생님께서 구수하게 설명해 준 「선운사 동구(洞口)」가 기억에 남았다. 이 작품은 선운사 미당 시비에 쓰인 시이기도 하다.

미당의 작품 중 많이 알려진 「국화 옆에서」를 감상하고 있자니, "내 누님같이 생긴 꽃"이라는 표현에서 마음이 잔잔하게 흔들렸다. 미당의 작

품들은 예술성이 뛰어나 문학 교과서에도 많이 수록되었고 노래로도 불린다. 하지만 미당의 작품성과 예술성은 차치하고 미당의 일제 강점기 친일 반민족 행위에 대해 많은 사람들이 비판하고 있다. 우리는 이런 현실에 대해 간단히 토론하면서, '문학과 친일'에 대해 고민해 보는 시간을 가졌다.

미당 시 문학관을 나와 마을 주변을 둘러본 후 복원된 미당의 생가로 갔다. 생가에서 기념사진을 찍고 우리는 정읍으로 돌아가기 위해 차에 올랐다.

차창 밖으로 논밭이 스쳐 지나갔다. 문학 답사를 통해 잠시나마 교실 안에서 벗어나 마음의 여유를 찾은 소중한 시간이었다. 우리는 그렇게 산수 구경하며 봄노래 부르듯 즐거운 문학 답사를 마쳤다.

- **누가:** 서영여고 학생들과 서허왕 선생님
- **언제:** 2013년 5월 12일(일요일)
- **인원:** 5명
- **테마:** 정읍·고창 시가 문학 여행

함께하는 문학 답사

토박이 서허왕 선생님의 귀띔!

　정읍과 고창은 답사지가 곳곳에 있어 차로 이동하는 것이 좋아요. 태산 선비 문화 사료관 혹은 정읍사 공원에서 답사를 시작해 보세요. 다음으로 배들평과 동학 혁명의 여러 유적지를 살펴보고 일제 강점기 때 고부 초등학교로 변한 옛 고부 관아 터 등지를 돌아보면 동학 혁명의 가치를 느낄 수 있어요. 그리고 고창 읍성, 선운사 미당 시비, 도솔암 마애불까지 다녀오면 풍성하고 즐거운 문학 답사가 될 것입니다.

문학 답사 코스 추천!

09:20
태산 선비 문화 사료관
무성 서원

차량 30분

옛 선비들의 정신과 풍류를
느낄 수 있는 곳

11:00
정읍사 공원

「정읍사」 망부상과
노래비 등이 있는 공원

차량 30분

12:00
황토현 전적지
동학 농민 혁명 기념관

동학 혁명 관련 유적이
곳곳에 흩어져 있는 곳

차량 25분

16:00
미당 시 문학관
서정주 생가

차량 40분

서정주의 시 세계와
발자취를 느낄 수 있는 곳

14:20
고창 판소리 박물관

해설과 함께 판소리에 대해
체험할 수 있는 곳

13:00
점심 식사

냉면, 갈비찜

차량 15분

2

기다림에 지친 사람들은
다 여기로 오라

제주

서귀포

고경림 | 제주 오현고

바람이 머물다 가는 곳,
그곳엔 그리움이 있었네

　　요즘은 전국 어디서나 제주도에 가기가 쉬워졌고, 제주에서도 어디든 한 시간이면 가고자 하는 곳에 넉넉히 이를 수 있다. 하지만 과거 제주도는 삶과 죽음의 바다를 건너야 닿을 수 있었던 절대 고독의 공간이었다. 한라산을 경계로 제주시에서 서귀포시로 갈 때도 굽이굽이 해안길이나 중산간 길을 따라 이동해야 했기에 쉽지 않았다. 그래서 제주에서도 남쪽 도시인 서귀포시는 조선 시대 최악의 유배지였고 6·25 전쟁 당시 피란처로 주목받기도 했다.

　　학생들과 함께 제주 풍경에 숨은 이야기를 찾아 길을 나서기로 했다. 추사 김정희(金正喜, 1786~1856)가 유배 생활을 했던 대정의 적거지와 화가 이중섭(李仲燮, 1916~1956)이 6·25 전쟁 중 피란 생활을 했던 서귀포 시내를 중심으로 돌아보았다. 아름다운 풍경을 배경으로 아프고 고독한 생애를 보낸 선대인들의 흔적이 여전히 후대 작가들에게 영감을 주며 살아 있기 때문이다.

대정 유배지로 가는 곡행의 길을 따라

제주시에서 1135번 평화로를 따라 남쪽으로 달리다 보면 멀리 바다가 보일 듯 말 듯하다. '오름'이라 불리는 나지막한 기생 화산 몇 개가 완만한 곡선을 이루며 있고 그 아래로는 들판이 펼쳐져 있다. 화산섬인 제주도에는 한라산을 중심으로 360여 개의 오름이 듬성듬성 솟아 있고, 중산간 곳곳에는 암석과 덩굴 식물이 뒤엉킨 곶자왈 숲이 있어 보기보다 험하다. 추사 김정희도 중산간의 돌밭과 숲을 헤치며 구불구불 곡행의 길을 따라 유배지로 향했을 것이다.

강인하게 서 있는 산방산이 눈앞에 선명히 보일 무렵, 제주 시내에서 남서쪽으로 40킬로미터 정도 떨어진 대정읍에 도착했다. 우리가 추사 김정희의 흔적을 찾아 길을 나선 때는 화창한 봄의 끝자락이었다. 제주에서라면 흔히 맞게 되는 바람도 한 점 불지 않는 포근한 날이었다. 하지만 추사가 제주에 도착한 후, 대정으로 향한 것은 1840년 음력 10월 1일이라고 하니, 바람이 몹시 부는 가을날 난풍의 흥취도 느끼지 못한 채 서둘러 갔을 것이다. 추사가 거친 바다를 넘어 유배지에 도착하기까지의 여정을 적어 보낸 편지에도 "엄한 길이 매우 바쁘니 무슨 흥취가 있겠느냐."라는 기록이 있다.

바람 많은 곳에서는 집도 성(城)도 비루먹은 조랑말만큼이나 나지막하다. 바람에 흔들리지 않게, 흔들려서 밑동이 뽑히지 않게 집이든 사람이든 대지 위에서 바짝 자세를 낮추어야 한다. 추사관도 낮은 자세로 서 있어 쉽게 눈에 띄지 않았다. 견고하게 돌담을 쌓아 올린 대정 읍성 한 자락과 키 작은 돌하르방이 먼저 눈에 들어왔다. 제주에서도 대정 지역은 역사 유적지가 거의 남지 않은 곳이다. 일제 강점기에는 알뜨르 비행장과 격납고가, 6·25 전쟁 중에는 육군 훈련소 등 군사 시설이 설치되며 대정 읍성도 거의 헐렸기 때문이다. 다행스럽게도 읍성의 일부가 남아 있어 현재 모습으로 복원할 수 있었다.

추사관은 창고 같은 소박한 모습으로 우리를 맞이했다. 추사관은 읍성과 마을 안길을 사이에 두고 마주 보고 있었는데 매표소 표지가 없었다면 길을 잃었을 만큼 낮은 모습으로 서 있었다. 학생들 표정에서 의아함이 느껴졌다. 추사의 이름만큼이나 위용이 대단한 건물을 찾았던 모양이다. 멀리 유배 가야 했던 추사의 행적을 잠시나마 밟아 느껴 보라는 듯 지그재그로 꺾인 계단을 따라 지하로 내려가니 부국 문화 재단, 추사 동호회 등에서 기증받은 추사의 유물이 전시되어 있었다.

천재 예술가였던 추사는 스물네 살 때 아버지 김노경과 함께 북경을 여행하며 중국 학자와 예술가 들과 교류하게 되었다. 추사는 북경에서 청나라 학자이자 서예가인 옹방강(翁方綱)과 대학자 완원(阮元)을 만나게 되었고, 이는 새로운 학문과 사상을 받아들여 신문화를 전개하는 계기가 되었다. 후에 그들의 사상과 이론을 통합하여 이룬 글씨체가 추사체이며, 추사는 조선 사람으로서 청조 금석학의 일인자라는 평가를 받기도 했다.

1840년 추사는 안동 김씨 가문의 역모로 윤상도의 옥사 사건에 연루되어 죽음의 문턱에 이른다. 다행히 오랜 벗인 조인영의 상소로 겨우 목숨을 건져 제주도로 유배를 오게 되었다. 세도 정치 권력 구조로 인해 그는 정치적 좌절과 절망을 겪었을 뿐만 아니라 가족과 멀리 떨어진 채 외로이 8년이 넘는 시간을 보내야만 했다.

추사관

　음식도 기후도 낯선 유배지에서의 삶은 순탄하지 않았을 것이다. 추사가 달아나지 못하게 집에는 가시가 많은 탱자나무 울타리가 둘러쳐졌다. 하지만 그는 초막의 당호를 '귤중옥(橘中屋)'이라 이르고 자신의 처지를 '우뚝한 지조와 꽃답고 향기로운 덕'이라 표현하였다. 추사의 제자 강위는 이 집을 가리켜 추사가 오랫동안 가부좌를 튼 집이라 하여 '달팽이 집(蝸廬)'이라 했고, 그와 교류했던 이한우는 「추사 선생 수성 초당에 부쳐(題秋史先生壽星草堂)」라는 한시에서 추사의 적거지를 '수성 초당'이라 일컫기도 했다.

　열악한 환경 속에서도 추사는 끊임없이 책을 읽고 사람들을 사르치고 그림을 그리고 글씨를 쓰고 시를 지었다. 제자 이상적이 구해서 보내 준 책으로 외로움을 견디기도 했다. 제주에 유배됨으로써 추사의 정치적 생명이 끝난 것이나 다름이 없었음에도 역관이었던 이상적은 여러 차례 연행을 다녀오며 추사가 부탁한 책과 새로운 자료 들을 구해 제주도로 보내 주었다. 1844년 추사는 한결같이 성의를 다하는 이상적에게 진심을 담아 「세한도(歲寒圖)」를 그려 보냈다. "날씨가 추워진 뒤에야 소나무와 잣나무가 늦게 시드는 것을 안다."라는 『논어』의 구절을 떠올리며 진정한 친구의 의미를 한겨울에도 변함없는 소나무의 모습으로 표현한 것이다. 어린아이의 그림처럼 너른 여백 속에 몇 개의 선으로 나지막하게 그려진 집과 추위에 떨며 서 있는 나무의 모습은 유배지에 있던 추사 자신의 모습과도 닮아 있다. 이상적은 추사가 그려 준 「세한도」를 중국 연경으로 가지고 가 친구들에게 보여 주었고, 이들은 이상적의 의리에 감동하고 추사의 처지를 안타까워하는 글을 지어 주었다. 이렇게 해서 「세한도」는 더욱 널리 알려지게 되었다고 한다. 해설사가 들려주는 「세한도」의 의미와 제작 과정을 들으며 현대를 살아가는 우리에게 과연 진정한 친구가 몇이나 될까, 우리 자신은 누군가의 진정한 친구라 할 수 있을까 생각해 본다.

전시실을 둘러본 후, 출구를 향해 난 계단을 따라 올라가니 넓은 공간에 추사의 흉상이 외로이 서 있었다. 거친 질감의 무쇠로 된 흉상 밑에는 수선화가 소담히 놓여 있었는데, 추사가 아끼던 꽃이라고 한다. 추사는 수선화에 대한 시를 여러 편 남겼다.

한 점의 마음 송이송이 둥글어라

그윽하고 담담하고 냉철하고 빼어났네

매화가 높다지만 뜨락을 못 면했는데

맑은 물에 해탈한 신선을 보겠구려

—김정희, 「수선화」

육지에서 수선화는 보기 힘든 귀한 꽃이었는데 제주에는 지천으로 널려 있어 추사가 크게 감탄했다고 한다. 그런데 제주에서는 수선화가 너무 흔한 나머지 잡초나 다름없이 버려져 사람들에게 짓밟혔고, 그 모습이 마치 자신의 곤궁한 처지와도 비슷한 듯 느꼈다고 하니 마음이 아려 왔다. 험한 곳에서도 영롱한 꽃을 피우는 수선화처럼 추사는 유배지에서 아픔을 견디며 스스로를 단련했으리라. 인내하지 않고는 이루지 못했을 추사의 삶과 작품들이 우리에게 서글픔과 숙연함을 느끼게 했다.

추사 적거지에서 서쪽으로 멀지 않은 보성 초등학교 정문에 조선 중기 문신이었던 동계(桐溪) 정온(鄭蘊, 1569~1641)의 유허비가 있어 들러 보기로 했다. 조선 시대에 제주에 유배되었거나 방어사로 부임하여 제주 교학 발전에 공헌했던 다섯 인물을 제주 오현(五賢)이라 하는데, 정온도 그 중 한 명이다. 우리 학교 이름인 '오현'도 여기서 비롯되었다. 학생들에게 말로만 듣던 오현의 흔적을 직접 본 느낌이 어떠냐고 물으니 그저 웃기만 한다. 그는 광해군 때 이곳 대정현에 유배되었다. 정온은 제주에 도착 후, "죄지은 자가 살기에 적합하구나." 하며 스스로 별호를 '고고자(鼓鼓子)'라 하고 지붕보다도 높은 가시나무 울타리가 쳐진 귀양지에서 독서와 시 짓기를 하고 유생들을 가르치며 9년을 보냈다. 1623년 인조반정이 일어나 정온을 유배 보냈던 광해군이 제주로 유배되었다가 죽자 정온은 풀려났다. 대쪽 같은 성미에 의협심이 강해 충절의 표본으로 일컬어졌던 정온을 흠모했던 추사는 현령에게 건의하여 1842년 이곳에 그의 유허비를 세웠다. 이백여 년의 시간이 흘러 자신이 숭앙했던 선비가 유배되었던 곳에 추사 자신이 유배되었으니 마음이 어떠했을까?

추사의 긴 이야기를 따라가다 보니 점심때가 되었다. 추사 적거지 근처에 있는 국숫집으로 향했다. 국수는 최근 제주의 대표 음식으로 떠오르고 있다. 제주를 찾는 사람들이라면 한번쯤은 국숫집을 들르게 된다. 제주 시내에는 국숫집 거리가 있으며 이름난 곳은 번호표를 받아 줄을 서서 기다리기도 한다. 우리가 간 국숫집은 소박한 분위기에 맛도 좋아

현지인들도 많이 찾는 곳이다. 돼지고기를 삶아 육수로 쓰고 국수사리 위에 삶은 돼지고기가 고명으로 몇 조각 올라오는데 다른 지역에서는 맛볼 수 없는 음식이다. 1960~1970년대 제주에서는 국수로 끼니를 해결하기도 했고 집안에 경조사가 있으면 고기국수를 손님들에게 대접했다. 이제는 이 지역의 별미로 손꼽히며 관광객들의 입맛을 사로잡고 있다.

서귀포 칠십 리, 아득한 그리움의 길을 따라

점심을 먹고 나서 30분 정도 차를 타고 서귀포 시내에 있는 이중섭 미술관으로 향했다. 미술에 문외한이라도 화가 이중섭을 모르는 사람은 없을 것이다. 학창 시절 한번쯤은 미술 시간에 들어 보았을 테니 말이다.

이중섭 미술관은 바다와 섶섬이 보이는 곳에 아담한 모습으로 서 있었다. 우리는 미술관 아래쪽에 차를 세우고 돌담 길을 따라 걸어 올라갔다. 주차장에서 미술관을 향해 올라가는 산책길은 제주도의 옛 올레 길 모습을 복원한 것으로, 검은 현무암 돌담이 이어진 사이사이에 아름드리 나무가 그늘을 이루고 곳곳에 피어 있는 이름 모를 꽃들이 호젓하고 아늑한 분위기를 연출하고 있었다. 서귀포시에서 미술관을 건립하면서 주변 지역도 함께 매입해 작은 공원으로 조성해 놓았는데 이중섭의 그림 속 풍경처럼 아기자기한 맛이 있었다.

미술관에 들어가자마자 이중섭의 대표작인 「황소」가 눈에 띄었다. 관람객들이 기념사진을 찍을 수 있도록 미술관에서 배려해 놓은 것이다. 상설 전시실에는 이중섭의 작품과 부인 이남덕 여사가 이중섭에게 보낸 편지 등 각종 자료가 전시되어 있었다. 학예사는 진지한 자세로 전시실을 둘러보는 학생들이 대견했는지 미술관의 건립 과정과 소장품에 대해 자상하게 설명해 주었다. 2002년에 미술관이 개관할 당시에는 이중섭의 원작이 한 점도 없었으나 그 후 기증을 받거나 구입을 하여 현재는 아홉 점을 소장하고 있다고 했다. 2012년에는 이남덕 여사가 이중섭의 유일한 유품인 팔레트를 기증했다고 한다. 이중섭으로부터 사랑의 징표로 받아 70여 년간 소중하게 간직해 온 팔레트를 대중에게 내어놓는 일이 쉽지는 않았을 것이다. 이중섭의 분신과도 같은 팔레트를 대중과 공유하면서 두 사람의 사랑이 만인에 대한 사랑으로 승화되기를 바라는 이남덕 여사의 따뜻한 마음이 전해졌다.

이중섭은 6·25 전쟁 중 서귀포에 내려와 11개월이라는 짧은 기간 머물렀지만 부인과 어린 두 아들과 함께 생애 가장 행복한 시간을 보냈다. 미술관과 이중섭 거리 사이에 이중섭이 피란 시절 머물렀던 집이 있다. 그 집에는 당시 집주인의 며느리가 살고 있는데 우리가 찾아가 보니 할머니가 한 분 난간에 앉아 계셨다. 할머니께 사진을 찍어도 되는지 여쭸더니 손을 내저으셨다. 이중섭 가족이 지냈다던 방은 두 평도 안 되는 작은 크기로, 네 식구가 앉아 있기도 힘든 좁은 공간이었다. 피란민 배급품과 고구마로 연명하며 어려운 생활을 했지만 사랑하는 이들과 함께하였기에 화가는 전쟁의 암울함을 견딜 수 있었을 것이다.

서귀포 시절에 그렸다는 이중섭의 그림에는 게, 바다, 아이들, 물고기, 가족 등의 소재가 자주 등장한다. 이중섭이 직면했던 현실은 고통스러웠지만 그는 순수하고 따뜻하게 세상을 바라보며 그림을 통해 환상적이고 즐거운 분위기로 표현했다. 그의 순수한 의식 세계를 엿보게 하는 일화가 몇 가지 전해지기도 한다. 「게」 그림은 먹을 것이 부족해 매일 바닷가에 나가 게나 조개를 잡아먹은 것이 미안해서 그 게들의 넋을 달래기 위해 그렸다는 이야기, 「천도복숭아」는 시인 구상이 입원해 있을 때 가난했던 화가가 과일 대신 그려 선물했다는 이야기가 그렇다. 어린아이와도 같이 맑고 깨끗한 이중섭의 마음이 전해지는 이야기들이다. 천재적 재능을 지녔던 이중섭은 자신이 경험하지 않은 것은 그릴 수 없다는 예술가적 양심과 인간적인 순수함을 바탕으로 곤경 속에서도 숱한 그림을 남겼고, 오늘날까지 대중의 사랑을 받는 예술가로 남았다.

1952년에 생활고로 가족들이 일본으로 떠나고 1953년 이중섭은 지인의 도움으로 밀항해 도쿄에서 가족들과 재회했지만 5일 간의 짧은 만남을 끝으로 귀국했다. 이후 가족을 그리워하며 살다 1956년 생을 마감하고 말았다. 시인 김춘수(金春洙, 1922~2004)는 이중섭 연작시를 통해 화가의 심정을 풀어 놓았다.

서귀포에는 바다가 없다.
아내가 두고 간
부러진 두 팔과 멍든 발톱과
바람아 네가 있을 뿐
가도 가도 서귀포에는
바다가 없다
바람아 불어라.

—김춘수, 「이중섭 3」 중에서

전람회 준비를 하면서 현해탄 너머에 있는 가족에 대한 그리움을 술로 달래던 이중섭은, 1956년 9월 6일 적십자 병원에서 쓸쓸한 죽음을 맞았다. 화가가 사랑하는 이들과의 이별로 가장 고통스러워했던 시기의 작품이 걸작으로 주목받는 것은 삶의 아이러니인지도 모른다. 이중섭 가족이 머물렀던 집 안마당에는 누렁이 한 마리가 바람이 불어도 사람들이 지나

외돌개

가도 모르는 척 미동도 없이 늘어져 누워 있다.

이중섭 문화 거리에서 아이스크림을 먹으며 더위를 식힌 후, 화가가 산책하며 그림을 그렸다는 산책로를 따라 올라 삼매봉 입구에 있는 칠십 리 시(詩) 공원을 찾았다. 공원 산책로를 따라 걷다 보면 한라산이 한눈에 들어오고, 새섬 전망대에 이르면 멀리 서귀포 항과 천지연 폭포도 감상할 수 있다.

이곳에는 제주의 곳곳을 소재로 한 노래비 3기와 시비 12기도 있어 예술과 자연을 함께 즐길 수 있다. 서귀포 시인 한기팔의 「서귀포」, 가곡 「떠나가는 배」를 작사한 제주 시인 양중해의 「마라도」, 정지용의 「백록담」, 구상의 「한라산」 등의 시비가 있다. 「서귀포를 아시나요」, 「서귀포 바닷가」 등의 노래비도 사람들을 맞이하고 있었다. 저마다의 사연을 안고 찾아드는 제주 섬. 이 시와 노래들은 섬에 대한 추억과 눈물, 희망을 표현하고 있다.

시 공원에서 나와 마지막 여정인 외돌개로 향했다. 외돌개는 바다에서 분출된 용암이 식으며 만들어진 바위다. 최영 장군이 외돌개를 장수로 치장하여 원나라 세력의 기를 꺾었다고 해서 '장군석'이라고도 불리고, 고기잡이 나간 할아버지를 기다리던 할머니가 바위로 변했다는 망부석 설화도 전해지는 바위다. 학생들은 교과서에서 배운 망부석 설화의 현장을 직접 보고는 신기하다는 표정을 지었다.

제주 올레 7코스의 시작점이기도 한 외돌개 주변은 경치가 아름다워 사람들의 발길이 끊이지 않는다. 이곳에 오면 저절로 마음이 가벼워진다. 소나무 숲길 사이로 불어오는 바람을 누구도 피할 수는 없다.

바람, 돌, 여자가 많아서 삼다도라 불리는 섬. 섬은 변함없이 그 자리에 있다. 설렘을 안고 제주도를 찾는 이 누구든 언제나 온화한 남국의 기운으로 반겨 준다. 그러나 제주의 이국적인 풍경만을 보려고 한다면 진짜 제주는 영원히 볼 수 없을 것이다. 제주의 바람이 휩쓸고 지나갈 때마다 추사 김정희의 글씨는 단단해졌고, 가족에 대한 이중섭의 사랑은 더욱 깊어만 갔다. 그들의 자취는 바람이 낸 길을 따라 풍경에 스며 있다.

- **누가:** 오현고 학생들과 고경림 선생님
- **언제:** 2013년 6월 6일(목요일)
- **인원:** 5명
- **테마:** 서귀포시에 머물다 간 예술가들

함께하는 문학 답사

토박이 고경림 선생님의 귀띔!

서귀포는 우리나라의 가장 남쪽에 위치하며 이국적인 경치를 지닌 항구 도시입니다. 서귀포 시내 서쪽으로는 대정읍이 있는데 조선 시대에 최악의 유배지로 손꼽혔던 곳이지요. 추사 김정희와 이중섭은 제주도에서 어려운 시기를 보냈습니다. 그들의 힘든 삶은 글과 그림에 스며들었고 후대 작가들은 그들의 삶과 작품에서 영감을 얻었습니다. 문학 답사를 떠나기 전 추사 김정희와 이중섭의 삶에 대해 살펴보고, 관련 작품들도 읽어 보기를 추천합니다.

문학 답사 코스 추천!

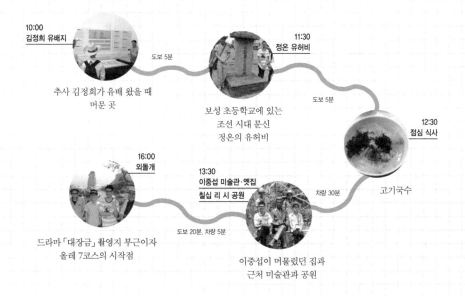

10:00 김정희 유배지
추사 김정희가 유배 왔을 때 머문 곳

도보 5분

11:30 정온 유허비
보성 초등학교에 있는 조선 시대 문신 정온의 유허비

도보 5분

12:30 점심 식사
고기국수

차량 30분

13:30 이중섭 미술관·옛집 칠십 리 시 공원
이중섭이 머물렀던 집과 근처 미술관과 공원

도보 20분, 차량 5분

16:00 외돌개
드라마 「대장금」 촬영지 부근이자 올레 7코스의 시작점

양영길 | 제주 서귀포 중문중

한라산, 파도 소리를 품다

　　제주시 지역에 문학 답사를 간다면 제주 학생들이 가장 먼저 가볼 만한 곳, 육지 학생들이 왔을 때 꼭 들를 만한 곳은 어디일까? 학생들에게 물어봤더니 특별히 가 보고 싶은 곳을 결정하지 못하고 망설였다. 그래서 제주의 문학가 가운데 가장 먼저 떠오르는 사람이 누구냐고 물었더니, 소설가 현기영(玄基榮, 1941~)이라는 대답이 돌아왔다. 그렇다! 현기영 소설가를 빼고 제주 현대 문학을 이야기하는 것은 제주의 드센 파도를 빼고 제주 바다를 이야기하는 것과 다를 바 없다.

　　드디어 문학 답사를 떠나는 날, 우리는 제주시 관덕정(觀德亭) 마당에 모였다. 돌하르방이 한 손은 가슴에 한 손은 배꼽에 얹고 어정쩡한 얼굴로 우리를 맞아 주었다. 관덕정은 탐라 시대부터 현대에 이르기까지 제주 역사가 살아 숨 쉬는 현장이다. 우리는 이곳에서 출발해 파도 소리가

가장 슬펐다는 조천 포구의 연북정(戀北亭), 제주 4·3 사건의 비극을 다룬
「순이 삼촌」 문학비, 문학의 원시적 형태가 남아 있는 「자장가」가 새겨져
있는 비설 모녀상, 그리고 나눔 정신의 표상인 김만덕(金萬德, 1739~1811)
의 기념관을 돌아보기로 했다.

역사의 파도 소리, 연북정

조천 포구에 있는 연북정은 조선 시대 제주의 관리들과 유배객들이 임
금을 향해 예를 올리던 곳이다. 연북정에 도착한 우리는 먼저 파도 소리
에 귀 기울여 보았다. 잠깐 먹구름이 머물다 지나갔다. 학생 중 한 명이
미리 준비해 온 정호승(鄭浩承, 1950~)의 「연북정」을 수평선을 바라보며
낭송했다.

기다림에 지친 사람들은 다 여기로 오라

내 책상다리를 하고 꼿꼿이 허리를 펴고 앉아

가끔은 소맷자락 긴 손을 이마에 대고

하마 그대 오시는가 북녘 하늘 바다만 바라보나니

오늘은 새벽부터 야윈 통통배 한 척 지나가노라

새벽별 한두 점 떨어지면서 슬쩍슬쩍 내 어깨를 치고 가노라

오늘도 저 멀리 큰 섬이 작은 섬에 가려 있어 안타까우나

기다리면 임께서 부르신다기에

기다리면 임께서 바다 위로 걸어오신다기에

연북정 지붕 끝에 고요히 앉은

아침 이슬이 되어 그대를 기다리나니

기다림 없는 사랑이 어디 있느냐

연북정

그대의 사랑도 일생에 한 번쯤은 아침 이슬처럼

아름다운 순간을 갖게 되기를

—정호승, 「연북정」

배경 음악은 파도 소리, 관객은 한라산과 수평선이었다. 정호승 시인
에게 역사의 파도 소리는 기다림이었을까? 이곳 연북정이 있는 조천포
는 제주에서 육지로 나가거나 들어오는 관문이기도 했다. 조정의 명령이
나 개인 서찰도 이 관문을 통하여 들어오고 나갔다. 한양에서 제주까지
한 달이 걸리기도 했다니 그 기다림이 오죽했을까. 배가 풍랑을 만나 침
몰하기도 했으니 이곳 파도 소리는 한(恨), 그 자체였을 것이다.

1689년 제주에 유배 왔다가 돌아가는 길에 사약을 받아야만 했던 우암
송시열(宋時烈, 1607~1689)은 "늙고 병(病)든 몸이 북향(北向)ㅎ야 우니노
라/님 향(向)한 ᄆᆞ음을 뉘 아니 두리마ᄂᆞ/들 볼고 밤 긴 적이면 나쑌인가

흐노라." 하면서 임금이 있는 북쪽을 향해 눈물을 흘렸다. 추사 김정희, 면암 최익현, 북헌 김춘택도 아마 이 파도 소리를 들으며 뜨거운 눈물을 보였을 것이다.

제주 사람들은 썰물은 '물이 싼다.'라고 하고 밀물은 '물이 든다.'라고 한다. 밀물이 최고에 이르면 '물이 봉봉 들었다.'라고 한다. 물이 봉봉 들면 연북정은 한라산을 배경으로 전경에 또 다른 그림자를 거울처럼 비추어 주기도 한다. 제주에 죗값을 물으러 왔던 관리들이나, 변방 제주로 밀려나 정치적 고향인 한양 소식에 목이 말랐을 관리들에게 가장 슬프게 들렸을 파도 소리. 멀리서 우리를 지켜보는 저 한라산은 가슴 깊은 곳에 파도 소리를 품고 있을 것만 같았다.

제주 4·3 사건의 아픔을 문학적 제의로 풀어낸「순이 삼촌」

「순이 삼촌」 문학비가 있는 조천읍 북촌리 너분숭이에 이르렀다.「순이 삼촌」은 1978년 현기영이 발표한 소설이다. 1948년 제주를 피로 물들인 제주 4·3 사건의 비극과 후유증을 고발하는 작품인데, 문학비는 사건의 배경이 되는 북촌리에 조성되었다. 북촌리 주민들이 총살되었던 옴팡밭 한쪽 바닥에 돌을 둥그렇게 다듬어 깔고「순이 삼촌」 문학비를 세워 놓았다. 소설의 구절들을 새겨 넣은 돌들도 바닥 여기저기에 흩어져 있었다. 겹쳐 놓인 돌도 있었다. 마치 당시 희생된 시신들이 흩어져 있는 것처럼 보였다. 아무 글도 새겨지지 않은 돌도 있었는데, 아직 다하지 못한 이야기라고 한다.

그동안 제주 4·3 사건에 대해 너무 모른 채 살아왔다. 먹고사는 문제가 더 시급했기에 괜한 소리 했다가 고생할 사람들을 떠올리며 애써 외면하기만 했다. 눈치 보지 않고 말하거나 글을 쓰기에는 너무나 어두운

「순이 삼촌」 문학비

시절이었다.

　그 옴팡 밭에 붙박인 인고의 삼십 년, 삼십 년이라면 그럭저럭 잊고 지낼 만한 세월이건만 순이 삼촌은 그렇지를 못했다. 흰 뼈와 총알이 출토되는 그 옴팡 밭에 발이 묶여 도무지 벗어날 수가 없었다. 당신이 딸네 모르게 서울 우리 집에 올라온 것도 당신을 붙잡고 놓지 않는 그 옴팡 밭을 팽개쳐 보려는 마지막 안간힘이 아니었을까?

　그러나 오누이가 묻혀 있는 그 옴팡 밭은 당신의 숙명이었다. 깊은 소(沼) 물귀신에게 채여 가듯 당신은 머리끄덩이를 잡혀 다시 그 밭으로 끌리어 갔다. 그렇다. 그 죽음은 한 달 전의 죽음이 아니라 이미 30년 전의 해묵은 죽음이었다. 당신은 그때 이미 죽은 사람이었다. 다만 30년 전 그 옴팡 밭에서 구구식 총구에서 나간 총알이 30년의 우여곡절한 유예(猶豫)를 보내고 오늘에야 당신의 가슴 한복판을 꿰뚫었을 뿐이었다.

― 현기영, 「순이 삼촌」 중에서

　「순이 삼촌」은 4·3 사건의 아픔을 문학적 제의(祭儀)로 풀어낸 첫 작품이었다. 4·3 사건은 1947년 삼일 운동 기념 행사장에서 경찰이 시위 군중을 향해 발포해 주민 여섯 명이 사망하면서부터 시작되었다. 격분한 주민들은 발포한 경찰의 처벌을 요구하며 민관 합동 총파업을 벌였고, 군경은 파업 주동자를 검거한다는 명목으로 주민들을 연행, 투옥, 고문했다. 이에 불만을 품은 세력들이 1948년 4월 3일, 도내 지서들을 습격했다. 군경은 무장대를 토벌하려 제주 해안선을 봉쇄하고 대대적인 작전을 벌였다. 1954년 9월 21일 한라산 금족령이 해제될 때까지 7년 6개월 동안 제주도민 30만 가운데 3만여 명이 목숨을 잃고 300여 중산간 마을이 불타 없어졌다. 아직도 풀어야 할 일들이 많이 남아 있는 뼈아픈 역사라 아니할 수 없다.

사건의 와중인 1949년 1월 17일 토벌대는 북촌리 주민들을 학교 운동장에 모아 놓고 남녀노소 가리지 않고 총을 난사해 주민 사백여 명이 희생되었는데, 「순이 삼촌」은 이 사건을 바탕으로 씌었다. 입이 있어도 함부로 말하지 못하던 이야기를 현기영은 세상에 발표했다. 4·3 사건 발발 30주기가 되는 1978년이었다.

이 소설을 계기로 억울한 죽음의 진상을 밝혀야 한다는 목소리가 터져 나오기 시작해, 20여 년이 지난 2000년 1월 12일 '제주 4·3 특별법'이 제정·공포되었다. 이에 따라 정부 차원의 진상 조사가 이루어졌고 2003년 10월 31일 노무현 대통령은 '국가 권력에 의한 대규모 희생'이었음을 공식 인정하고 제주도민에게 사과했다. 현기영은 제주 4·3 사건은 자신에게 '문학적 원죄'라고 고백한 바 있다.

눈보라 속에 들려오는 문학의 원시적 얼굴 「자장가」

봉개동 한라산 기슭에 있는 제주 4·3 평화 공원에 이르렀다. 평화 공원은 4·3 사건 당시 억울하게 희생당한 영혼을 달래고 그 진실을 드러내 화해와 상생으로 승화시켜 나가자는 도민들의 염원을 담은 곳이다. 산으로 피신하여 동굴 생활을 하다가 희생당한 많은 사람들을 기리는 뜻에서 땅 위보다 땅 밑에 더 많은 공간을 구성해 놓았다.

비설 모자상은 4·3 평화 공원의
외진 구석에 있었다. 너무 외진 곳
에 있어 일부러 찾지 않으면 아무도
찾아 주지 않을 것 같았다. 외로움
과 쓸쓸함이 밀려드는 곳이었다.

비설 모자상

비설(飛雪)은 '쌓여 있던 눈이 거
센 바람에 날린다.'라는 뜻이다. 모
자상으로 들어가는 길목에는 제주
민요 「자장가」가 새겨져 있는데, 엄
마의 자장가 소리가 골목길을 따라 들려오는 듯했다. 젖 먹던 시절 엄마
의 목소리로 듣던 자장가는 어쩌면 문학의 원시적인 얼굴이 아닐까?

웡이 자랑 웡이 자랑

어지시던 할머님 손자 단잠 자라 웡이 자랑

저리 가는 검둥개야 이리 오는 검둥개야

우리 아기 재워 다오 너의 아기 재워 주마

아니 아니 재워 주면

질긴 질긴 총배로 발목 손목 묶어 달아매어

높은 높은 나무에 달아매어

둥근 둥근 막대기로 때리겠어

큰 막대기로 때리겠어

때리다가 때리다가 힘들면

깊은 깊은 천지소에 빠뜨렸다 건졌다 (하겠어)

하다가 하다가 힘들면

뒷밭에 던져 버리면 뒷집 개도 뜯어먹고

앞밭에 던져 버리면 앞집 개도 뜯어먹고

뜯어먹다 남기면

돌담 위에 걸치면 독수리가 물어 가 버리면 그만이여

웡이 자랑 웡이 자랑 어지시던 할머님

이 자손 맛있는 밥 먹여 단잠이나 재워 주십시오

웡이 자랑 웡이 자랑

—「자장가」 중에서

바닷가 해녀들이 불을 지펴 몸을 덥히는 불턱처럼 만든 돌담 길을 따라 모녀상에 다다르면 아기를 꼭 안은 채 거세게 날려드는 눈보라를 향해 엎어질 듯 웅크린 엄마의 처절한 모습과 마주하게 된다. 1949년 1월 당시 스물다섯 살 엄마 변병생이 두 살배기 딸을 안고 오름으로 피신하다 토벌대의 총에 맞아 세상을 달리한 모습을 형상화했다고 한다. 여름의 문턱인데도 서늘한 기운이 온몸을 엄습해 오면서 우리는 눈시울이 젖어 들었다.

나눔 정신의 표상 김만덕을 찾아

시내로 돌아오는 길에 김만덕 기념관을 찾았다. 김만덕의 나눔 정신은 소설, 동화, 만화 등으로 널리 알려져 있다. 또 2010년에는 「거상 김만덕」이라는 드라마로 만들어져 방영되기도 했다.

1792년부터 4년 동안 제주는 극심한 가뭄이 들어 사람들이 굶주림에 지쳐 죽어 갔다. 관에서 조정에 도움을 청했으나 곡식을 수송하던 배가 제주도에 오다 침몰해 상황은 더욱 심각해졌다. 이에 김만덕은 온갖 고

김만덕 기념관

난을 이겨 내면서 모은 재산 1천금으로 손수 배를 빌려 육지에서 양곡 오백 석을 사들여 관에 기부하고 죽을 쑤어 굶주린 백성들을 먹여 살렸다.

이 소식을 들은 정조는 김만덕에게 벼슬을 제수하고 그녀를 궁중으로 불러들여 궁궐과 금강산을 구경하게 하였다. 당시 좌의정 채제공은 「만덕전」을 지어 그 공적을 후세에 전하고자 했으며, 병조 판서 이가환은 그녀의 덕을 기리는 「송시」를 짓기도 했다. 박제가와 정약용은 만덕에게, 눈에 보이는 것만 보지 않고 기상을 높이 세워 사람들의 마음을 보살피고 목숨까지 구했다고 칭송하였다. 또 1840년 유배를 온 추사 김정희는 만덕의 행적을 듣고 감동하여 은혜로운 빛이 세상에 널리 번졌다는 뜻의 '은광연세(恩光衍世)'라는 편액을 써 칭송의 뜻을 전하기도 했다.

우리가 가는 길의 처음과 끝에는 언제나 한라산이 있었다. 역사의 파도 소리까지 묵묵히 듣고 있었을 한라산. 오래된 과거부터 미래의 모습까지 제주 역사와 문화를 지금도 가슴 가득 품고 있을 것이다.

- **누가:** 오현고 문학 동아리 '제오계절' 학생들과
  양영길 선생님
- **언제:** 2013년 6월 6일(목요일)
- **인원:** 14명
- **테마:** 제주 역사와 관련된 문학

함께하는 문학 답사

토박이 양영길 선생님의 귀띔!

제주 문학에는 중심적 인식과 주변적 인식이 공존합니다. 그 인식의 차이를 중심으로 살펴볼 수 있는 문학 작품도 많습니다. 문학 답사 전에 조천 포구의 연북정과 관련된 유배 문학 작품과 제주 4·3 사건의 비극을 다룬 현기영의 「순이 삼촌」, 권무일의

「의녀 김만덕」, 변방적 인식이 드러나지 않는 민요 「자장가」 등을 찾아 읽고, 관련 역사도 살펴보기를 추천합니다. 관덕정 마당에 모여 돌하르방도 보고 제주에 어떤 이야기가 숨 쉬고 있는가 이야기도 나누어 보세요.

문학 답사 코스 추천!

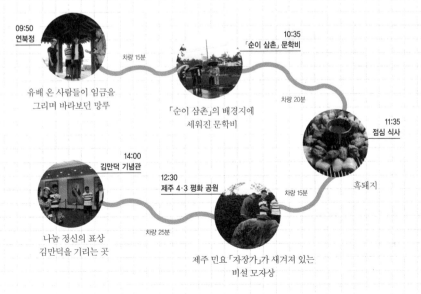

09:50
연북정
유배 온 사람들이 임금을
그리며 바라보던 망루

차량 15분

10:35
「순이 삼촌」 문학비
「순이 삼촌」의 배경지에
세워진 문학비

차량 20분

11:35
점심 식사
흑돼지

차량 15분

12:30
제주 4·3 평화 공원
제주 민요 「자장가」가 새겨져 있는
비설 모자상

차량 25분

14:00
김만덕 기념관
나눔 정신의 표상
김만덕을 기리는 곳

3

삶이란 어울려
날아가는 티끌처럼

부산 · 울산 · 경남 · 대구 · 경북

안동

대구

경주

양산

울산

진주

창원

부산

하동

통영

거제

서형오 | 부산 대양전자통신고

길 위에서 근대 부산을 읽다

동래 이주홍 문학관

부산 도시 철도 1호선 노포역 방향. 명륜역에 도착한 열차가 한 무리의 사람들을 부려 놓는다. 5번 출입구로 나와 바로 육교를 건너 건너편 백화점으로 들어가는 이들도 있고, 승강기나 육교를 이용해 지상으로 내려가는 이들도 있다. 계단을 내려가 금정산을 바라보는데, 가로에 서 있는 은행나무들이 노란 잎을 떨구고 있다. 문득 천이백 년 전 누이동생을 잃고 「제망매가」를 지어 부른 월명사의 슬픈 마음이 노란 등불처럼 마음속에 떠오른다.

우리는 깊어 가는 가을의 기운이 차가워 손끝을 오므리고 천천히 10분쯤 걸어서 차밭골 어귀에 있는 이주홍 문학관에 도착했다. 시계를 보니 오전 9시 50분. 부산 동래구 금강로에 위치한 문학관은 이주홍(李周

이주홍 문학관

洪, 1906~1987) 선생이 1971년부터 1987년 작고할 때까지 살았던 온천동 집을 부산광역시 지원금으로 구입하고 개축해 2002년 문을 열었는데, 그곳이 개발되면서 2004년 5월 현재 위치로 옮겨졌다. 온천 1동 177-18번지에 있던 그 집. 내가 2년차 교사가 되어 갈팡질팡하던 1993년 어느 날, 정영일 선생님을 따라 동료 교사들과 함께 맥주를 사 들고 방문했던 곳, 선생님의 숙모님께서 웃음 가득한 얼굴로 우리를 맞아 주셨던 그곳.

학생들과 함께 문학관 이 층 전시관으로 들어서자 선생의 흉상이 방문객들을 맞이한다. 조각가 정철교 작가의 열정을 통해 다시 태어난 선생의 저 깊고 인자한 표정. 오른쪽으로 방향을 꺾어 벽면에 걸린 액자를 응시한다. 지금은 부경 대학교가 된 부산 수산대에서 교수로 재직할 당시 강의 노트에 쓴 "문학은 살벌한 세정의 인식, 아무리 순수를 지향해도 증인, 의견의 대변자, 항거의 전위 부대"라는 글귀, 젊은 시절에 찍은 사진 한 장이 그 속에 들어 있다. 여기서 선생이 지향했던 문학 정신을 읽는다.

이주홍 선생은 특정한 갈래를 고집하지 않고 아동 문학, 시, 소설, 희곡, 평론, 시나리오, 수필 등을 고루 창작한 작가다. 게다가 만화, 서예, 음악 등의 분야에서도 두각을 드러내었으니 여러 방면에 능통한 예술가였음을 확인할 수 있다. 이주홍 선생은 40년 넘게 마음을 나눈 벗이었던 김정한 선생과 함께 부산 문학을 떠받치는 두 기둥으로 평가받는다.

전시된 자료가 다양하고 풍성해서 흥미롭다. 선생의 작품이 실린 잡지와 단행본, 서화, 육필 원고, 악보, 도자기, 만년필, 지필묵, 퉁소, 사진기, 안경과 안경집, 문패, 표주박, 인장과 통, 명함 등 선생이 걸어온 삶의 시간들을 느낄 수 있는 자료들이다. 숱한 작가들이 보낸 편지 중에서 김동리와 황순원, 이오덕 등으로부터 받은 편지들을 구경할 수 있었다. 선생이 직접 그린 표지 그림이 실린 『신소년』, 선생의 작품이 실린 『풍림』, 『별나라』 등 희귀본들도 소장되어 있다. 세상에서 일어나는 일들을 수첩에 만년필로 기록하고 사진 찍기를 즐겼던 선생의 일상을 알게 되니 작품 속에 흐르는 기지와 해학, 풍자가 세상사와 인간에 대한 관심과 온기를 통해 나온 것임을 깨달았다. 우리는 전시장을 찬찬히 둘러보고 나왔다. 생활과 예술을 아꼈던 선생의 열정과 정신이 우리 마음에 담기기를 바라면서.

「비 오는 날」의 원구가 걷던 길

우리는 한국 전력 공사 동래 변전소로 발길을 옮겼다. 늑장을 부리지 않는다면 걸어서 30분이면 족하다. 11시 15분, 이주홍 문학관을 뒤로하고 다시 명륜역 앞 육교를 건넜다. 동래 중학교를 오른쪽에 끼고 동래로를 따라 걸어간다. 하늘은 방망이로 두드려 뺀 것처럼 맑다. 명륜 교차로에서 오른쪽으로 돌아 명륜로로 접어들었다. 케이티(KT) 동래 지점을 지나고 얼마 지나지 않아 동래 교차로가 나타났다. 교대 방면으로 난 큰길과 나란히 있는 건널목을 건너 동래 경찰서 맞은편에 있는 변전소 건물 앞으로 간다. 동래 전차 역이 있던 자리이다. 손창섭(孫昌涉, 1922~2010)이 쓴 「비 오는 날」에서 원구가 동욱 남매의 집으로 가기 위해 전차에서 내린 바로 그곳이다.

6·25 전쟁이 일어나는 바람에 부산으로 내려와 리어카에 잡화를 벌여 놓고 파는 일을 하던 원구는 어느 날 거리에서 우연히 소학교부터 대학까 지 동창인 동욱을 만난다. 원구는 그와 함께 술을 마시면서 동욱이 1·4 후 퇴 때 동생 동옥을 데리고 부산으로 와 미군들을 대상으로 초상화를 그려 주는 일로 밥벌이를 하고 있다는 사실을 알게 된다. 긴 장마가 시작된 어 느 날, 원구는 동욱이 사는 집으로 찾아가기 위해 전차를 타고 가다 동래 종점에 내린다. 「비 오는 날」에서 원구가 걸어가는 길을 따라가 보자.

동래(東萊) 종점에서 전차를 내리자, 동욱(東旭)이가 쪽지에 그려 준 약도를 몇 번이나 펴 보며 진득진득 걷기 말쩬 비탈길을 원구(元求)는 조심히 걸어 올라갔다. (중략) 나중에 들어 알았지만 왜정 때는 무슨 요 양원으로 사용되어 온 건물이라는 것이었다. 전면(前面)은 본시 전부 가 유리 창문이었는데 유리는 한 장도 남아 있지 않았다. 들이치는 비 를 막기 위해서 오른편 창문 안에는 가마니때기가 늘어 있었다. (중략) 이런 집에 동욱(東旭)과 동옥(東玉)이가 살고 있다니. 원구(元求)는 다 시 한 번 쪽지에 그린 약도를 펴 보았다. 이 집임에 틀림없었다. 개천을 끼고 올라오다가 그 개천을 건너선 왼쪽 산비탈에는 도대체 집이라고 는 이 집 한 채뿐이었다.

—손창섭, 「비 오는 날」 중에서

인용한 부분 외에도 비가 많이 내리는 날 앞 도랑에 물이 불어서 못 건 너간다는 동옥의 말, 육순이 넘은 주인집 노파가 전차 역 나가는 길에 쪽 방 가게를 내고 담배, 성냥, 과일, 사탕 같은 것들을 팔고 있다는 동욱의 설명 등을 통해 우리는 원구가 찾아가는 동욱 남매의 집이 동래 어디쯤

인지 추정해 볼 수 있다. 동래역 인근 지역을 고려해 본다면 아마 안락동이나 낙민동쯤의 산비탈로 짐작된다(「비 오는 날」에서 정원구가 전차를 타고 가다 내린 곳은 '동래 종점'으로 소개되고 있다. 그런데 여기서 동래를 역 이름이 아니라 지역과 같이 넓은 범위로 부르는 이름으로 보고, 6·25 전쟁 당시 전차 종점이 온천장 사거리 부산 은행 온천동 지점 자리에 있었다는 것을 고려한다면, 동욱 남매가 살았던 곳으로 추정되는 곳은 온천장 교차로에서 복개된 길 위에 조성된 동래 스파시티 거리를 따라가면 만나게 되는 동래 별장의 위쪽 지역, 즉 금정산 자락쯤이다.). 당시 동래 지역은 부산의 중심부로 피란민이 대거 유입되어 기형적으로 팽창했던 중구 지역에 비해 인구 밀도가 매우 낮았다. 동욱 남매는 폐가를 방불케 하는 집에 세를 들어 살면서 초상화를 그려 팔아 하루하루 버티고 있었던 것이다.

동욱은 원구에게 동옥이 총기가 있고 인물도 좋다며 자기라면 주저하지 않고 동옥과 결혼하겠다는 말을 세 번이나 내뱉지만, 원구는 차마 용기를 내지 못한다. 마지막으로 동욱 남매를 찾아간 날, 집주인 남자는 동욱이 열흘 전에 집을 나갔고, 동옥도 이삼일 전에 중요한 옷가지들을 챙겨 떠난 모양이라고 말한다. 또 동옥이 원구에게 전해 달라고 편지를 맡겼는데 자기 아이들이 찢어 없앴다는 말도 한다. 뒤돌아서는 원구의 등에다 대고 병신이긴 하지만 얼굴이 반반하니 몸을 팔든 굶어 죽지는 않을 것이라고 지껄이는 집주인 남자의 말을 들으며 원구는 자기가 동옥을 팔아먹었다는 생각을 하며 비감에 빠진다. 여기서 '40일이나 계속된 긴 장마'라는 배경은 이들 남매가 처한 상황의 비극성을 심화시킨다. 그런데 동옥이 집주인에게 맡기고 갔다는 편지에는 뭐라고 적혀 있었을까?

11시 50분, 이제 중앙동으로 발걸음을 옮겨야 한다. 세병교(洗兵橋)를 지나면서 깊어 가는 가을 금정산을 카메라에 담았다. 장영실이 동래현의 관노였던 시절 물놀이를 했던 이곳은 싸움이 끝난 후 피 묻은 병기를 깨꽂이 씻은 곳이라 해서 그 이름이 붙었다고 한다. 교대역 6번 출입구로 들어가 지하철을 탔다. 여기서 중앙역까지는 25분 정도 걸린다. 12시 5분, 열차가 출발한다.

12시 20분, 범일역을 출발한 열차는 좌천역을 향해 달리고 있다. 김동리(金東里, 1913~1995)의 「밀다원 시대」에서 잠잘 곳을 찾아 이 집 저 집 전전하던 이중구가 하룻밤을 보낸 오정수의 집은 범일동 어디쯤에 있었을까? 이중구는 생각한다. "오정수의 참되고 올바르고 따뜻한 인격과 조용하고 아늑하고 또한 풍류적이기까지 한 서재와, 깨끗한 침구와, 그리고 그 구미 당기는 생전복과 생미역과 냉이무침과 여러 가지 젓갈과 이런 것" 때문에 오히려 감옥 같았다고. 오정수와 매우 친밀한 사이였고, 융숭한 대접을 받으며 지낼 수 있었는데도 이중구가 하루 만에 그 집을 뛰쳐나온 이유를 짐작할 수 있다. 몇 푼 안 되는 원고료로 겨우 먹고살던 처지에 전쟁을 당해 앓고 있는 노모를 서울에 홀로 버려두고, 아내와 어린 딸을 사이도 좋지 않은 친정 오빠에게 보낸 후 혈혈단신으로 부산 바닥에 내려온 처지인 이중구는 가족의 모습이 얼마나 눈에 밟혔을까.

「탈향」·「만세전」과 부산역 인근

12시 26분, 열차가 부산역에 도착했다. 부산역은 원래 중앙동에 있었다. 그런데 1953년 그 일대에 큰 화재가 발생해 역사가 남김없이 다 타 버렸고 1969년 들어서서 현재 위치에 들어섰다.

이범선(李範宣, 1920~1981)의 「오발탄」과 함께 6·25 전쟁 때문에 삶의 뿌리를 잃고 월남한 사람들의 비극적인 생활을 다룬 문제작으로 평가받는 이호철(李浩哲, 1932~)의 「탈향」은 1·4 후퇴 때 고향을 떠나 부산으로 온 네 사람이 공동생활을 하다가 헤어지는 과정을 다루고 있다. 주인공

'나'가 고향에 대한 감상적인 태도를 버리고 거칠고 혼란스러운 도시에서 새롭게 출발하려는 의지를 다지는 것으로 끝을 맺는데, 이는 자신을 둘러싼 세계를 냉정하게 직시한 결과다. 작가가 고향에 대한 향수와 그리움이 진하게 배어나는 '실향(失鄕)'이라는 말 대신 사전에도 없는 말인 '탈향(脫鄕)'을 제목으로 쓴 이유를 짐작할 수 있다.

「탈향」의 배경은 1950년 겨울과 이듬해 봄에 이르는 두 달 동안의 부산역과 부두이다. 「만세전」을 떠올려 본다. 「탈향」에서 보이는 임시 수도 시절의 부산은 고향이라는 원형적 공간에서 형성되었던 공동체가 해체되는 곳이었고, 「만세전」에서 읽을 수 있는 일제 강점기의 부산은 억압과 수탈의 식민지 조선의 축소판이다. 두 곳은 그렇게 다르다.

12시 28분, 중앙역에 도착했다. 10번 출입구로 나와 수미르 공원을 향해 걷는다. 수미르란 '물 수(水)' 자에 용을 뜻하는 우리말 '미르'를 합쳐 만든 말로 '용이 노니는 물가'라는 뜻이다. 항구 도시 부산의 발전과 수호를 염원하는 뜻을 담았다. 공원에 도착해서 보니 바다와 하늘이 같은 색깔이다. 부산항 국제 여객 터미널과 부산 경남 본부 세관이 손에 잡힐 듯 보인다. 그 왼쪽으로 부산 우체국이 상반신을 드러내고 서 있다.

염상섭(廉想涉, 1897~1963)의 「만세전」은 여로형 구조 속에 현실을 세부적으로 묘사하고 식민지 지식인이 자신의 정체성을 찾아가는 과정을 분석적으로 제시한 작품이다. 일본 도쿄 W 대학 유학생인 이인화는 산후 더침으로 시름시름 앓던 아내가 위독하다는 전보를 받고 귀국길에 오른다. 도쿄를 떠나 고베, 시모노세키, 부산, 김천을 거쳐 서울에 이르는 동안, 이인화는 제국주의 일본의 자본과 경제 체제에 휩쓸려 조상이 물려준 토지와 집을 빼앗기고 순사와 헌병의 물리적 횡포에 고통을 겪는 조선인들의 삶과 식민지 현실의 실상을 생생히 목격한다. 조선의 현실을

'공동묘지(무덤)'로 생각하는 이인화는 아내를 잃고 일본으로 돌아가면서 현실을 정확히 통찰하고 자신의 길을 찾아 굳세게 걸어가야겠다고 결심한다.

이인화가 시모노세키와 부산을 오가는 관부 연락선(關釜連絡船)에서 내린 후의 장면을 읽어 보자.

"저리 잠깐 갑시다."

인버네스는 위협하듯이 한마디 하고 파출소가 있는 방향으로 나를 끈다. 나는 잠자코 따라섰다. 멋도 모르는 지게꾼은 발에 채이도록 성화가 나서, "나리, 나리." 하며 쫓아온다. 그 소리에는 추위에 떠는 듯도 하고, 돈 한 푼 달라고 애걸하는 것같이 스러져 가는 애조가 섞여 있었다. 나는 고개만 흔들면서 가다가 파출소로 끌려 들어갔다. (중략)

부두를 뒤에 두고 서편으로 꼽들어서 전찻길을 끼고 큰길을 암만 가야 좌우편에 이층집이 쭉 늘어섰을 뿐이요, 조선 사람의 집이라고는 하나도 눈에 띄는 것이 없다. 얼마도 채 못 가서 전찻길은 북으로 꼽들이게 되고 맞은편에는 극장인지 활동사진인지 울긋불긋한 그림 조각이며 깃발이 보일 뿐이다. 삼거리에 서서 한참 사면팔방을 돌아다보다 못 하여 지나가는 지게꾼더러 조선 사람의 동리를 물어 보았다. 지게꾼은 한참 망설이며 생각을 하더니 남쪽으로 뚫린 해변으로 나가는 길을 가리키면서 그리 들어가면 몇 집 있다 한다. 나는 가리키는 대로 발길을 돌렸다. 비릿하기도 하고 고릿하기도 한 냄새가 코를 찌르는 해산물 창고가 드문드문 늘어선 샛골짜기를 빠져서 이리저리 휘더듬어 들어가니까, 바닷가로 빠지는 지저분하고 좁다란 골목이 나타났다.

— 염상섭, 「만세전」 중에서

이인화는 이미 시모노세키에서 세 명의 사복형사들에게 이끌려 잔교 뒤쪽 화물이 쌓인 곳에서 큰 트렁크와 작은 손가방을 수색당해 최근 집에서 온 편지 몇 장과 소설 초고와 몇 가지의 원고를 빼앗겼다. 그들은 이인화가 사회주의 사상을 지닌 사람이 아닌지, 독립운동에 연루된 인물이 아닌지 의심하여 미행과 수색을 했던 것이다. 이인화는 부산에 도착하자마자 다시 조사를 받는다. 연락선 안에서도 감시의 시선이 그림자처럼 그를 따라다닌다. 일제는 이렇게 순사, 순사보, 헌병, 헌병보를 동원해 조선 사람들의 일거수일투족을 감시했다.

이인화는 일본에서 유학을 하고 있는 터라 부산도 자주 지나다녔다. 하지만 부산역을 벗어나 시가로 나와 본 것은 처음이다. 배가 출출하여 조선 음식점을 찾아 나선 길이다. 이인화는 부두를 등지고 중앙동 전찻길을 따라 걷는다. 조선 사람들이 사는 집은 눈에 띄지 않는다. 조선 사람들은 자신들이 소유하고 있던 집과 땅을 빼앗기고 시가의 변두리나 시골로 밀려났기 때문이다. 행정과 교통 등이 집중되어 있는 도시 중심부는 일본인들이 차지하고 있다. 이인화는 거침없이 말한다. 부산은 "조선을 축사(縮寫)한 것"이고 "상징한 것"이라고. 그리고 냉소한다. "부산의 팔자가 조선의 팔자요, 조선의 팔자가 곧 부산의 팔자"라고.

「밀다원 시대」와 광복동

오후 1시 15분, 광복로를 향해 걸어가다가 영도 쪽으로 고개를 돌리니 영도 대교가 보인다. 철골 구조물이 온통 오렌지색이다.

광복동(光復洞)은 일제 강점기에 장수통(長手通)으로 불렸다. 서쪽으로 길게 뻗은 길의 모양이 사람의 긴 팔과 같다고 붙여진 이름이다. 1945년 해방을 맞이한 뒤 조선의 광복을 기린다는 뜻을 담아 이 지역의 이름을 광복동으로 바꾸었다. 광복동은 일제 강점기 부산에서 가장 번화하고 일본인이 가장 많이 거주한 곳이었다.

곧 광복로로 접어들었다. 진입로 왼쪽에 광복로를 알리는 구조물이 서 있다. 보도에는 사진 촬영 구역이, 공중에는 빛 조형물들이 설치되어 있다. 길 좌우로 시계집, 보석집, 카메라집, 양복점과 옷 가게들이 들어서 있어 패션 거리라는 옛 명성을 이어 가고 있는 듯하다. 거리와 상가는 성탄절 축제 준비에 분주하다.

우리는 밀다원이 있었던 곳을 확인하기 위해 예전에 미화당 백화점 앞 광장이었던 시티 스폿 쪽으로 걸었다. 오후 1시 20분, 오른쪽으로 꺾자 오르막길 저 안쪽에 로얄 호텔이 있고, 왼쪽 남포동 방향으로 난 길을 사이에 두고 건물 두 동이 나란히 서 있다. 이곳에 이 층 건물이 있었다. 일층은 전국 문화 단체 총연합회 사무실로 쓰였고, 이 층에는 밀다원 다방이 있었다. 여기서 남포동은 엎어지면 코 닿을 데다.

김동리의 「밀다원 시대」는 6·25 전쟁 때의 임시 수도 부산을 배경으로 극한 공간에서 지식인이 느끼는 절망과 허무 의식을 형상화한 작품이다. 밀다원은 즐거움으로 가득 차 있다. 주인공 이중구는 밀다원에서 시간을 보내는 예술가들이 느끼는 즐거움이 무엇인지 자문한다.

그의 머릿속에는 아까 '밀다원' 안에서 꿀벌 떼처럼 왕왕거리고 있던 예술가들의 모습이 떠오른다. 그들은 다 즐겁다. 바다에 빠져 죽어야 한다고 두 눈에서 불을 흘리는 송 화백이나, 처외삼촌에게 설움을 당하고 목이 메인 안정호나, 거센 물결에 애인을 뺏기고 넋이 빠져 앉아 있는 박 시인이나, 어린 자식들을 길 위에 흩어 버리고 혼자서 하루에 떡 세 개씩으로 목숨을 이어 나간다는 허 시인이나, 늙고 병든 어머니를 죽음에 맡기고 혼자 달아나 온 이중구 자신이나 그들은 다 같이 즐겁다. 다방에서는 꿀벌들처럼 왕왕거린다. 바다에서는 갈매기 떼처럼 퍼덜거린다. 앞뒤에 죽음과 이별을 두고 좌우에 유랑과 기한을 이끌며, 그래도 아는 얼굴, 커피 한 잔이 있어서 즐겁단 말인가, 그래도 즐겁단 말인가, 무엇이 즐겁단 말인가, 하고 중구는 목구멍까지 올라온 이 말을 끄기 위하여 또 한 번 한숨을 길게 뿜었다.

—김동리, 「밀다원 시대」 중에서

임시 수도 부산에는 밀다원, 에덴 등 많은 다방이 밀집해 있었다. 물론 다방에서 파는 커피는 부평동 자유 시장에서 구한 것이었다. 당시 커피는 미군에게 지급되는 물품이었는데, 다른 군수품들과 함께 불법으로 유출되었다. 그리고 그 시절의 다방은 단순히 차를 마시면서 대화를 나누는 공간이 아니었다. 전쟁 통에 헤어진 사람을 찾거나 일자리를 구하는 곳이었고, 작품이나 원고를 쓰는 곳이었으며, 사무를 보는 곳이었고, 음악을 듣고 그림을 전시하는 곳이었다. 임시 수도 부산에서 다방은 그야말로 다목적 공간이었다.

오후 1시 40분. 이웃하여 있는 식당에서 늦은 점심을 먹었다. 손님이 한창 붐비는 때를 넘겨서 그런지 식당 안은 한산했다. 아주머니가 배달을 나가기 위해 음식 그릇이 담긴 쟁반에 신문지를 덮는 소리가 다 들렸다. 돼지고기볶음에 계란말이, 고등어조림 등 식탁이 푸짐하다. 다들 맛있게 먹는다. 시장이 반찬이라는 말은 이런 때 쓰는 것이리라.

『소시민』과 토성동

오후 2시 25분, 남포역 출입구 주변은 부산스럽고 복잡하다. 부산이 임시 수도이던 시절 이 지역과 충무동 일대는 지금보다 훨씬 더 번잡했다. 우리는 남포역 15번 출입구 계단을 내려가 남포 지하 쇼핑 센터를 지났다. 남포역에서 열차를 타서 자갈치역을 지나면 바로 토성역이다.

오후 2시 32분, 열차가 토성역에 멈춘다. 7번 출입구는 제법 떨어져 있어서 지하도를 걷는 데 10여 분이 걸렸다. 출입구로 나가 토성 초등학교를 옆에 끼고 걸어가다가 '완월동 제면소'가 있었던 건물인 김천 상사에 도착하니 오후 2시 50분이다. 오른쪽으로 용두산 공원 부산 타워가 보여 방향과 거리를 가늠해 본다.

이호철의 『소시민』은 전쟁으로 기존의 사회가 해체되는 상황에서 소시민으로 전락해 가는 인간 군상을 보여 주는 작품이다. 작가는 처음부터 부산을 '어디서 무엇을 해 먹던 사람이건 이곳으로만 밀려들면 어느새 소시민으로 타락하게 마련'인 공간으로 설정하고 이야기를 전개한다. 이북에서 혈혈단신 피란 온 주인공 '나'는 "험한 세상 건너가는 두려움이 어느새 몸에 배어 있"는 성황에서 몇 달 동안 부두 노동을 하다가 제면소에 취직한다. 이 완월동 제면소를 중심으로 다양한 인물의 속물적 근성과 타락상이 펼쳐진다.

좌익 지식인이었지만 주인집에 기숙하다가 스스로 목숨을 끊는 강 씨, 주인집에서 식모살이를 하다 김 씨와 살림을 차렸다 결국 미군을 상대하는 양부인으로 전락하는 천안 색시, 자유 시장에서 미 군수품으로 포목상을 하며 많은 돈을 벌지만 밀수 혐의로 잡혀 들어가는 강 씨의 아내, 강 씨의 딸인 여고 3학년 매리, 우울하게 지내면서 가끔 '나'나 동회 서기와 정사를 벌이는 주인마누라, 단순하고 무식한 주인, 날품팔이 지게꾼인 주인의 형님, 주인마누라를 찾아와 정사를 벌이다가 주인에게 들켜 단단히 망신을 당하는 동회 서기, 일꾼들의 우두머리로 전쟁을 단순히 홍수나 화재 같은 것으로 여기며 일제 말기 사령관들을 미화하고 신격화하는 신씨, 일본 구주 지방으로 징용 갔다 와서 남로당원으로 활동했지만 무력감에 빠져 있는 정 씨, 한쪽 눈이 성하지 않으면서도 방직 공장에 다니다가 폐결핵에 걸려 죽음을 맞이하는 정 씨의 이복동생 정옥, 과거 남로당원으로 활동하던 시절 정 씨의 부하였지만 청년단 체육부장이 되어 천안색시와 살림을 차리는 김 씨, 지주의 아들로 제면소 일꾼으로 있다가 입대하여 전사하는 곽 씨, 주인의 매부로 배달 책임자인 '날라리' 박 씨, 부두 노동, 국화빵 장사를 거쳐 다시 자유 시장 어귀에 점포를 내 부두에서 불법으로 나오는 물건을 취급하여 돈을 버는 고향의 광석이 아저씨, 양산 전투에서 총에 맞아 다리를 절지만 고분고분 일을 잘하고 희극 배우나 아나운서 흉내도 잘 내는 언국이 등 여러 인물들이 각자 어지러운 세태를 살아 나가는 방식을 보여 준다.

주인공 '나'의 생각 속에는 인격을 부조리한 사회적 상황과 관련짓는 작가의 의식이 투영되어 있다.

요컨대 그 상황의 메커니즘이 창조적인 것이냐, 해체되는 것이냐에 따라서, 새로운 인격의 유형이 빚어지기도 하고 전면적인 인격의 해체가 야기되기도 한다. 인격의 해체가 가장 빈번하게 일어나는 것도 바로 그 사회 구조의 해체된 부분에서부터 비롯된다. 구조의 해체가 폭발성을 지닐수록 그 속에서의 인격의 해체도 폭발성을 지닐 것은 당연하다.

—이호철,『소시민』중에서

임시 수도 기념관

여기서 "사회 구조의 해체"가 "폭발성"을 지니는 상황이란 곧 6·25 전쟁이 일어난 때를 가리킨다. 그런 상황에서는 인격이 해체되거나 붕괴되는 현상이 삽시에 일어난다는 것이다.

오후 3시 정각, 오던 길을 되돌아 나가서 왼쪽으로 꺾은 다음 완만한 오르막길을 오른다. 까치 고개라고 불리는 이 길은, 사하구 괴정동으로 이어진다. 예전 아미동 화장장과 묘지에서 나온 제삿밥을 먹기 위해 날아들던 까치 떼는 온데간데없고 그 이름만 남아 있다. 경남 중학교 옆 사거리에서 오른쪽으로 돌아가다가 횡단보도를 건너고 주택가 샛길을 걸어서 임시 수도 기념관에 도착했다.

임시 수도 기념관과 전시관

오후 3시 20분, 주차장 너머 전시관 주변에는 여러 종류의 나무들이 울긋불긋 물들어 참 보기가 좋다. 학생들은 휴대 전화로 사진을 찍기 바쁘다. 전시관 오른쪽 건물이 임시 수도 기념관이다. 본디 경남 도지사 관사였다가 부산 임시 수도 시절 대통령 관저로 사용되었던 것을 기념관으로 복원한 건물이다. 일 층에는 응접실, 서재, 내실, 거실, 식당, 부엌, 욕실, 조리사실, 경비실, 마루방 등이, 이 층에는 집무실 등이 있다. 일 층 거실에는 시장, 주거지, 학교의 모습 등이 소품으로 제작되어 있어 시선을 끈다. 경비실은 증언의 방이라는 이름이 붙어 있는데, 6·25 전쟁 때 여고를 졸업하고 얼마 지나지 않아 백골 부대에 들어가 특공대원이 되었던 이정숙 할머니의 증언을 들을 수 있다. 회상의 방이라 이름 붙은 마루방에서는 6·25 전쟁과 임시 수도 시절의 부산을 다룬 다큐멘터리 동영상이 상영된다.

임시 수도 기념관을 둘러본 후 그 뒤편 전시관으로 자리를 옮겼다. 마침 특별 기획전 '부산 밀면 이야기'가 열리고 있어 흥미로웠다. 죽, 돼지국밥, 구포 국수 같은 피란지 부산의 음식을 소개하는 자료들과 함께 밀면과 관련된 각종 전시물들을 구경하느라 시간 가는 줄 몰랐다. 부산 사람들의 생활이 맛과 냄새로 다가왔다. 또 교과서, 유엔 책받침, 교사 신분증명서, 통지표, 주판, 위문편지, 유엔군 발행 전단, 미군 식기, 중국 인민지원군 명찰, 북한군 수통, 판잣집, 피란 학교 등 피란지 부산의 실상을 잘 보여 주는 전시물들이 있어 6·25 전쟁 시절 피란민들의 고달픈 생활을 보다 직접적으로 느낄 수 있었다. 극단 전단, 종합 잡지와 동인지, 시집과 소설집, 미술 전시회 팸플릿 등을 구경하면서 전란의 와중에도 창작의 열의를 불태웠던 예술가들의 정신을 읽었다.

오후 4시, 우리는 서로 간단하게 소감을 나누면서 문학 답사를 갈무리했다. 부산 사람이면서도 잘 몰랐던 부산의 새로운 면모를 가슴으로 느끼며 우리는 부푼 마음으로 갔던 길을 되돌아왔다.

- **누가:** 대양전자통신고 문학 감상반 학생들과 서형오 선생님
- **언제:** 2013년 11월 23일(토요일)
- **인원:** 10명
- **테마:** 일제 강점기와 6·25 전쟁기 부산의 모습

함께하는 문학 답사

토박이 서형오 선생님의 귀띔!

많은 작가들은 암흑의 시대였던 일제 강점기와 6·25 전쟁 시절의 부산을 배경으로 현실 세계의 횡포와 고통받는 인간의 모습을 살필 수 있는 작품을 썼습니다. 부산 도시 철도 1호선을 이용해 문학관과 문학 작품의 배경으로 등장하는 장소를 탐방하는 문학 답사를 해 보세요. 문학 작품의 여러 배경은 물론 요산 문학관, 이주홍 문학관, 추리 문학관 등의 문학관이 도시 철도역 가까운 곳에 있습니다.

문학 답사 코스 추천!

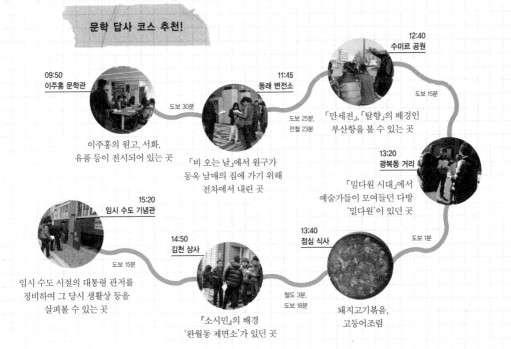

09:50 이주홍 문학관
이주홍의 원고, 서화, 유품 등이 전시되어 있는 곳

도보 30분

11:45 동래 변전소
「비 오는 날」에서 원구가 동욱 남매의 집에 가기 위해 전차에서 내린 곳

도보 25분, 전철 23분

12:40 수미르 공원
「만세전」, 「탈향」의 배경인 부산항을 볼 수 있는 곳

도보 15분

13:20 광복동 거리
「밀다원 시대」에서 예술가들이 모여들던 다방 '밀다원'이 있던 곳

도보 1분

13:40 점심 식사
돼지고기볶음, 고등어조림

철도 3분, 도보 18분

14:50 김천 상사
『소시민』의 배경 '완월동 제면소'가 있던 곳

도보 15분

15:20 임시 수도 기념관
임시 수도 시절의 대통령 관저를 정비하여 그 당시 생활상 등을 살펴볼 수 있는 곳

고래를 찾아서

바위에 새겨진 고래의 꿈

구름이 제법 짙은 가을 아침이었다. 감당하기 힘겨웠던 지난여름 더위 탓에 몇 번이나 미뤄졌던 문학 답사를 가는 날이다. 학생들과 승용차 한 대를 함께 타고 조촐하게 출발했다. 울산에는 넓은 들과 산이 많다. 울산 시내에서 언양 쪽으로 차를 달리면 넓게 트인 들판의 끝자락에 거대한 산등성이가 장벽처럼 버티고 서 있다. 해발 1천 미터가 넘는 산봉우리들이 어깨를 걸고 이어져 있어 '영남 알프스'라 불리는 신불산, 가지산, 영축산이다. 그러나 공업 도시라는 강한 상징성에 가려 이렇게 아름다운 울산의 자연 경관은 별로 알려지지 않았다.

경주로 이어지는 35번 국도를 달려 추수가 한창인 언양 들판을 지나다가 이정표를 따라 길을 꺾자 좁은 다리 두 개가 연이어 나타났다. 다리 아래로 경부 고속 도로와 고속 철도가 지나가고 있었다. 다리를 지나면 완전히 산골로 들어선 느낌이 든다. 김하기(1958~)의 소설 『식민지 소년』 첫머리에 이런 구절이 있다. "이 국운 나쁜 시기에 나는 서러운 식민지 백성으로 태어났다. 그러나 난 고향만큼은 자연과 역사가 어우러진, 축복받은 마을에서 태어났다." 그 고향 마을이 바로 이 부근이다. 소설에서는 "내 고향 천전은 집집마다 창문을 열면 산채즙 냄새가 물씬 풍겨 오고 대문을 나서면 옥 같은 맑은 여울물이 밀려와 두 발을 함초롬히 적실 듯한 천혜의 경관을 지닌 곳"이라고 했다.

아스팔트 포장을 한 길이지만 원래 있던 산길을 넓힌 것이어서 산골을 여행하는 것이 실감이 났다. 몇 년 전만 해도 길이 좁아서 버스가 지나가면 길옆의 나뭇가지가 차창을 건드리곤 했는데 그때에 비하면 길이 많이 넓어진 셈이다. 골짜기를 따라 이어진 좁은 길을 한참 달려가자 고래 모양으로 지은 울산 암각화 박물관이 나타났다.

박물관 주차장에 차를 세워 두고 걷기 시작했다. 좁고 꼬불꼬불한 길과 그 아래로 흐르는 대곡천 맑은 물, 그리고 계곡을 끼고 우뚝 솟은 암벽……. 바위의 모습이 마치 거북이 넙죽 엎드린 것 같다 하여 '반구대(盤龜臺)'라 이름 붙인 곳이다. 일찍이 겸재 정선도 이 길을 걸었던 듯, 산수화 「반구」를 남겼다. 고려 말 포은 정몽주가 배명친원(拜明親元) 정책에 반대하다가 1년 간 언양에 유배된 적이 있는데, 그때 이곳을 자주 찾았다고 한다. 그래서 후세 사람들은 이곳을 '포은대'라고 부르기도 했다. 지금도 정몽주를 기리는 유허비 '포은대 영모비(圃隱臺永慕碑)'가 있다고하나 가 보기는 어려웠다.

세밑 용은 골짜기에 숨어 서글프고

가을 학은 푸른 하늘에 날아 기쁘구나.

손으로 국화 꺾어 다시 한 번 취하니

우리 임금 옥 같은 모습 구름 넘어 떠오르네.

　　　　　　—정몽주, 「언양 중양절 감회–유종원 시 운을 따라」 중에서

　정몽주가 이곳에서 지었다는 시의 한 구절이다. 중양절은 음력 9월 9일로, 추석이 지나고 한 달이 채 안 된 바로 이즈음인 셈이다. 지난여름 울산은 기온이 40도가 넘는 기록을 세울 정도로 더웠지만 그래도 절기는 피할 수 없다는 사실을 실감하고 있었는데 정몽주의 시에서 다시 한번 그 사실을 확인했다. 대대로 많은 문인이 이곳을 찾아 자연을 즐기고 시를 지었던 모양이다. 반고 서원 유허비(盤皐書院遺墟碑, 정몽주를 기려 세운 유허비 3기)와 집청정(集淸亭, 경주 최씨 가문의 정자)이 그 흔적으로 남아 있다.

　집청정을 지나면 길은 더 좁아지고 발아래로는 낭떠러지다. 승용차 한 대가 겨우 다닐 정도의 좁은 길옆 암벽에 '대곡리 연로 개수기'라는 글이 새겨져 있다. 1655년에 길을 고쳤다는 내용으로 보아 이 길은 꽤 오랜 역사를 가지고 있다. '연로'는 직역하면 '벼루길'인데 '벼랑길' 등의 의미로도 해석해 볼 수 있다는 설명이 붙어 있었다.

　벼랑길을 지나는 동안 발아래로 골짜기의 경관이 펼쳐졌다. 먼 과거로 되돌아간 듯 이색적이다. 사연 댐의 상류인 만큼 물에 잠겼다가 나오기를 반복하며 무성하게 자란 잡목들이 만들어 내는 풍경이었다. 벼랑길을 지나니 관람객들을 위해 최근 만든 나무다리가 나왔다. 발아래로 물과 수초, 이끼, 나무 들이 늪지대를 이루고 있다. 다리를 건너 대나무 숲과 참나무며 소나무들이 울창한 숲을 지나자 앞이 훤하게 트인 저 건너편에 암벽이 둘러쳐져 있었다. 그곳에는 암각화가 새겨져 있는데 국보

울산 대곡리 반구대 암각화

제285호 '울산 대곡리 반구대 암각화'다. 사연 댐 때문에 암각화가 연중 6개월 이상 물속에 잠겨 암각화 보존 방식을 둘러싸고 오랫동안 논란이 있었는데 아직 제대로 합의점을 찾지 못한 상태다. 지금은 투명 유리막으로 암각화가 있는 바위를 가리고 물이 흐르도록 공사를 준비하고 있다. 그리하여 당분간은 반구대 암각화 주변에 관람객이 가까이 다가갈 수 없고, 설치된 망원경으로 그림을 감상하고 해설사의 설명을 듣게 되어 있다.

신사 시대 사람들은 왜 바위에 저런 그림을 그렸을까? 다산이나 풍요를 기원했을 것이라는 추측이 일반적이다. 최동호(崔東鎬, 1948~) 시인은 「반구대 향유고래 사랑 노래」라는 시에서 세상의 파도를 이겨 내며 사랑하고 또 상처 입어도, 자식을 위해 끝내 살아가야만 하는, 운명의 향연임을 기리기 위해, 새끼 업은 고래의 형상을 바위에 새기고 노래했을 것이라고 했다. 소설가 김하기는 『식민지 소년』에서 "우리들은 이 그림을 보며 자연과 인간, 신과 인간이 하나 되는 거룩함을 느낌과 동시에 이 모든 것이 하나로 어우러지는 축제 기분을 느꼈다."라고 했다. 가까이 다가가지 못하고 망원경으로 흐릿하게 암각화의 윤곽만 살피고 있으니 소설에

울주 천전리 각석

서 서술한 것과 같은 거룩함이나 축제의 기분을 느끼기는 어려웠지만 시
대를 초월하는 숭고한 삶의 모습을 어렴풋이 감지할 수 있었다. 해가 서
쪽으로 기우는 오후 서너 시 무렵에는 벽면에 빛이 들어와서 암각화를
더 선명하게 볼 수 있다는 설명을 들으며 아쉽지만 다음 일정을 위해 자
리를 뜰 수밖에 없었다.

　산 하나를 사이에 두고 있는 국보 제147호 '울주 천전리 각석'을 보러
차를 타고 이동했다. 반구대 암각화가 주로 고래를 비롯한 동물과 사람
이 그려진 것이라면 천전리 각석은 각종 도형과 글, 그림이 새겨진 것이
특징이었다. 커다란 비문처럼 비스듬하게 절단된 한쪽 면에 촘촘하게 다
양한 그림이 그려져 있었는데, 여러 시대에 걸쳐 그려졌을 것으로 추정
된다고 한다. 천전리 각석 앞으로 맑은 냇물이 흐르고 있다. 너럭바위에
움푹 움푹 파인 자국이 있었는데 1억 년 전 백악기의 공룡 발자국이라고
한다. 청동기와 신석기 시대의 것으로 추정되는 암각화를 보고, 백악기

공룡 발자국까지 밟고 나니 시간 여행을 한 듯한 기분이었다. 각석과 공룡 발자국 사이를 흐르는 개울에는 팔뚝만 한 물고기들이 유유히 헤엄치고 있었고, 학생들은 물고기를 들여다보다가 물수제비를 뜨며 논다.

환상처럼 꽃피던 고래의 나라

고래의 실물을 좀 더 가까이 보려면 장생포로 가야 한다. 반구대에서 장생포까지는 태화강 줄기를 따라 40킬로미터쯤 떨어져 있다. 처음에 왔던 길을 되돌아 시내까지 나왔다가 다시 남쪽으로 향했다.

장생포 가는 길에 울산 국가 산업 단지가 보였다. 24시간 불꽃이 피어오르는 높은 굴뚝들이 즐비하고, 용도를 알 수 없는 파이프라인들이 거미줄처럼 엉켜 있는 모습이 끊임없이 이어졌다. 24시간 불이 꺼지지 않는 울산 공단의 야경도 울산 12경 중 하나다.

코끝을 간질이는 매연이 희미해질 즈음 장생포 고래 박물관이 나타났다. 고래 박물관은 길이 13미터가 넘는 귀신 고래 실물 모형이 있는 전시실과 체험관, 야외 조형물 등으로 이루어져 있다. '고래 바다 여행선'을 다고 바다로 나가 볼 수 있는 프로그램도 있었다. 야외 전시장에는 1986년 국제 포경 위원회의 포경 금지 선언이 발효되면서 바다로 나가지 못하게 된 우리나라의 마지막 포경선 진양 6호가 전시되어 있었다. 김형경(金炯璥, 1960~)의 소설 『꽃 피는 고래』의 한 장면이 떠올랐다. 포수 할아버지와 그의 배가 갑자기 흔적도 없이 사라져 버린 대목이다. 소설의 마지막 장면에서 니은이는 영호 언니에게 이런 내용의 엽서를 쓴다.

"그 할아버지는 고래잡이가 금지된 후에도 이십 년 동안이나 고래 배를 간직하고 있었어요. 대왕 고래로서 언젠가는 고래들의 나라로 돌

아가기 위해서였을 거
라고 해요. 고래들과 계
속 교신하기 위한 장치
가 그 배에 있었다고도
전해져요. 그 할아버지
가 오늘 새벽에 고래배
와 함께 고래들의 나라
로 돌아갔어요. 언니, 고
래는 신화처럼 숨을 쉰
대요. 고래배도, 일등 포

장생포 고래 박물관

수 할아버지도 신화처럼 숨을 쉬는 게 틀림없을 거예요……."

— 김형경, 『꽃 피는 고래』 중에서

진양호에 올라가 밖을 내다보니 공장 시설들이 즐비하고, 넓은 바다로
나가는 길목은 대형 선박들이 가득하다. 박물관 앞은 호수 같은 느낌이
들면서도 비릿한 바닷물 냄새가 났다. 고래 바다 여행선이 출항할 시간
인 듯 사람들이 줄지어 배에 오르고 있었다. 길옆으로 고래 고기 전문점
들이 늘어서 있었는데 간판만 봐도 고래 고기 특유의 진한 향기가 느껴
졌다. 고래 고기는 수육이나 육회로 먹는데 부위마다 맛이 다양해서 즐
기는 사람들이 많지만 그 특유의 냄새 때문에 근처에 가는 것조차 싫어
하는 사람들도 많다. 맛이 붕어빵과 비슷한 '고래 빵'으로 요기를 한 뒤
장생포를 떠나서 마지막 여행지 '신화 마을'로 향했다.

울산항과 울산 산업 단지 사이의 울퉁불퉁한 길을 달려 여천 오거리를 지나니 언덕으로 이어진 좁은 길로 가라는 안내판이 보였다. 도심에 있으면서도 한적한 시골에 온 것 같은 신화 마을이 나타났다. 지붕 없는 미술관. 마을 입구 안내판은 신화 마을을 그렇게 소개하고 있었다. 골목 입구부터 심상치 않은 조형물이 서 있었고, 작은 집들이 다닥다닥 붙어 있는 골목 벽들은 모두 아기자기한 벽화로 채워져 있었다. 마치 30년쯤 전으로 돌아간 것 같은 느낌이 들었다. 몇 평 되지도 않을 것 같은 작은 집, 낮은 지붕, '음악의 골목', '동심의 골목', '착시의 골목' 같은 이름표가 붙어 있는 좁은 담벽 등이 정겨웠다.

"이 골목에는 야간 근무로 인하여 낮에 주무시는 분들이 많으니 특히 조용한 관람 부탁드립니다." 이렇게 적힌 안내문 때문에 발걸음을 함부로 옮기지 못했다. 이 마을은 장생포 주변에 공단이 들어서면서 원래 그곳에 살던 사람들이 하나둘 이주해 와서 1960년대부터 형성되었다고 한다. 발아래로 보이는 거대한 공장 굴뚝에 밀려 이곳 국유지에다 작은 집을 짓고 터전으로 삼은 사람들이 모여서 마을을 이룬 것이다. 멀리 보이는 거대한 아파트 군락과 비교하니 마치 소인국에 들어선 느낌마저 들었다.

마을 가운데쯤에 백무산 시인의 「고래와 숲」이라는 시가 벽에 씌어 있었다. 깊은 바다에 살던 고래가 푸른 숲이 그리워 뭍으로 와서 온갖 짐승들과 어울려 살았으나, 바다가 그립고 무엇보다 춤을 잃고 다투기만 하는 육지가 싫어 다시 바다로 가 버렸다는 내용이었다. 이 시는 이렇게 끝맺는다.

숲의 짐승들도 고래의 춤을 그리워하였습니다
숲은 큰 고래처럼 등을 둥글게 웅크리고
푸른 잎들을 펼쳐 파도처럼 출렁이게 하며
고래가 돌아오기를 기다리고 있습니다

— 백무산, 「고래와 숲」 중에서

고래를 찾고자 하는 열망은 결국 평화와 공존에 대한 갈망이 아닐까? 고래가 있고 신화가 있는 평화로운 세상을 꿈꾸며 고래를 찾는 것이 아닐까? 정일근 시인은 어느 시에서 "불쑥, 바다가 그리워질 때 있다면 당신의 전생은 분명 고래다"라고 했다.

신화 마을 언덕에서 내려다보이는 아파트 단지와 공장 지대 너머로 바다가 보였다. 그렇게 먼발치에서 바다를 보며 우리는 너무 멀어 신화처럼 느껴지는 과거, 혹은 존재의 뿌리를 찾아가는 여행이었던 문학 답사를 마쳤다.

- **누가:** 울산제일고 도서부 학생들과 고용우 선생님
- **언제:** 2013년 10월 19일(토요일)
- **인원:** 4명
- **테마:** 고래와 문학

함께하는 문학 답사

토박이 고용우 선생님의 귀띔!

울산은 공업 도시 이미지가 강해 문화적인 측면은 많이 알려지지 않았습니다. 그러나 테마를 잘 잡으면 울산에서도 훌륭한 문학 답사가 가능해요. 「처용가」는 울산을 대표하는 문학 작품으로, 처용 문화제는 울산의 가장 큰 문화 행사이기도 하지요. 노동 문학을 테마로 잡거나 곧 준공을 앞두고 있는 오영수 문학관을 중심으로 울산 출신 문인들의 흔적을 찾아볼 수도 있어요.

문학 답사 코스 추천!

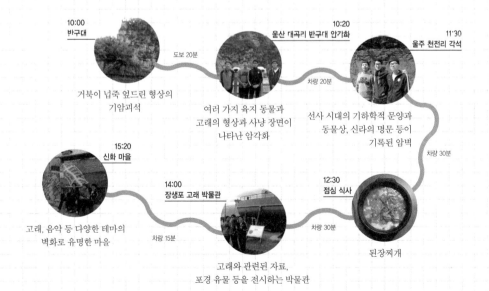

10:00 반구대
거북이 넙죽 엎드린 형상의 기암괴석

도보 20분

10:20 울산 대곡리 반구대 암각화
여러 가지 육지 동물과 고래의 형상과 사냥 장면이 나타난 암각화

차량 20분

11'30 울주 천전리 각석
선사 시대의 기하학적 문양과 동물상, 신라의 명문 등이 기록된 암벽

차량 30분

12:30 점심 식사
된장찌개

차량 30분

14:00 장생포 고래 박물관
고래와 관련된 자료, 포경 유물 등을 전시하는 박물관

차량 15분

15:20 신화 마을
고래, 음악 등 다양한 테마의 벽화로 유명한 마을

평화를 찾는 섬 예술이 숨 쉬는 땅

거제, 전쟁의 아픔을 껴안은 곳

문학 답사 날 아침, 학생들과 학교 시청각실에서 만났다. 6·25 전쟁과 거제 포로수용소를 배경으로 한 작품들에 대해 이야기를 나눈 뒤 우리는 우리 지역 곳곳에 흩어져 있는 포로수용소 유적을 보러 나섰다.

처음 간 곳은 수월동 잔존 유적지 옆 길가에 있는 폐가다. 포로수용소의 역사와 거제 주민의 아픔을 고스란히 느낄 수 있는 집이다. 포로수용소 담벼락을 그대로 두고 나머지 담을 얼기설기 세운 뒤에 지붕을 얹어서 만든 집이 길가 옆 논 귀퉁이에 덩그러니 자리하고 있다. 무너져 내릴 것 같은 이 집을 보며 아무런 보상도 못 받고 집과 논밭을 빼앗기고 쫓겨나 3년 동안 소개민(疏開民, 일정한 곳에서 분산하여 다른 곳으로 옮아가서 사는 사람) 생활을 했을 거제도 사람들의 삶을 상상해 보았다. 마침내 고향으로 돌아와 황무지로 바뀐 보금자리를 바라보며 그래도 살아야겠다고 이를 앙다물고 이 집을 짓고 논밭을 다시 일구지 않았을까?

폐가에서 찻길을 따라 조금만 걸어가면 거제 포로수용소 잔존 유적지 팻말이 있고 언덕 쪽에는 빵을 만들었던 미 제552 부대 빵 공장 굴뚝이 솟아 있다. 언덕을 조금 더 올라가

포로수용소 잔존 유적지

면 미 제552 부대 경비대장 숙소 건물이 나온다. 두께가 50센티미터도 넘는 거뭇한 담벼락들, 허물어져 가는 건물 잔해들이 쓸쓸한 풍경을 이루고 있었다.

전세 버스를 타고 미 제552 부대 잔존 유적지에서 수월동 쪽으로 1킬로미터 남짓 내려와서 수월 마을 입구로 이동했다. 차에서 내려 길 건너편 산 아래에 있는 경비대 초소 건물을 한 번 바라보고 곧장 수월 마을 안쪽으로 걸어 들어가면 포로수용소 담을 그대로 둔 채 지붕을 얹고 마당을 만든 집이 있다. 마당을 둘러싼 담도, 창고로 쓰는 방도, 옛날 포로수용소 잔해 건물 그대로다. 겉보기에 언제 그런 역사가 있었냐는 듯하지만 조금만 안을 들여다보면 이렇듯 역사의 흔적이 고스란히 남아 있다.

집을 둘러보고 걸어 내려오는 길에 한 할머니를 만났다. 6·25 전쟁이 나고 포로수용소가 만들어졌을 때 어디서 사셨는지, 보상은 받았는지, 그때는 어떠했는지 여쭤 보았다. "친척집에 가서 살았지.", "보상이 뭐야. 전쟁통인데 어쩔 수 없는 거지.", "3년 만에 돌아왔는데 풀이 사람 키만하게 자라 있었어. 황무지로 변해 있었지. 원래 저쪽이 우리 집이었는데

이쪽에서 살라고 해서 여기로 왔지. 그때 고생은 말로 못하지.” 할머니의 이야기를 들으니 전쟁은 그냥 농사짓고 사는 평범한 사람들의 삶까지 망가뜨린다는 것을 절실히 깨닫게 됐다. 수많은 군인과 포로 들의 고통, 그에 못지않은 숱한 민간인들의 희생. 전쟁의 아픔이 아로새겨진다.

거제는 한자로 ‘클 거(巨)’, ‘구할 제(濟)’를 써서 크게 구한다는 뜻이다. 지금은 대우 조선 해양과 삼성 중공업을 비롯한 여러 조선소가 세워져 많은 사람들을 먹여 살리고 있고 예전에는 피란지 및 포로수용소로 많은 우리 동포들과 2만여 명의 중국 포로들을 살렸다.

흥남 철수 작전 때 미군 배를 타고 북에서 건너온 10만 피란민들을 비롯하여 숱하게 많은 사람을 품어 살린 곳도 바로 거제도다. 그래서 나는 거제를 ‘살림의 섬’이라 생각한다. 물론 이념 다툼으로 17만 포로 중에 1만 명이 넘는 포로가 죽었고 김수영 시인의 시 「조국으로 돌아오신 상병 포로 동지들에게」에 나오는 내용처럼 포로수용소의 체험을 입 밖으로 꺼내기 껄끄러운 기억으로 여기는 이들도 많을 것이다. 그럼에도 나는 거제도를 대립과 분열의 끔찍한 장소라기보다 상생과 평화의 장소로 기억하는 것이 옳다고 생각한다.

“그것은 본 사람만이 아는 일이지요
누가 거제도 제61 수용소에서 단기 4284년 3월 16일 오전 5시에 바로 철망 하나 둘 셋 네 겹을 격(隔)하고 불 일어나듯이 솟아나는 제62 적색 수용소로 돌을 던지고 돌을 받으며 뛰어 들어갔는가”
　　　　　　　—김수영, 「조국으로 돌아오신 상병 포로 동지들에게」 중에서

너무나도 끔찍했던 역사, 단지 포로였다는 사실만으로도 낙인이 되었

던 그런 시대를 살았기 때문인지 전쟁 포로들의 삶을 다룬 문학 작품은 그 수가 매우 적다. 전쟁 포로 이야기를 담은 얼마 되지 않은 소설도 단편이 대부분이고 그것도 작품 속에서 인물이나 사건을 통해 단편적으로 다루어졌을 뿐이다. 교과서에 자주 실린 최인훈의 소설 『광장』, 장용학의 「요한 시집」을 빼고는 기억나는 작품이 거의 없는 것 같다. 포로 이야기가 나오는 소설을 찾자면 권정생의 『초가집이 있던 마을』, 김소진의 「쥐잡기」, 「개흘레꾼」, 손영목의 「어느 전쟁 포로의 슬픔」, 『거제도』 정도를 들 수 있을 것이다.

기러니까니 내레 있던 칠삼에서두 좌익 애덜이 들먹들먹하던 때이지. 어디 잠 한번 발 뻗고 잘 수가 있나. 거저 워카를 신은 채 노루잠을 자는 게지. 자다 보니 누가 워카 위를 슬슬 갉아먹고 있잖겠니. 기눔이었어. 픽 웃곤 다시 자려니깐 일어난 김에 소피나 보고 와야겠다는 생각이 들어서리 밖으로 나왔지. 아, 그러니깐 저쪽에선 발쎄 좌익 애덜이 악악거리는 소리가 아수크러하게 들려오지 않겠니? 낭중에 숨어 있다가 막사로 되돌아와 보니 아, 이마한 돌덩이가 내 자리에 날아와 뚝 떨어져 있지 뭐겠니. 내 양옆의 사람들은, 기러니깐 하는 일 없이 우익루다 소문이 난 사람들인데 날아온 돌에 치여 머리가 처참하게……

— 김소진, 「쥐잡기」 중에서

김소진의 소설 「쥐잡기」의 한 대목이다. 전쟁 포로 한 사람 한 사람 이런 기가 막힌 이야기가 얼마나 많겠는가? 이념 다툼의 틈에 끼여 갈등하는 포로들의 삶이 더 많은 문학 작품으로 만들어지지 못한 것이 안타깝다. 역사를 말라 버린 사실의 나열이 아닌 살아 있는 이야기로 받아들여야 제 모습을 알 수 있을 것이다.

500만 명의 사상자를 내고 온 국토를 폐허로 만든 6·25 전쟁, 그리고 또 다른 모습의 전쟁터였던 거제도 포로수용소. 거제도는 6·25 전쟁을 이야기하면 꼭 둘러봐야 하는 곳이다. 유엔군, 한국군 경비병, 공산 포로, 반공 포로, 억류 민간인, 거제 원주민 등 온갖 사람들의 이해관계로 복잡하게 얽혔던 곳. '전향'을 둘러싼 갈등으로 수많은 영혼들이 비명(非命)에 간 곳. 그렇지만 수많은 사람을 껴안아 살린 곳. 거제는 분단과 평화에 관한 이야기가 가득한 섬이다.

통영, 문화·예술인을 길러 낸 바다 그리고 땅

통영 하면 바로 떠오르는 인물이 음악가 윤이상(尹伊桑, 1917~1995)일 것이다. 통영으로 문학 답사를 온다면 통영의 문화·예술인들을 이해하기 위해서라도 윤이상 기념 공원을 꼭 둘러보면 좋겠다. 50분 남짓 걸려 윤이상 기념 공원에 닿았다. 이곳 팀장인 이중도 선생님에게 윤이상 선생의 음악과 정신, 통영 문인들과의 교류에 대해 설명을 들으면서 전시관을 둘러봤다. 통영의 많은 문화·예술인이 모더니즘의 영향을 받았지만 극단적인 해체나 실험으로 빠지지 않고 예술의 본질과 완결을 추구한 것이 바로 통영의 문화와 아름다운 자연의 영향 때문인 것 같다는 해설도 들었다.

전시관에는 김춘수, 전혁림, 유치환, 윤이상 등 여러 예술가들이 용화사에서 찍은 1945년 통영 문화 협회 회원 사진, 선생의 손때 묻은 첼로, 북한 만수대 창작사에서 만들어 기증한 흉상, 북한을 방문했다는 이유로 간첩 누명을 쓰고 옥살이를 했던 사건인 동백림(동베를린) 간첩단 사건 자

윤이상 기념관

료들, 독일 집 벽에 늘 걸어 두고 고향이 그리울 때마다 보셨다는 1960년대 후반 통영의 풍경 사진 등 다양한 자료들이 전시되어 있었다. 윤이상의 삶과 연결된 통영의 문화와 인물에 대한 이야기도 들었다. 남과 북에서 존경받는 음악가 윤이상. 그러나 분단의 그늘 탓인지 아직까지도 그의 이름을 따서 행사를 하거나 공원을 지으려고 하면 반대에 부딪히게 되니 안타까울 따름이다. '통영 국제 음악제'가 '윤이상 국제 음악제'가 되지 못한 사연도, '도천 테마파크'가 '윤이상 기념 공원'이라 불리지 못했던 것도 그런 까닭이다.

30분 남짓 설명을 듣고 윤이상 동상이 있는 공원 한쪽에 모여 충무 김밥을 먹었다. 생각해 보니 충무 김밥에도 통영의 문화와 역사가 들어 있다. 음식이 쉬는 것을 막으려 맨밥을 김에 말고 오징어무침과 큼직한 나박김치를 따로 싸서 바닷가 사람들이 먹기 좋게 만든 도시락, 충무가 지명이었던 때 만들어진 음식이 바로 충무 김밥이다. 갯가 사람들의 삶이 배어 있는 음식이다.

점심을 먹고 공원에서 조금 쉰 후, 다음 장소로 걸음을 옮겼다. 횡단보도를 건너면 바로 해저 터널이 보인다. 해저 터널 옆으로 난 샛길로 20~30미터 가면 착량묘(鑿梁廟)가 나온다. 착량묘는 이순신 장군이 순국하고 이듬해 군사들과 지역민들이 장군을 기리기 위해 세운 사당이다. 충렬사가 관에서 만든 사당이라면 착량묘는 백성들이 만든 사당이라 할 수 있다. 장군을 모시는 전국의 사당들 가운데 가장 먼저 만들어진 사당으로 지금도 해마다 기제사와 절제사를 올리고 있다.

착량묘의 '착량(鑿梁)'은 파서 다리를 만든다는 뜻이다. 미륵도는 원래 통영 반도와 이어진 육지였다. 임진왜란 때 당항포 해전에서 참패한 왜적들이 달아나려고 미륵도와 통영 반도 사이의 좁은 목을 파 나무다리를 만들었다는 데서 유래한 이름이다. 그리고 지금 이렇게 물길이 뚫린 곳이 바로 판데목이다. 왼쪽으로는 통영항과 잇닿은 바다가 보이고 오른쪽으로 미륵도가 보이는 풍광이 아름다운 곳이다. 미륵도와 통영을 잇는 두 다리 통영 대교와 충무교 아래 좁은 바닷길이 통영 운하인데 야경이 그지없이 아름답다.

착량묘를 보고 다시 내려와 해저 터널 앞에 섰다. 이 터널은 1932년에 준공된 동양 최초의 해저 터널로 근대 문화유산으로 지정되어 있다. 터널 입구에는 산양(미륵도)과 육지를 잇는다는 뜻의 글귀 '용문 달양(龍門達陽)'이 새겨져 있다.

해저 터널을 지나 바닷가 쪽으로 내려가 50미터 정도 걸어가면 김춘수(金春洙, 1922~2004) 유품 전시관이 나온다. 유품 전시관으로 들어서니 잔잔하게 웃고 있는 김춘수 시인의 대형 사진이 우리를 반긴다. 김춘수 시인의 호는 '대여(大餘)'이다. 서정주 시인이 크게 넉넉하고 여유로우라고 지어 준 이름이라 한다. 건물 안에는 김춘수 선생의 유품과 작품 들이 소박하게 전시되어 있었다. 일 층에는 「꽃」, 「꽃을 위한 서시」, 「샤갈의 마을에 내리는 눈」 등의 대표작이, 이 층에는 시인의 육필 원고와 엽서, 편지 그리고 시인의 손길이 닿은 여러 물건들이 전시되어 있었다. 김춘수 시인은 말년에 영남대 교수로 재직하다 군사 독재 정권 시절 국회 의원과 방송 심의 위원장을 지내기도 했다. 관련 전시물을 보며 시대와 불화한 사람과 그러지 않은 사람의 삶이 참 많이 다르다는 생각을 했다. 체 게바라의 죽음 이야기가 쓰인 육필 원고가 가장 인상적이었다. 특히 이야기 끝에 '체 게바라는 평생 한 여자를 사랑하지 못하는 사람이 민중을 사랑한다고 하는 것은 말짱 거짓말이라고 했다.'라는 문구가 기억에 남았다. 말과 삶을 가꾸는 김춘수 시인의 단면을 보는 느낌이었다.

김춘수 유품 전시관을 나오면 갯내 가득한 통영 앞바다가 보인다. 건너편에는 조금 전 보았던 착량묘도, 여객선 터미널도, 고기잡이배도 몇 척 보인다. 다시 버스를 타고 통영 시내로 들어갔다. 우리는 중앙동에 있는 김춘수 동상 앞에서 내렸다. 구한말과 일제 강점기를 거쳐 통영이 이룩한 번영은 숱한 문화·예술인을 길러 내는 토양이 되었다. 풍부한 수산 자원과 새로운 기술과 문물, 축적된 자본은 문화와 예술에 대한 관심을 불러일으켰고 문인과 예인을 많이 길러 낼 수 있었다.

통영은 중앙동을 기점으로 거리 전체가 커다란 전시관이다. 길바닥에는 전혁림(全爀林, 1916~2010)을 비롯하여 통영을 대표하는 화가들의 작품을 넣었고, 거리 이름은 문인들의 호를 따서 지었으며, 거리 곳곳에 동상이나 시비가 있고, 시내 곳곳의 버스 정류장에도 문화·예술인의 사진과 작품이 걸려 있다.

학생들과 함께 항남동 거리를 걸어 시조 시인 김상옥(金相沃, 1920~2004)의 동상 옆자리에 앉아 기념사진도 찍고 동진 여인숙 입구에 있는 김상옥 생가 표석도 살펴보았다. 인사동 느낌이 나는 초정 길을 걷다 보면 김상옥의 시 「사향(思鄕)」이 적힌 시비가 나온다. 시비 옆 벽에는 시조 「봉선화」가 적혀 있다. 「봉선화」가 새겨진 벽의 가게 이름도 '봉선화'다. 통영 시민들의 삶에 문학과 예술이 자연스럽게 녹아 있는 이런 모습은 다른 지역에서는 쉬이 볼 수 없는 풍경이다.

유치환 시비

초정 김상옥 거리를 지나 몇십 미터 걸어 버스 정류장에 이르면 청마(青馬) 유치환(柳致環, 1908~1967)의 「향수」 시비와 유치환 흉상이 있다. 그 뒤 중앙동 우체국 앞에는 「행복」 시비가 있다. 유치환 동상 앞에서 유치환의 삶과 문학에 대해 이야기하고 편지 하면 떠오르는 시 「행복」에 대해서도 감상했다. 편지와 우체국 하면 유치환과 이영도(李永道, 1916~1976)의 사랑 이야기와 시 「행복」이 떠오른다. 두 사람은 20년간 5천여 통의 편지를 주고받았고, 청마가 죽은 뒤 그 가운데 2백여 통의 편지를 엮은 『사랑하였으므로 행복하였네라』라는 책이 출간되어 엄청난 화제를 일으키기도 했다. 직장 동료로서 문우로서 이루어질 수 없는 연인으로서 청마와 정운(丁芸) 이영도의 관계는 아직도 사람들의 입에 오르내린다.

청마 거리에서 세병관 쪽으로 가다가 세병관에서 충렬사 쪽 언덕길을 올라가면 고갯마루 골목 입구에 소설가 박경리의 기념비가 있고 박경리의 소설 『김약국의 딸들』의 배경인 서문 고개가 나온다. 골목 안쪽으로 조금만 올라가면 박경리 생가 표지가 나타난다. 시간 여유가 있었다면 세병관도 둘러보고 서문 고개와 박경리 생가 터도 보고, 충렬사와 충렬사 앞에 있는 백석의 「통영」 시비도 보았겠지만, 아쉬움을 뒤로하고 다음 목적지를 향해 발길을 돌렸다.

중앙동 우체국에서 횡단보도를 건너 바닷가에 있는 강구안 문화 마당으로 갔다. 통영의 크고 작은 행사들이 펼쳐지는 곳, 충무 김밥집과 통영 꿀빵집이 가장 많이 모여 있는 곳, 늘 차와 사람으로 북적이는 곳이 바로 이곳 강구안 문화 마당이다. 더위도 식힐 겸 중앙 시장 쪽으로 가 벽화로 이름난 동피랑 마을 아래 찻집으로 들어갔다. 팥빙수를 나누어 먹으며 더위를 식혔다. 찻집을 나와 아이들에게 꿀빵 맛을 보여 줘야지 하는 생각에 꿀빵을 사고 다음 행선지인 남망산 조각 공원으로 걸어갔다.

통영 문화의 심장, 남망산 조각 공원

남망산 조각 공원 입구에는 김춘수의 「꽃」 시비가 있다. 시비를 지나면 야트막한 동네 뒷산 같은 남망산 조각 공원이 펼쳐진다. 남망산 중턱에서 바라보는 통영 밤바다는 이루 말할 수 없이 아름답고 멋지다.

남망산 조각 공원을 올라 일본군 위안부 피해자 할머니들의 명예와 인권을 위하는 추모비로 발걸음을 옮겼다. 이 추모비의 이름은 '정의비'다. 폭력과 전쟁 없는 평화로운 세상을 염원하고, 여성의 존엄을 말살하는 반인륜적 범죄가 다시는 일어나지 않도록 정의의 역사를 새긴다는 뜻에서 정의비라 이름 지었다 한다. 학생들에게 일본군 위안부가 무엇인지 다시 설명해 주고 전국에서 일본군 위안부로 끌려간 여성이 가장 많은 곳이 바로 통영과 거제라는 이야기도 했다. 그러고는 함께 비에 새겨진 글과 그림을 보았다.

정의비의 소녀상은 안아 주려는 듯 웃으며 팔을 벌리고 있는 모습이다. 피해자의 아픔을 보듬어 주고, 가해자가 진심 어린 사죄를 한다면 받아 주고 용서하겠다는 듯한 그 모습이 아름답고 숭고했다. 통영과 거제의 피해자들은 대부분 일자리를 주겠다는 말에 속아 통영 강구안에서 배를 타고 부산으로 갔다고 한다. 아름답기만 한 강구안이 할머니들에게는 한이 서린 곳일 것이다.

정의비를 지나 조각 공원을 걸어 올라갔다. 여러 조각 작품을 감상하며 남해안 별신굿 공연이 벌어지는 마당을 지나 그늘진 숲길을 조금 더 올라가자 「봉선화」 시비가 나왔다. 초정 김상옥 시인은 이 공원을 자주 오르내리며 시를 구상했다고 한다. 시조 「봉선화」는 어린 시절 고향을 떠올리며 쓴 작품으로 남매의 정이 잘 드러나 있다. 내가 전에 살던 곳 뒷산에도 김상옥 선생의 글과 글씨가 담긴 비가 있었다. 지역 문인의 흔적이 지역 곳곳에 남아 있다는 생각을 하니 뿌듯했다. 작가들은 모두 세상을 떠났지만 작품은 우리 곁에 남아 이런저런 이야기를 들려준다. 말의 힘, 작가의 힘을 이 작은 시비에서도 느낄 수 있다.

조각 공원을 조금 더 올라가니 팔각정이 나왔다. 팔각정 왼쪽으로 이순신 공원이 보였다. 남해 특유의 다도해 풍경을 보며 함께 꿀빵을 먹었다. 팔각정 뒤에 한산 대첩비와 1953년에 세운 이순신 동상이 서 있었다. 조각 공원 둘레 길을 따라 다시 시민 문화 회관으로 내려왔다. 길목에 유치환의 「깃발」 시비가 서 있었다. 40여 년 전 충무 청년 회의소 청년들이 세운 이 시비를 보니 청마에 대한 통영 사람들의 애정이 느껴졌다.

남망산 조각 공원은 통영 문화의 심장이라 할 만하다. 시민 문화 회관을 비롯 각종 예술 작품과 시비, 기림비뿐만 아니라 자연 풍광까지 갖추었다. 숱한 예인들이 이 남망산을 거닐며 이상과 현실을 작품으로 승화시켰을 것이다. 통영으로 문학 답사를 온다면 남망산 조각 공원에 편히 앉아서 여유롭게 바다를 바라보는 시간을 가졌으면 좋겠다. 통영 예술의 원천이 무엇인지 느낄 수 있으리라. 남망산 조각 공원에서 보는 풍경은 미륵산 정상이나 달아 공원에서 보는 한려 수도의 풍경과는 다른 통영 특유의 아름다움으로 가득 차 있다.

유치환 생가

남망산 조각 공원에서 내려와 버스를 타고 마지막 장소인 청마 문학관으로 갔다. 청마는 거제시 둔덕면 방하리에서 태어나 세 살 때까지 살다가 통영으로 이사를 와서 통영시 태평로에 있는 유 약국집에 살았다. 유치환 선생은 자신이 통영에서 나고 자랐다고 밝혔는데 아마도 유년기를 통영에서 보냈기에 그러했을 것이라 짐작이 된다.

청마 문학관은 통영 기상대 아래 망일봉 기슭에 있다. 생가 터에 도로가 들어서서 생가는 문학관 위쪽에 복원해 놓았다. 거제 둔덕에 있는 청마 문학관과 비교하면 규모가 작지만 청마의 생애와 활동, 작품 세계, 대표 시, 문예지와 평론, 유품 들이 잘 정리되어 있다.

우리나라 사람이라면 청마의 시 한두 편 정도는 알고 있을 것이다. 청마의 시는 중·고등학교 교과서에 빠짐없이 실려 수없이 낭송되며 많은 사랑을 받고 있다. 또 청마는 평생 교직에 몸담았기에 후학들에게 미친 영향도 컸다. 1931년에 등단하여 시집, 시 선집, 수필집 등 많은 작품을 남겼다. 비평가들도 청마 시의 특별한 작품성을 칭찬한다.

통영에서 다시 거제로 돌아온다. 가까이 있기에 무심했던 우리 지역의 역사와 문학 현장을 답사하니 잊고 있었던 것들을 다시 생각하게 된다. 전쟁의 끔찍함, 평화의 소중함, 자연의 아름다움, 예술의 위대함……. '글'이 제대로 '길'이 되려면 '글'을 생생하게 만나야 한다. 그러기 위해 우리는 '길'을 가야 한다. 그 길을 찾아 나서는 것이 바로 문학 답사다. 문학 답사에서 만나는 '글'과 '길', '문학'과 '삶'은 우리 삶의 이정표가 될 것이다. 사람내와 갯내가 가득한 남도로 특별한 문학 답사를 해 보기를 권한다.

- **누가**: 거제공고 독서 토론 동아리 학생들과 주중연 선생님
- **언제**: 2013년 6월 22일(토요일)
- **인원**: 15명
- **테마**: 전쟁과 평화와 자연과 문학

함께하는 문학 답사

토박이 주중연 선생님의 귀띔!

거제와 통영의 이곳저곳을 걸어 다니며 문학과 예술을 느껴 보세요. 거제에서 수월동 포로수용소 잔존 유적지를 살펴보고, 통영에서 윤이상 기념관, 김춘수 유품 전시관 등을 다녀온다면 역사와 문학의 현장을 모두 다녀온 셈이 됩니다. 또 통영 항남동 김춘수 동상에서 시작해 중앙동 일대와 남망산 조각 공원을 걸어다니면 문학과 예술을 만날 수 있습니다. 그리고 지역 설화와 관련된 곳도 함께 둘러본다면 더욱 풍성한 문학 답사가 될 것입니다.

문학 답사 코스 추천!

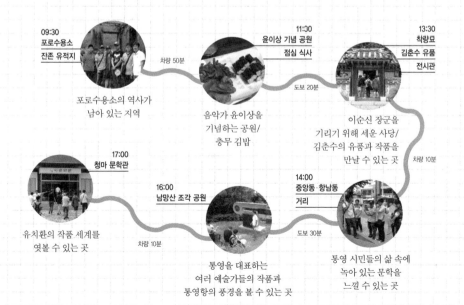

09:30 포로수용소 잔존 유적지
포로수용소의 역사가 남아 있는 지역

차량 50분

11:30 윤이상 기념 공원 점심 식사
음악가 윤이상을 기념하는 공원/ 충무 김밥

도보 20분

13:30 착량묘 김춘수 유품 전시관
이순신 장군을 기리기 위해 세운 사당/ 김춘수의 유품과 작품을 만날 수 있는 곳

차량 10분

14:00 중앙동·항남동 거리
통영 시민들의 삶 속에 녹아 있는 문학을 느낄 수 있는 곳

도보 30분

16:00 남망산 조각 공원
통영을 대표하는 여러 예술가들의 작품과 통영항의 풍경을 볼 수 있는 곳

차량 10분

17:00 청마 문학관
유치환의 작품 세계를 엿볼 수 있는 곳

이헌수 | 경남 양산여고

소설 속 인물이 되어 떠나는
요산 김정한 문학 여행

김정한의 리얼리즘

김정한(金廷漢, 1908~1996) 선생의 작품은 당신이 평생을 살았던 낙동강 지역으로부터 떼려야 뗄 수 없다. 을숙도를 배경으로 한 대표작 「모래톱 이야기」나 1930년대 농민들의 척박한 삶을 그린 「사하촌」, 옛 구포 다리가 등장하는 「독메」, 낙동강이 바라뵈는 산자락에 사는 사람들 이야기 「산거족」, 양산과 부산의 경계에 있는 고개 사밧재를 배경으로 한 「사밧재」, 밀양이 무대인 「뒷기미나루」 등 대부분의 작품이 그렇다.

선생은 민중적인 삶을 치열하게 살았고 그 자체가 소설이 되었다. 중앙고보 시절 일제에 맞서 동맹 휴업을 조직하다 감옥에 가기도 했던 그는 스무 살에 교사가 되어 교원 연맹을 결성하려다 발각되어 고초를 겪는다(「어둠 속에서」). 일본 유학 후 돌아와서는 양산에서 일어난 농민 투쟁과 관련되어 옥고를 치르기도 했다(「그물」). 6·25 전쟁 시기에는 보도 연맹으로 인하여 죽을 지경에까지 이르렀다 구사일생으로 살아났다(「슬픈 해후」). 부산대 교수로 재직할 때 4·19 혁명에 적극 참여하였고, 5·16 군사정변이 일어난 후에는 부산대에서 쫓겨났다. 5년 후 복직해서는 더 많은 작품을 세상에 내놓았다(「모래톱 이야기」, 「수라도」, 「산거족」, 「사밧재」). 생활의 터전에서 쫓겨나는 불안한 상황에도 요산 선생의 저항적인 기질은 꺾이지 않았다.

김정한의 작품을 읽는다는 것은 김정한의 삶을 추체험한다는 뜻이기도 하다. 그의 작품이자 그의 삶인 소설을 그 배경이 된 곳에서 학생들과 함께 재연(再演)해 보았다. 재연 활동을 통해 문학 경험이 좀 더 생생해질 것이라 기대하면서. 그리고 얽히고설켜 난감하기만 한 우리 근현대사를 대쪽 같은 곧은 성품으로 이겨 낸 김정한의 삶이 지금의 어수선함을 이겨 내는 용기의 바탕이 되리라 기대하면서.

메깃들 사람들의 바람, 물금「그물」

양산천과 낙동강이 만나는 호포 어귀에서부터 교동에 이르는 양산 신도시는 십여 년 전만 하여도 자연 습지이거나 농토였다. 이곳은 예로부터 저지대여서 메기가 비 냄새를 맡고 침만 흘려도 홍수가 난다고 하여 메깃들이라고도 불렸다.

이 들녘의 행정상 이름은 물금(勿禁)이다. 신라와 가야의 국경이었던 지역인데 물품의 거래를 금하는 일이 없도록 하자고 해서 이런 이름을 붙였다. 또 홍수로부터 농토와 생명을 지키고자 한 마음에서 물을 금한다는 이 이름이 비롯됐다는 설이 있다. 이곳의 자연환경을 생각하면 후자가 더 설득력 있어 보인다.

메깃들은 일제 강점기에 5년 여 동안 양산천 개수 공사로 제방을 쌓으면서 자유 곡류 하천에서 직강 하천으로 변했다. 농경지 개수 공사라는 명목이었지만 양산 농민을 위한 공사였다기보다 일제의 식량 정책에 따른 것이었을 테다. 여러모로 양산 농민들의 삶은 고단했으리라. 김정한은 고단한 농민의 삶을 「그물」(1932)에 그려 놓았다.

마름인 김 주사는 송 노인의 논을 자신의 아들에게 넘기기 위해 수작을 꾸민다. 송 노인은 지주와 맺은 5개년 소작 계약서를 내밀며 항의하지만 주재소는 김 주사의 손을 들어준다. 김 주사는 은밀히 송 노인에게 이웃 춘삼이의 논을 소작하게 해 줄 테니 50원을 달라며 흥정을 해 온다. 송 노인은 이웃의 땅을 빼앗아 농사를 지을 수는 없다며 거부하고 김 주사의 횡포에 항의하다 오히려 매를 맞고 끌려 나온다. 하소연이라도 하고자 하나 하소연할 곳도 없다.

당시 농민들이 곧 송 노인이다. 기댈 곳 없는 농민들은 스스로에게 기대려 했다. 1931년에 양산 농민 조합을 창립하고 일제와 지주들의 소작료 착취에 항거하다 대거 투옥된다. 일본 유학에서 돌아온 김정한 선생은 농민들이 입은 피해를 조사하고 농민 조합을 재건하는 데 관여하다 피검된다.

항상 발 딛고 다니던 이곳의 내력과 이곳에서 일궈 온 삶에 대해 들으면서 크게 느낀 바가 있는지 학생들은 금세 진지해졌다. 지금 들녘의 흔적은 남아 있지 않다. 「그물」의 한 장면을 재연하고자 했으나 마땅한 곳이 없었다. 신도시가 되어 버린 그 옛날 들녘에서 농토가 곧 생명이었던 우리 조상들의 삶을 학생들이 과연 이해할 수 있을까? 논과 밭을 버리고 식량 주권마저 잃어버린 우리 현실이 얼마나 위태로운지 알 수 있을까? 건강하게 살 권리조차 보장받지 못하는 현실을 알고는 있을까?

이념의 광란, 희망 고개 「슬픈 해후」

 이승만 정권은 공산주의 확산을 막는다는 명분으로 국민 보도 연맹이라는 단체를 만들고, 좌익 전향자를 의무적으로 가입시켰다. 하지만 이 단체는 좌익 전향자들로만 구성되지 않았다. 지역별로 가입 인원을 할당하고, 생필품과 식량 등을 준다고 꼬드겨 일반 국민들이 가입하는 일이 비일비재했다. 1950년 6·25 전쟁이 발발하자 이승만 정권은 북한에 협력할 가능성이 있다며 국민 보도 연맹의 가입자에게 예비 검속과 무자비한 학살을 자행한다. 양산에서도 수많은 희생이 따랐다. 신원이 확인된 민간인 희생자가 97명, 신원이 확인되지 않는 희생자는 1천여 명에 이를 것으로 추정된다.

 구(舊)도심에서 양산 도서관으로 가는 언덕바지를 희망 고개라 한다. 희망 고개 아래로 중앙동 주민 센터가 있고, 더 아래에는 교회가 있다. 교회 옆 창고부터 희망 고개 아래까지 창고가 늘어서 있었다. 이 창고들은 한때 목화 창고로 쓰였다. 보도 연맹 가입자들은 이 창고에 갇혀 있다 사밧재 등지에서 학살당했다. 그 시절을 회고하는 토박이 노인들은 목화 창고에 사람들을 모아 놓고 불을 지를 때 사람이 불에 타면서 터지는 소리가 들렸다고 한다.

 「슬픈 해후」(1985) 속 주인공 성수는 교사다. 성수가 피신한 낙동강 후미진 마을은 지금의 부산 사하구 엄궁동으로 김정한이 실제로 도피 생활을 했던 곳이기도 하다. 해방 전 좌익으로 분류되어 있었는지 김정한 선생은 예비 검속으로 구속돼 부산 형무소에 8개월 정도 있었다. 어느 날 여러 사람들과 함께 캄캄한 형무소 뜰로 끌려 나왔는데 죽음 직전의 그 상황에서 남해 보통학교 교원 시절 제자였던 교도관을 만나 극적으로 살아남았다고 한다. 「슬픈 해후」에서 보이는 가족과의 이별과 죽음 직전의 상황은 김정한 선생이 겪은 고초를 바탕으로 한다.

분단은 친일파를 회생(回生)시켜 주었을 뿐만 아니라 그들에게 권력까지 주었다. 이는 고스란히 민중의 고초와 죽음으로 이어졌다. 김정한 선생은 고대하던 해방이 되었는데도 따지고 보면 내내 한통속인 듯한 패거리의 마수에 짐승처럼 끌려가 어떻게 될지 모른다고 생각하면 치가 떨려 견딜 수가 없다고 했다. 보도 연맹 사건에 얽혀 예비 검속된 「슬픈 해후」속 성수는 어디로 가는지도 모른 채 어찌 될지 짐작만 하며 트럭에 타려는 순간, 정식 재판 없이 처형하는 일을 중지하라는 연합군의 긴급 조치로 구사일생한다.

「슬픈 해후」의 배경지는 엄궁동이나 부산 형무소겠지만, 보도 연맹의 또 다른 희생지인 양산의 희망 고개에서 저 광란의 역사를 학생들과 이야기하고 싶었다. 지금은 생목숨을 빼앗길 뻔한 이념의 광란으로부터 자유로운가? 학생들은 성수와 가족들의 마지막일지도 모를 스치는 만남을 재연했다.

이별과 분노의 길, 사밧재(지경 고개) 「사밧재」

노포사송로(1077번 국도)를 타고 양산에서 부산 노포동 방면으로 가다 보면 고개가 나온다. 바로 사밧재, 즉 지경 고개다. 새도 날아서 넘기 힘들다는 문경 새재도 이보다 높진 않을 거라 여겼을 만큼 예전에는 높고 험한 고개였다고 김정한 선생은 적고 있다. 사밧재를 넘어 양산으로 오면 사배 마을이 있다. 사배 마을이 있어 사밧재라 불렀는지, 김정한 선생의 말대로 산 너머 범어사가 있어 사바 세계로 가는 길이라 해서 사밧재라 부르게 되었는지는 알 수 없다. 어쨌든 지금은 왕복 6차선의 넓은 도로가 뚫려 그 높고 험한 흔적을 확인할 길이 없다.

이 길은 그 옛날에는 부산에서 서울로 가는 영남 대로의 초입이었다. 이 길을 따라 선비는 과거를 치르러 나섰고, 장사치는 장삿길에 나섰다. 소설 속 송 노인의 누나는 열일곱 살에 사밧재를 넘어 시집을 갔고, 조선의 청년은 "일본 국기 마크를 이마에 동여매고, 왜놈의 성(姓) 쪽지를 가슴에 달고" 전쟁터로 갔다.

송 노인은 양산으로 시집간 누나가 아프다는 이야기에 뱀술과 수수엿을 들고 사밧재를 넘기 위해 목탄차를 탔다. 목탄차에는 학도병으로 나가는 청년과 이들을 인솔하는 순사도 있었다. 그 청년들을 보면서 학도병으로 나가지 않으려 은신하다 독립군이 되려고 간도로 간 누나의 아들 상덕을 생각했다. 순사에게 뱀술을 빼앗기고, 사밧재를 넘던 목탄차가 고개를 넘지 못하고 용만 쓰자 송 노인은 목탄차에서 내린다. 상덕이 독립군이 되겠다며 넘었을 고개를, 반도의 또 다른 젊은이는 독립군을 토벌하는 학도병이 되기 위해 넘으려 했다. 학도병을 태운 버스가 이 험한 고개에 덜그럭 멈추길 바라는 소망은 인지상정일 것이다.

"3·1 운동 때는 독립 선언선가 뭔가까지 만들었다는 사람이라든가, 그때 앞장을 섰다는 사람, 그리고 글 잘한다고 소문난 누구누구들꺼정 덩달아서, 학생들은 빨리 군에 나가 일본에 충성을 다하라고 떠벌리고 댕긴다"는 시대였다. "숫제 혈서꺼정 써 바쳐 가며 입대를 지망"한 "어느 시레베 아들"이 통치하는 수상한 시절을 살려니 김정한 선생은 한탄을 넘어 분노가 일었을 것이다. 학생들에게 '시레베 아들'이 실존 인물이고, 그 인물로 인해 김정한 선생이 부산대에서 쫓겨났다는 이야기를 했다. 소설에서나마 버스가 벼랑에서 뒹굴도록 한 선생의 분노를 이해시키고 싶었다.

낡은 버스 정류장 표지판에 '사배 마을'이란 이름이 적혀 있다. 이곳에서 우리는 일본인 순사가 송 노인이 늙은 누나를 위해 준비한 뱀술을 뺏어 학도병들과 킬킬거리며 나누어 마시는 장면을 재연하였다.

사람 되는 치열한 삶, 요산 생가와 문학관

범어사로 가는 일방통행길을 따라 금정산을 돌아오다 보면 상마 마을 초입에 못 미쳐 오른쪽에 김정한의 문학비가 있다. 김정한의 문학비로 시작되는 이 거리를 문화의 거리라 한다. 이 길에는 향파 이주홍, 황산 고두동의 문학비와 부산 화가 김대륜, 김종식의 그림비 등이 있다. 우리는 길가에 서서 김정한의 문학비부터 고두동의 문학비까지 함께 낭독했다. 교실에서보다 더 큰 낭독 소리가 7월 따가운 햇살 아래 울려 퍼졌다.

금정산 맨 윗길인 금샘로에서 팔송로로 내려가 첫 번째 골목으로 들면 김정한 선생의 생가와 문학관이 있다. 팔송로라고 번듯하게 이름이 붙어 있지만 버스가 다니기에는 턱없이 좁고, 선생의 삶만큼이나 가파른 길이다. 복원한 생가는 일자형 한옥으로 금정산을 등지고 자리 잡아 이곳을 찾은 사람들에게 툇마루를 내 준다. 생가 처마선과 나란히 뻗은 문학관의 지붕, 선생의 삶을 닮은 거친 적벽돌의 외벽, 선생에 대한 이해가 이 건축물에 고스란히 담겨 있다. 선생의 흉상을 지나 문학관 입구에 서면 중절모를 쓴 노년의 요산 선생이 오는 이를 반긴다. "사람답게 살아가라."라는 글귀가 구호마냥 들리는 것은 시대의 탓이려니 한다.

건물 안으로 들어서면 이 층 전시실로 이어지는 가파른 계단이 있다. 전시실에는 요산 선생의 생애와 작품들이 한 벽면에 잘 정리돼 있고, 미발표 원고들도 전시되어 있다. 선생이 보던 묵은 책들에서 세월을 느껴볼 수도 있고, 작고 낡은 책상에서 순탄할 수 없었던 지식인의 삶을 생각해 볼 수도 있다.

김정한 문학비

　전시실에는 선생이 직접 오리고 붙여 만든 단어장들이 있다. 책등이 떨어져 접착 테이프를 거듭거듭 붙여 놓은 국어사전도 책장에 여러 권이 꽂혀 있다. 선생은 국어사전이 없던 일제 강점기 시절 직접 자신만의 국어사전을 만들 정도로 우리말에 대한 애정이 깊었다고 한다. 전시실을 돌아 나오는 벽면에는 「삼별초」를 집필하면서 직접 작성한 대몽항쟁기 연대표가 있다. 또 전시실 한 편에는 작품 속에 묘사하기 위해 풀과 꽃을 관찰하고 그려 놓은 수첩이 있다. 선생이 세상을 보고, 세상을 형상화했던 그 치열함이 짐작된다.

　　"세상에 이름 모를 꽃이 어딨노! 이름을 모르는 것은 본인의 사정일 뿐, 이름 없는 꽃은 없다. 모르면 알고 써야지! 모름지기 시인, 작가라면 꽃의 이름을 불러 주고 제대로 대접해야지."

―김정한

　"문학이 취미가 아니"라는 김정한 선생은 꽃 이름 하나하나를 불러냈듯 민초들의 삶을 치열하게 불러내어 형상화했다.

　김정한 선생의 생애와 문학 세계에 대한 영상을 보고 부경대 남송우 교수님의 강의를 들었다. "많이 가지는 것이 중요하지 않다. 더불어 살 수 있는 삶을 살아야, 전 지구적으로 지속 가능한 삶을 살 수 있다."라는 마

소설 속 인물이 되어 떠나는 요산 김정한 문학 여행 195

요산 문학관에 있는 김정한 생가와 동상

무리 말씀이, 김정한 선생의 말씀마냥 들렸다.

　문학관을 관람하고 생가 툇마루에 앉았다. 7월의 뜨거운 햇살을 처마가 가려 주어 충분히 쉴 수 있었다. 선생의 뜨거웠을 삶이 이 골목과 이 산자락 어디에나 있을 것이다.

내일을 위한 성찰, 남부 마을 「산서동 뒷이야기」

　"낙동강 하류에 있는 ㅁ역을 지나 남쪽으로 조금만 내려가면 산서동이란, 벼랑에 매달린 듯한 작은 마을"은 소설에서 말한 바로 그 자리에 있다. 'ㅁ역'은 물금역이고 '산서동'은 지금의 남부 마을이다. 마을 비탈길을 올라 꼭대기에서 내려다보면, 경부선 철길 너머로 둔치가 펼쳐져 있고, 바다 가까이에 이른 낙동강이 장활하게 보인다. 낙동강 모래 둔치는 예전에는 밭이었다. 물금 모래 감자는 꽤 유명했다. 6월에 농가에서 감자 수확이 끝나면 양산 사람들은 이 둔치로 갔다. 수확하고 남은 감자를 주우러 모여드는 것이다. 까치밥이 결코 작고 못생긴 감이 아니듯, 남겨진 감자지만 작고 못생긴 감자가 아니었다. 둔치는 삶의 터전이고 낭만이었다. 4대 강 사업을 하면서 이 넓은 둔치를 공원으로 만들기 전까지는 그랬다.

「산서동 뒷이야기」(1971)는 예전 이곳에 터를 잡은 사람들의 이야기인 동시에 우리를 성찰하게 하는 이야기다. 소설은 해방 후 26년이 지나 고급 세단을 탄 일본인 청년 이리에 나미오가 산서동 마을에 찾아오는 것으로 시작한다. 박 노인은 일제 강점기에 나미오의 아버지인 이리에쌍과 모랫등에서 개펄 농사를 짓던 시절을 회고한다. 일본인 순경들의 표현에 따르면 "나뿐 사상"을 가진 이리에쌍은 큰 수해가 났을 때 조선인들과 함께 싸워 관으로부터 이전비를 받아 내 지금의 산서동 마을을 일구어 냈다. 일본이 항복을 하고 조선은 해방이 되어 일본인들이 돌아갈 때 산서동 주민들은 이리에쌍 가족과의 이별을 아쉬워했다.

나미오는 일본은 농민들이 농협을 만들고 직접 운영하면서 도시와 다름없이 농촌도 잘살게 되었다고 이야기한다. 전쟁의 폐허에서 지붕을 개량한답시고 농가마다 부채를 떠안기고, 농촌을 해체하여 도시 빈민으로 전락시킨 우리나라 사정과 비교되어 박 노인은 가슴이 시리다. 민주주의는 선거라는 절차에 의해 완성되는 것이 아니라 그저 시작될 뿐이다. 농민 조합들은 모두 해산당해 버리고 민중의 자주적 단결권은 "반세기 전보다 못한 셈"이 되어 버린 모습이 김정한 선생이 본 해방된 우리나라였다. "선거 술은 어제도 먹"고, "기가 막히는 선거가 민주주의의 탈을 쓰고 치러지"는 시절에 기대할 것이라고는 청년들뿐이었을 것이다. 그런데 "오늘날의 이곳 얼빠진 젊은이들"은 "술이 거나하게 돼" 비틀거리고 있으니 김정한 선생의 깊은 좌절을 어찌 말로 다할 수 있으랴.

학생들과 함께 산서동 마을과 둔치 사이 둑방길에서 「산서동 뒷이야기」를 긍정적 결말로 각색해 재연했다. 누구도 죽지 않고 모두 다시 만나고, 우리나라 농민들도 잘살게 되는, 서로를 격려하는 이야기로 말이다.

김정한 선생도 학생들이 각색한 결말을 그리고 싶었을 것이다.

낮은 곳으로 흐르는 위로, 용화사, 명언 마을 「수라도」

물금역을 지나 물금 취수장 담을 끼고 걸어가면 '물 문화 체험관'이 보인다. 낙동강가의 '황산베랑 길'을 따라 자전거 도로가 나 있다. 낙동강의 옛 이름이 '황산강'이다. 강가나 바닷가로 통하는 벼랑길을 벼룻길이라 한다. 경상도에서 벼랑을 '베랑'이라 하여 벼룻길도 '베랑길'이라 이름 붙여 놓았다. 베랑길 옆 강가를 따라 경부선 철로 아래 굴다리를 지나면 용화사로 갈 수 있다. 용화사가 안겨 있는 산이 오봉산이다. 오봉산은 바위가 많고 가팔라 편안한 산은 아니다. 하지만 산 정상에 오르면, 메깃들과 부산으로 넘어가는 사밧재, 양산천과 낙동강이 만나는 호포, 그 아래로 낙동강의 넓은 품이 눈에 들어 온다. 뒤돌아서 내려다 보면 선생의 처가이자 소설 「수라도」(1969)의 배경의 되는 화제리가 보인다.

화제리는 「수라도」에 형상화된 거의 그대로 남아 있다. 불온한 시를 지었다는 죄목으로 구금되어 고문과 옥살이를 겪고 그 후유증으로 세상을 뜬 오봉 선생의 집이 있던 명언 마을, 김해에서 베랑길을 따라 시집와 집안을 지켜 낸 시대의 어머니 가야 부인이 자신의 고명딸을 묻은 대밭이 있는 죽전 마을, 가야 부인이 딸을 위로하고 자신을 위로하고 그 시절의 사람들을 위로하기 위해 사위 박 서방을 시켜 세운 미륵당인 용화사, 친정인 명지에서 소금 실은 배가 왔다는 얘기를 듣고 가야 부인이 맨발로 달려간 태고 나루터가 있었던 토교 마을 등이 모두 근처에 있다. 배경이 되는 장소마다 김정한 선생의 문학비가 세워져 있어 첫걸음에도 쉽게 찾을 수 있다. 다만 아쉬움이 있다면 문학비가 모두 같은 모양에 같은 내용을 담고 있다는 점이다. 그 장소와 관련된 소설의 일부분이라도 발췌해

용화사

두었다면 좋지 않았을까?

오봉 선생의 집이 있던 명언 마을 입구에는 커다란 느티나무가 서 있다. 일제의 법정에서도 위풍당당한 모습 그대로였던 오봉 선생의 범상치 않은 모습을 닮았다. 명언 마을 뒤로 오봉산이 위세 있게 서 있다. 고조부, 증조부의 굴종 없는 삶은 일본의 학도병이 되기를 거부한 막내아들 석이에게 이어진다. 석이는 농민 조합에 뛰어들었고 어머니 가야 부인의 임종조차 지키지 못한다. 일본식으로 이름을 바꾸고 합방 은사금을 받은 친일 집안 이와모도의 맏아들은 후에 경찰이 되었다가 국회의원까지 된다. 이러한 이야기가 결코 소설 속 이야기만이 아닌 것은 우리 근현대사의 비극이다.

학생들이 느티나무 아래에서 일제의 법정에서도 당당하였던 오봉 선생의 모습을 재연하였다. 학생들의 삶도 오봉 선생마냥 당당해지리라.

김정한 선생은 1996년 부산에서 타계했다. 처음에는 장례를 문인장(文人葬)으로 치르려 했지만 지역 각계의 어른이기도 했던 선생의 모습을 기억하는 지역의 여러 시민 사회 단체에서 사회장(社會葬)으로 치러야 한다고 주장했다. 그리하여 부산에서 세 번째 사회장으로 선생의 장례식이 치러졌고, 양산 신불산 공원묘지에 안장되었다.

- **누가:** 양산여고의 '여행을 사랑하는 사람들'과
  이헌수 선생님
- **언제:** 2013년 7월 13일(토요일)
- **인원:** 33명
- **테마:** 요산 김정한의 문학과 삶 돌아보기

함께하는 문학 답사

토박이 이헌수 선생님의 귀띔!

  김정한 선생의 소설은 대체로 단편이어서 학생들이 읽기에 좋습니다. 또 소설의 배경이 실제 공간과 일치하기 때문에 문학 답사를 하기에 더없이 좋고요. 출발 전에 학생들에게 답사 장소에서 작품 내용을 재연하는 활동을 하도록 준비시켰어요. 그리고 답사 후기를 영상이나 글로 남기게 했습니다. 우리 학생들이 제작한 영상은 유튜브에서 '양여사'를 검색하면 볼 수 있습니다. 민중의 역사를 학생들이 이해하고 공감하는 데 여행의 중점을 두면 좋을 듯합니다.

문학 답사 코스 추천!

09:00
물금
희망 고개

차량 20분

「그물」의 배경이 되는 곳/
「슬픈 해후」와 보도 연맹
사건을 돌이켜 볼 수 있는 곳

10:10
사밧재
김정한 문학비

차량 20분

「사밧재」의 배경과
작가의 문학비

11:20
김정한 생가·문학관

도보 10분

김정한의 생애와
문학을 알 수 있는 곳

13:00
점심 식사

샤브샤브

14:40
남부 마을

차량 30분

「산서동 뒷이야기」의 배경지

15:50
용화사

차량 10분

「수라도」의 가야 부인이
세웠다는 절

17:00
명언 마을

차량 10분

「수라도」의
오봉 선생이 살던 곳

황선영 | 경남 진주고

강물 따라 흘러가는 고장, 진주와 하동

문학 답사를 준비하며

따스한 햇살이 따갑게 느껴지기 시작하던 6월 어느 날, 진주고 문학 탐구 동아리 '시나브로' 학생들과 함께 교실에 모여 앉았다. 반짝거리는 눈으로 바라보는 아이들에게 "다른 지역 아이들이 진주로 문학 답사를 온다면 어느 곳을 추천할래?"라고 질문을 던졌다. 아이들은 골똘히 생각을 하더니 진주성을 외쳤다. 변영로의 「논개」 시비도 볼 수 있고, 논개가 몸을 던진 의암도 볼 수 있다는 것이 그 이유였다. 다시 질문을 던졌다. "그런데 「논개」 시비는 어디에 있지?" 아이들은 서로 얼굴만 바라보며 대답을 하지 못했다. 늘 가까이 있어 되려 쉽게 잊고 사는 우리 지역의 유산들. 아이들이 그 유산들의 숨결을 느끼기를 바라며 '타지에서 우리 고장으로 여행을 온 친구를 위한 여행 안내지 만들기'라는 과제를 던졌다. 이 순간부터 우리의 문학 답사는 시작되었다.

두 달간의 문학 답사 준비 기간은 생각보다 빠르게 지나갔다. 아이들은 여행 안내지를 만들기 위한 문학 답사 계획을 세우느라 정신이 없었다. 아이들의 기억에 오래 남는 여행이 되었으면 하는 마음에 던진 과제였는데 생각보다 더 아이들에게 흥미로웠던 모양이다. 이제껏 선생님이 또는 부모님이 짜 준 대로 여행을 다녔지만 이번에는 스스로 계획을 세워 떠난다니 설렜나 보다. 칠판에 종이를 붙여 두고 여행 경로를 그려 가며 시간을 계산하고, 인터넷을 뒤져 진주 인근의 문학 답사지를 찾아 만들어 낸 아이들의 계획은 아주 멋졌다. 진주 남강에 서린 논개의 혼을 느낀 후 민족의 역사와 시간이 숨 쉬는 고장 하동으로 가서 이병주 문학관과 최 참판 댁을 다녀오기로 일정이 짜였다. 사실 최 참판 댁은 예상하고 있었지만 하동 북천의 이병주 문학관은 나도 생각하지 못한 곳이었기에 아이들의 노력이 더 빛나 보였다. 그 노력의 빛을 따라 우리는 8월 31일 드디어 문학 답사를 떠났다.

진주 남강에 서린 논개의 혼을 만나다

첫 문학 답사지는 변영로(卞榮魯, 1898~1961)의 「논개」 시비가 있는 진주성이었다. 진주에서는 매년 5월 넷째 주 금, 토, 일 사흘 동안 '진주 논개제'가 열린다. 이는 1868년에 진주 목사 정현석이 논개의 넋을 기리고 그 정신을 계승하기 위해 실시하였는데 일제 강점기에 맥이 끊겼다가 2002년부터 다시 개최되었다. 진주를 대표하는 마스코트도 논개이며 교각 장식도 논개가 왜장을 끌어안을 때 끼고 있었다던 가락지 모양을 본떴을 정도로 논개는 진주의 상징이다. 이렇게 논개를 추앙하는 이유는 목숨을 버리면서까지 나라를 구하려고 했던 충절의 마음 때문일 것이다.

「논개」 시비와 의암

그러나 과연 논개는 왜장을 끌어안고 그 푸른 남강에 뛰어들 때에 '나라를 구하겠다!'라는 비장한 생각만 있었을까? '아, 짧은 내 생이여!'라는 탄식은 들지 않았을까? 논개의 행적은 '충(忠)'의 위대함과 함께 '비장(悲壯)'과 '한(恨)'의 감정까지 동시에 느끼게 한다. 그래서 나는 아이들이 「논개」 시비 앞에서 논개의 삶 이면에 있는 인간적 감정을 읽어 내기를 바랐다. 다 함께 큰 소리로 변영로의 「논개」를 낭송한 후 아이들에게 소감을 물었다.

"논개의 한이 느껴지는 것 같아요."라고 답하는 병주의 대답을 들으니 놀랍고 감동적이었다. 반짝이며 흐르는 남강을 배경으로 우뚝 선 시비를 보며 한 여인의 마음을 읽어 냈다는 것이 대견했다. 고개를 끄덕이는 다른 아이들의 모습을 보며 이번 문학 답사의 첫 단추가 잘 꿰어진 것 같다는 생각이 들었다. 그리고 두 번째 단추를 꿰기 위해 서둘러 진주성 내에 있는 의암으로 향했다.

의암은 논개가 왜장을 끌어안고 몸을 던진 장소다. 우리는 논개의 위패와 영정을 모신 의기사(義妓祠)에 다시 들러 곱디고운 논개의 영정을 보며 논개의 삶과 정신을 기리는 묵념을 했다. 그리고 고매한 정신을 추모하는 마음을 안고 의암으로 가는 계단을 올랐다. 평소 진양교를 오가며 늘 보았던 의암인데 가까이서 보니 흘러가는 남강 물에 저항이라도 하는 듯 더욱 굳건해 보였다. 시간이 푸른 남강 물에 둥실둥실 흘러가도 논개의 정신만은 강물에 흘려 보내지 않으려는 듯한 모습이었다. 아이들은 의암을 보며 어떤 마음을 가졌을까?

"자, 이제 시작해 보자!" 내 말에 아이들은 긴장하기 시작했다. '의암 앞에서 「논개」 낭송하기'라는 활동을 해 보기로 계획했기 때문이었다. 무뚝뚝하고 부끄럼 많기로 유명한 경상도 사나이들의 낭송이 내심 기대가 되었다. 8명의 아이들은 8가지의 색깔로 시에 대한 자신의 감정을 담아 낭송했다. 또박또박 읽으려 애쓰는 아이, 감정을 폭발시키려 손을 움켜쥐는 아이, 아주 담담하게 그러나 경건하게 읽는 아이……. 교실에서 다 함께 읽는 것이 아니라 시의 배경이 되는 장소에서 화자의 감정을 담아 낭송하는 시는 정말 '살아 있는 시'였다. 모두 낭송을 마치고 시의 분위기를 가장 잘 살려 낭송한 낭송 왕을 뽑기로 했다. 나즈막한 목소리로 힘 있고 경건하게 작품을 표현한 상언이가 아이들에게 다섯 표를 얻어 최고의 낭송 왕에 등극했다.

보통 문학 답사는 작품과 관련된 장소를 보고, 인솔자가 간단하게 설명하며 진행한다. 그러나 그 장소에서 느껴지는 감정을 작품과 연결해 표현하는 활동을 같이한다면 아이들의 기억 속에 아름다운 추억도 함께 새길 수 있을 것이다. 아마 왕에 등극하지 못한 아이들도 '낭송이 주는 추억'을 선물로 챙겨 가지 않았을까? 그렇게 우리는 논개를 뒤로한 채 다음 장소인 하동 북천으로 향했다.

하동 북천에서 소설가 이병주를 만나다

하동 북천은 코스모스 축제가 아주 유명하다. 매년 9월 중순에서 10월 초에 열리는 코스모스 축제는 사진작가들은 물론 코스모스의 하늘거림을 즐기는 사람들이 많이 찾는다. 우리는 북천의 아름다움과 낭만을 흠뻑 느끼기 위해 기차를 타고 이동했다. 기차는 낭만이라는 도구로 사람의 마음을 뒤흔드는 힘이 있기 때문이다. 진주역에서부터 꽤 들뜬 아이들을 보니 나의 생각이 적중했음을 알 수 있었다. 진주에서 북천으로 가는 내내 덜컹거리는 기분 좋은 기차 소음이 정신없이 지내느라 잊고 있었던 나와 아이들의 감성을 새롭게 일깨워 주었다. 맑은 물을 뿌린 듯한 하늘, 저 멀리 보이는 산과 들판, 이따금 보이는 간이역…… 모든 것들이 우리의 여정을 따뜻하게 지켜봐 주는 듯했다. 그렇게 20분쯤 달려, 우리는 북천역에 도착했다.

북천은 이병주(李炳注, 1921~1992) 선생이 태어나고 성장한 곳이라 할 수 있다. 6·25 전쟁 당시 두 이념 사이에 끼어 갈 곳을 잃었을 때, 선생에게 보금자리를 내어 준 곳이기도 하다. 그의 자전 소설『관부연락선』에는 진주와 하동을 오가며 어려운 삶을 버텨 나가는 내용이 나오는데, 이를 통해 하동이 그에게 고향 이상의 의미가 있는 곳임을 알 수 있다. 이병주 문학관은 북천역에서 걸어서는 25분, 차를 타면 10분쯤 걸리는 곳에 위치해 있다. 코스모스 마을을 지나 푸른 산 안쪽에 이병주 문학관이 있었다. 우리는 먼저 작가 이병주와 그의 문학 세계를 알아보기 위해 전시관을 둘러보았다.

이병주 선생은 1950년대 초부터 1990년대 초까지 우리 민족의 삶을 문학으로 기록하는 일에 주목해 활발한 작품 활동을 펼쳤다. 대표작인『지리산』은 조정래의『태백산맥』, 박경리의『토지』와 함께 6·25 전쟁 이후

이병주 문학관에 있는 이병주 동상

우리 민족의 삶을 기록한 대표적인 장편 소설로 손꼽힌다. 문학관에는 『관부연락선』, 흥미로운 서사로 인기를 끌었던 「소설 알렉산드리아」 등을 비롯하여 해방 이후 혼란기 우리 민족의 삶의 단편들을 그려 낸 많은 작품들이 전시되어 있었다. 창작한 작품의 수가 엄청나서 아이들은 선생의 창작 열정에 연거푸 감탄했다.

관장님의 안내를 통해 이병주의 삶과 문학 세계에 대한 동영상도 보고 직접 설명을 들을 수도 있었다. 어떤 사람들은 이병주를 자신만의 색이 없다고 저평가하기도 한다. 그러나 문학관에 와서 눈으로 보고 귀로 듣고 몸으로 느낀 그는 역사의 증인으로서 문학을 통해 현재를 기록하고 미래의 방향성을 제시한 작가였다. 평생 열정을 쏟아 창작했던 여러 작품들은 우리 민족의 삶이 담겨 있다는 점에서 기록 문학으로서 그 의의가 있다는 생각이 들었다.

관장님의 안내가 끝난 후 아이들에게 북천에서 수행해야 할 과제를 내주었다. '북천을 시로 표현하기'였다. 시큰둥해할 것 같았던 아이들은 삼삼오오 모여 나름대로 고민을 하며 시를 쓰기 시작했다. 30분쯤 지나니 아이들이 종이에 북천의 냄새와 하늘과 산을 담아 쓴 시가 적혀 있었다. 서투른 창작이었지만 이 경험이 창작의 재미를 느끼는 작은 씨앗이 되었길 바라며 박경리의 『토지』를 느끼기 위한 다음 답사지로 출발했다.

평사리로 가는 길은 녹음이 짙었던 이병주 문학관으로 가는 길과는 또 다른 느낌이었다. 푸른 벚꽃잎 터널과 함께 유유히 흐르는 고즈넉한 강물이 우리를 반겼다. 하동읍에서 평사리로 가는 내내 길가에서 우리를 안내하던 강물은 설렘과 흥분보다는 우리의 여행길을 되돌아보게 하는 여유를 주었다. 지금쯤 그날 보았던 강물은 먼 곳으로 흘러가 버렸겠지만 강바닥 깊숙한 어딘가에 우리의 모습을 남겨 놓았을 것이다. 한없이 평화로워 보이는 저 강물은 우리가 감히 가늠하지 못하는 역사와 함께 수많은 삶의 단편들을 담고 있는 '역사의 그릇'이라는 생각이 들었다. 박경리 선생도 애환과 질곡의 우리 삶 이야기가 섬진강 물속에 숨겨져 있다는 것을 알아챘던 것일까? 총 5부 25편 362장으로 구성된 『토지』는 진주와 하동, 만주 등지를 배경으로 이야기가 펼쳐지는데, 그 시작이 바로 '하동군 악양면 평사리'이다.

『토지』는 작품성으로 독자를 압도하지만 분량과 그 속에 담긴 시간으로도 독자를 압도하는 작품이다. 그래서 아이들에게 꼭 읽혀야겠다고 생각하면서도 쉽사리 도전하지 못했다. 답사를 오기 전에도 아이들에게 이 방대한 분량의 『토지』를 읽혀야 할지 고민이 많았다. 아이들도 2주간 이 고민에 빠져 있었던 것 같다. 단편 소설이든 시든 우리가 답사에서 만날 작품과 그 작가들에 대해 온전히 다 알고 갈 수는 없을 것이다. 비록 아이들이 작품을 다 읽고 가지 못하더라도 문학 답사를 통해 재미를 알게 되고, 돌아와서 그 책을 펼쳐 본다면 충분히 목적을 달성한 것이 아닐까? 그래서 아이들에게 『토지』의 전체 줄거리를 자료로 주고, 읽고 싶은 부분을 한 권 정도 읽어 분위기만이라도 느껴 보도록 했다. 아이들은 평사리에서 『토지』의 멋을 제대로 느끼고 갈 수 있을까?

최 참판 댁

열심히 달려 평사리에 도착하니 뒤에는 장엄한 지리산이, 앞에는 넓은 들이, 그 옆으로는 섬진강이 흐르고 있었다. 윤씨 부인과 서희가 이 땅을 왜 그토록 지키고 싶어 했는지, 조준구와 귀녀가 왜 그토록 이 땅을 가지고 싶어 했는지 보자마자 이해가 되었다. 박경리 선생은 『토지』를 '흙의 생명력'이라 표현하기도 했는데, 아이들도 풍경을 보며 그 생명력을 느낄 수 있기를 바랐다. 비록 지금 당장은 땅속 흙 속의 숨결을 읽어 내지는 못하더라도 10년, 20년 뒤에 다시 이곳을 찾는다면 깨달을 수도 있지 않을까?

웅장한 자태로 우리를 반겨 주는 박경리 토지 문학비를 지나 드라마 「토지」 세트장으로 사용되었던 곳으로 부지런히 올라가 최 참판 댁의 중문채에서 문화 관광 해설사님을 만났다. 한옥의 구조와 기능에 대한 설명과 그 속에 숨은 『토지』 이야기도 들었다. 최치수가 밖을 보며 자신의 불안한 미래를 걱정하던 사랑방, 윤씨 부인이 호령하던 중문채, 서희가 윤씨 부인에게 회초리를 맞던 별당채 등을 둘러보며 우리는 점점 『토지』 속으로 빨려 들어갔다. 해설이 끝난 후 서희가 머물던 별당채를 기웃거리던 아이들에게 과제를 주었다.

"얘들아, 저 아래로 가면 임이네, 용이네, 서 서방네 집 등을 볼 수 있어. 각자 가지고 온 카메라로 소설 『토지』 속 한 장면을 촬영해 봐."

말이 떨어지기가 무섭게 아이들은 뿔뿔이 흩어졌다. 각 집마다 드라마

「토지」의 한 장면과 거기 살았던 인물들에 얽힌 이야기가 안내되어 있어서 작품을 실감 나게 느낄 수 있을 것이라 생각했다. 아이들이 곳곳을 돌아보고 인물의 삶을 상상해 보기를 바라며 아이들에게 자유 시간을 주었다. 한편으로는 '아이들끼리 잘할 수 있을까?'라는 불안감도 있었다. 하지만 50분 뒤 용이의 바짓가랑이를 붙잡고 있는 임이네의 모습을 흉내 낸 모습이나 최치수 동상 옆에서 함께 책을 읽는 모습 등을 카메라에 담아 온 것을 보니 내 걱정이 일순 부끄러워졌다.

아이들이 사진을 찍는 동안 나는 최 참판 댁을 지나 꼭대기에 있는 평사리 문학관으로 올라갔다. 박경리 선생의 문학 세계를 간략하게 안내하고 이제껏 총 세 번 제작된 드라마 「토지」의 역사를 보여 주는 곳이었다. 시간이 부족하여 아이들은 아쉽게도 이곳에 들르지 못했다. 그러나 최 참판 댁과 그 아래에서 흙의 숨결을 느끼며 살았던 사람들의 집, 그리고 평사리의 평야와 이 모두를 둘러싸고 있는 지리산의 모습은 아이들의 기억에 오랫동안 남을 것이라 생각한다.

흘러가는 시간을 마음으로 붙잡다

버스에 몸을 싣고 돌아오는 길. 피곤에 지쳐 잠든 아이들의 모습을 보며 함께 문학에 대해 이야기하고 마음을 나눌 수 있는 아이들이 있어 정말 행복하다는 생각을 했다. 여행에 대한 설렘으로 문학 답사를 준비하고 '대하소설 읽기'와 '여행 경로 결정'으로 고민의 시간을 보내야 했던 아이들. 긴 여정의 마침표를 찍는 진주 터미널에서의 마지막 순간, 아이들은 어떤 생각을 했을까? 우리가 함께한 여정이 강물 따라 흘려보낸 시간이 아니라, 마음으로 꼭 붙잡고 싶은 시간이었기를 바란다.

- **누가:** 진주고 문학 탐구 동아리 학생들과 황선영 선생님
- **언제:** 2013년 8월 31일(토요일)
- **인원:** 9명
- **테마:** 강물 따라 떠나는 진주·하동 문학 답사

함께하는 문학 답사

토박이 황선영 선생님의 귀띔!

기차나 버스를 타고 진주와 하동을 편리하게 다녀올 수 있습니다. 진주와 하동에는 각각 개천 예술제와 북천 코스모스 축제라는 지역 대표 축제가 있지요. 다양한 축제를 즐기면서 눈도 마음도 즐거운 답사를 하려면 가을에 방문하는 것이 좋습니다. 진주는 남강이, 하동은 섬진강과 지리산이 함께하는 도시라서 사시사철 아름다운 곳이니 만약 붐비는 것이 꺼려진다면 9월 말부터 10월 초 여행은 피해도 좋아요.

문학 답사 코스 추천!

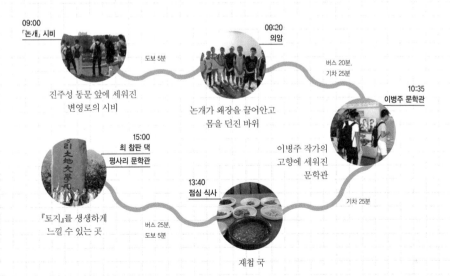

09:00
「논개」 시비
진주성 동문 앞에 세워진 변영로의 시비

도보 5분

00:20
의암
논개가 왜장을 끌어안고 몸을 던진 바위

버스 20분,
기차 25분

10:35
이병주 문학관
이병주 작가의 고향에 세워진 문학관

기차 25분

13:40
점심 식사
재첩 국

15:00
최 참판 댁
평사리 문학관
『토지』를 생생하게 느낄 수 있는 곳

버스 25분,
도보 5분

이순일 | 경남 창원 태봉고

마산 문학의 속살을 찾아서

권환, 이은상, 이원수. 조그만 바닷가 지방 도시에서 이들의 문학이 어떻게 성장했는지 답사를 통해 그 속살을 찾아본다.

계급 문학의 선구자 권환

경남 창원, 통영, 함안 지역에는 이름난 문인들이 많지만 그 가운데는 일제 강점기의 친일 행위로 여러 번 사회 문제가 된 인물들도 있다. 우리가 권환(權煥, 1903~1954)을 찾은 이유는 친일 문제에 연루되지 않은 올곧은 인물을 만나고 싶었기 때문이다. 또 권환의 생가와 유택이 태봉 고등학교 근처에 있으니 우선 가까운 곳의 문인을 학생들에게 알려야겠다는 생각도 있었다.

문학 답사를 떠나기 전날 저녁, 태봉 고등학교 앞 식당에서 저녁을 먹

경행재

고 학교 도서관으로 가서 답사할 작가들의 시를 여러 편 읽었다. 그리고 다음 날 아침 아홉 시, 우리는 진전면 사무소 근처에 있는 경행재(景行齋)로 출발했다.

경행재는 안동 권씨 문중의 서원으로 1910년부터 권환의 아버지 권오봉이 경행 학교 건물로 사용했다. 건물은 정면 다섯 칸, 측면 두 칸 크기의 일자형 팔작 기와지붕 집이고 청마루가 있다. 마당 한쪽에 학교를 설립한 권오봉의 비가 서 있다.

권환은 1903년 마산시 진전면 오서리에서 태어나서 1954년 마산시 완월동 누옥에서 지병인 폐결핵으로 세상을 달리하였다. 평생을 끝없는 자기비판으로 자신을 닦으며 농민과 빈민층에게 모두가 잘사는 아름다운 세상이 눈앞에 있음을 문학 작품으로 열심히 표현하였다.

권환은 경행 학교를 거쳐 서울의 휘문 고등 보통학교를 졸업한 뒤 일본으로 건너가 1929년에 교토 제국 대학 독문학과를 졸업한다. 1930년에 권환은 윤기정, 김기진 등과 조선 프롤레타리아 예술가 동맹을 결성한다. 해방 후에는 이기영, 임화 등과 사회주의 문학 단체인 조선 프롤레타리아 문학 동맹을 결성해 왕성하게 활동한다. 그는 희곡, 소설, 시, 평론 등 다양한 작품을 발표했는데 그 가운데 시「소년공의 노래」는 1931년에 발표한 작품으로 그의 초기 문학에서 계급주의 경향을 보여 준다.

우리는 나 어린 소년공(少年工)이다

뼈와 힘줄이 아직도

봄바람에 자라난 풀대처럼

연하고 부드러운 나 어린 소년

부잣집 자식 같으면

따뜻한 햇빛이 덮혀 있는 풀밭 위에서

단 과자 씹어 가며 뛰고 놀 나 어린 소년

부잣집 자식 같으면

공기 좋은 솔숲 속 높은 집 안에서

글 배우고 노래 부를 나 어린 소년이다

(중략)

동무들아 나 어린 소년공 동무들아

××〔마음〕 아프다고 울기만 하지 말고

×하다고 ××〔한탄〕만 하지 말고

우리도 얼른 힘차게 억세게 자라나서

용감한 그 아저씨들과 같이

수백만 우리처럼 가난한 사람들

맡은 ×를 ×한테를 ×〔지〕니기만 하는 동무들

이리 가나 저리 가나 ×을× ……〔우리〕들을 위해서 ××〔싸우〕자

웅 ×〔싸〕우자!

— 권환, 「소년공의 노래」

이 시는 5연으로 이루어져 있는데 1~2연에서는 아름답게 자라나는 소
년들의 꿈을, 3연에서는 검은 먼지로 가득찬 제철 공장의 무겁고 큰 기계

앞에 선 소년의 현실을, 4연에서는 싸우다가 죽어 간 동료 어른들을 본받자는 소년의 마음을, 5연에서는 억세게 자라서 우리도 가난한 사람들을 위해, 우리 자신을 위해 싸우자는 결의를 표현하고 있다. 시에서 ×, …… 는 일제의 검열로 삭제된 글자인데 당시 일제의 검열이 얼마나 심했는지를 가늠할 수 있다. 〔 〕 안의 단어는 이 시의 출전인 『아름다운 평등』의 편자가 추정하여 넣었다.

단아한 경행재를 뒤로하고 시인의 생가를 찾아갔다. 안내 팻말 하나 없으니 한참을 헤매었다. 결국 동네 주민으로 보이는 아저씨에게 물어서 찾았다. 아저씨가 이 시인이 얼마나 이름난 사람이냐 묻길래 지금은 널리 알려진 작가는 아니지만 가난한 노동자나 농민을 위한 글을 많이 썼다고 이야기했다. 진전면 오서리 565번지에 있는 생가 터에는 사람이 살지 않는 낡은 슬레이트 지붕 집이 적막히 있고 마당은 콩밭이다. 후손이 미약하고 시대에 버림받은 사람의 뒷자리는 이렇게 쓸쓸하구나 생각했다. 오래된 우물과 50~60년은 되어 보이는 감나무의 전송을 받으며 우리는 시인의 산소로 향했다.

생가에서 북쪽으로 5분 정도 달려 보강산 자락에 있는 시인의 묘소에 도착했다. 잘 차려진 안동 권씨 문중의 납골당 뒤편에 작은 봉분 눌이 호젓이 앉아 있었다. 시인 권환과 그의 아내 조성남의 묘다. 받침대에는 시인 권환과 조성남의 묘라고 또렷이 새겨져 있다. 권환 문학제 사무국장인 송창우 시인에게 들으니 문중에서 납골당을 조성할 때 권환 기념 사업회에서 시인을 기념하기 위해 시인의 묘소를 따로 하는 것이 좋겠다고 건의해서 문중에서 납골당 뒤쪽에 묘소를 쓰고 권환 기념 사업회에서 받침대를 마련했다고 한다.

우리는 가져간 막걸리를 두 잔 따르고 절을 두 번 했다. 납골당 앞에 놓인 탁자에 앉아 가난으로 고생하다 폐결핵으로 일찍 떠난 시인의 고단한 삶을 생각했다. 부인 조성남 여사는 잡화 행상을 하며 시인을 병구완했는데, 시인의 「원망(願望)」이라는 시를 써서 벽에 붙여 두고 늘 바라보았다고 한다. 우리는 「원망」을 낭송했다. 오직 나의 한 가지 원망은 가지고 있는 피리를 마음대로 부는 것뿐이라는 구절을 읊으며 시인의 산소를 내려오는데 길가에 연보라색 쑥부쟁이와 순백의 구절초(九節草)가 피어 있었다. 학생들에게 둘 다 국화과에 속하지만 쑥부쟁이는 잎이 좁고 뾰족한 편이고 구절초는 국화처럼 잎이 넓다고 설명하며 시인의 부인이 구절초를 닮았다는 생각을 했다. 꽃의 청초한 모습과 꽃 이름 가운데 '절(節)' 자에서 부인의 모습이 연상되었기 때문이다.

주차장 옆 탱자나무 울타리 밑에 노오란 탱자 열매가 즐비하다. 두 손 가득 주워서 향을 맡고서는 운전석 옆에 놓았다. 시인의 향기나 되는 듯이 좋다.

시조 문학의 거장 이은상

우리는 두 번째 답사지인 창원시립 마산 문학관으로 향했다. 차로 30분 정도 달려서 마산 합포구에 있는 마산 문학관이 자리한 노비산에 도착했다. 마산 문학관에 들어서자 안내를 해 주기로 한 최광석 학예사가 아직 기획 준비 중인 전시실로 특별히 우리 일행을 안내했다. 동영상을 보며 마산 문학사에 대해 배우는 시간을 가졌다. 처음에는 마산 문학관으로 출발했으나 마산, 창원, 진해의 행정 구역이 창원으로 통합되어 이제는 창원시립 마산 문학관이라 불린다며 구수한 입담으로 마산 문학사를 풀어내었다. 마산 문학관이 자리 잡을 때 시인 이은상(李殷相, 1903~1982)의 호를 따 노산 문학관으로 이름을 붙이려다가 시민 단체의

창원시립 마산 문학관

반대로 마산 문학관이 된 사연, 개항기 자본주의와 산업이 발전하면서 마산 문학이 싹튼 사연, 3·15 의거에 영향을 받아 민주 정신을 표현한 작품들이 등장한 사연, 이선관 시인 등 작가의 계보 등에 대한 설명도 들었다. 마산 자유 무역 지역을 배경으로 공단 문학과 노동 문학이 형성된 배경까지 설명을 듣고 나니 마산 문학이 매우 풍성하다는 생각이 들었다.

문학관은 이 층 구조인데 일 층 전시실 벽에 마산 문학사를 시대별로 두루 설명하는 자료들과 권환, 이은상, 이원수 등 마산과 인연 있는 작가의 사진들이 붙어 있었다. 벽 아래 전시대에는 작품집과 작가의 육필 원고가 전시되어 있었다.

이 층은 세미나실인데 '그리운 그 시절 아름다운 추억이여'라는 제목으로 특별 기획진을 준비하고 있었다. 김동리 작가가 이광석 시인에게 준 친필 서예 액자, 문인들이 서로 주고받은 육필 엽서, 『백치 동인』을 비롯한 각종 동인지, 4·19 혁명 기념 전집, 이광수, 주요한, 김동환의 시가집, 김안서 역시집 『옥잠화(玉簪花)』를 비롯하여 세월에 바랜 희귀본들, 『시 문학』 창간호를 비롯한 1950~1960년대에 나온 10여 종의 문예지 창간호 등 많은 자료들이 관람객을 기다리고 있었다. 문학관 학예사에게 요청하면 마산 근현대 문학사를 정리한 동영상도 시청할 수 있다.

문학관에서 나와 남쪽 항구로 눈을 돌리니 높은 건물들 사이로 이은상의 대표 시 「가고파」 속에 나오는 "그 파란 물"이 눈에 보인다. 왼쪽으로는 마산을 상징하는 무학산, 아래 마산항의 푸른 물 건너편으로 는 우리나라 엔진 산업의 선두 주자 두산 중공업 사옥과 공장이 보이며, 1970~1980년대 우리나라 수출 산업의 본보기가 되었던 마산 자유 무역 지역도 눈 아래로 보인다. 왼쪽 끝 회원동에는 마산 동 중학교가 있는데 이 학교의 교가는 이은상이 작사했다.

노비산에 서면 이 지역이 고려 시대 몽골 원정군의 근거지였음을 증명 하는 몽고정(蒙古井)과 바로 앞에 있는 민주 성지의 상징인 3·15 의거 기 념탑의 위치도 어림된다. 일제의 한반도 강점으로 갯가의 작은 마을이 마산항으로 발전하여 산업화되면서 산을 깎아 내고 바다를 메워 인구가 늘어 간 이 도시의 역사도 보인다.

이은상의 호 노산(鷺山)은 이 노비산(鷺飛山)에서 유래되었다고 한다. 이곳은 어린 시절 노산의 놀이터였고 문학의 산실이었다. 마산 하면 중 년 이상의 사람들은 그의 시 「가고파」를 떠올린다. 마산에는 국화가 많이 나는데 국화 축제 이름도 '가고파 축제'다. 마산 시내를 돌다 보면 '가고 파'란 상호를 심심찮게 볼 수 있다.

「가고파」는 시조의 기본 율인 4음보의 율격으로 어려운 단어도 없이 입에 착 붙는다. 그의 다른 시들도 같은 이유로 수없이 노래로 불려졌으 리라. 이 시는 처음에는 4수까지 있었는데, 1970년대에 내용을 추가하여 10수가 되었다. 4수까지는 그야말로 향수를 노래하고 뒤로 갈수록 회고 적으로 되다가 10수에서는 고향이 아니라 알몸으로 '깨끗이도 깨끗이' 영원한 피안의 세계로 돌아가고 싶다고 노래한다.

가곡 「가고파」는 1933년 평양 숭실 전문학교에 수학하던 김동진이 작 곡했다. 시인이 이 시를 10수까지 완성하자 김동진 역시 나머지 10절까 지 작곡하여 이 노래는 40년 만에 완성되었다.

이은상 시비

이은상은 역사학을 공부하여 『조선 사화집』을 필두로 많은 사화집(史話集)을 남겼고, 휴전선 155마일을 답사하고 쓴 『피어린 육백 리』 등의 국토 답사기를 쓰기도 했다. 또 민족의식의 발로로 『성웅 이순신』, 『주해 안중근 의사 자서전』 등을 썼고 쇠퇴해 가던 시조에 천착해 시조 2천여 수를 남겼다. 그는 1982년 4월, 투병 중에도 애국심 어린 시조집 『기원(祈願)』을 발간하고 5개월 후 세상을 떠나 국립묘지에 안장되었다.

이은상은 한의사이던 부친 이승규가 1909년 설립한 창신 학교를 졸업하고 이십 대에 2년간 모교에서 교원 생활을 하기도 했다. 창신 학교는 이 지역 최초의 사립 학교로 마산 3·1 운동의 근거지가 되었던 곳이기도 하다. 당시 이 학교는 민족 교육의 요람이었다. 국문학자 안확, 한글학자 이윤재, 음악가 박태준, 국어학자 이극로 등 한국 근대 사회의 지도적 인물들이 이 학교를 거쳐 갔다.

지금은 봉암동으로 이사한 이은상의 모교 창신 중·고등학교로 향했다. 시인과 관련된 유품은 없고 시인의 후손이 미국에 살고 있다는 말을 이 학교의 국어 선생님으로부터 들을 수 있었다. 역사가 백 년이 넘는 학교지만 이전하여 새로 지은 건물이라 그런지 역사의 흔적을 찾기는 어려웠다. 단지 학교 설립 당시의 건물을 원형 그대로 본뜬 건물이 한 채 있었다. 운동장에는 2011년에 세운 「가고파」 시비가 하나 서 있었다. 시인의 흔적을 더 찾을 수 없어 아쉬움이 남았다.

창원시 의창구 평산로에 있는 고향의 봄 도서관 지하 일 층의 이원수 문학관으로 향했다. 창신 중·고등학교에서는 자동차로 약 30분 거리다. 이원수 문학관은 자그마하고 아담하다. 방을 빙 둘러 사면 벽에 이원수 (李元壽, 1911~1981)의 문학 활동 관련 사진과 설명 들을 붙여 놓았고, 안쪽에는 이원수의 까만색 흉상이 서 있다. 선생이 소장했던 책을 보관하는 서고에서 이원수 문학 관련 동영상을 보고 장진화 사무국장으로부터 상세한 설명도 들었다. 장 사무국장은 "이원수 선생은 양산에서 태어나셨지만 「고향의 봄」의 산실이 된 곳은 창원의 소답동"임을 강조했다. 문학관에는 그 유명한 동요 「오빠 생각」도 전시되어 있었는데 이 시를 쓴 최순애는 이원수의 부인이다. 이들은 아동 문학 동인 모임인 '기쁨사'에서 만나 편지를 주고받다가 연인이 되고 배필이 되었고, 고락을 함께하여 해로하였다. 그리하여 두 사람은 이원수 문학관에서 함께 기념되고 있다. 「고향의 봄」은 이원수가 열다섯 살에, 「오빠 생각」은 최순애가 열두 살에 지었다고 한다. 참 좋은 노래다. 우리가 가난하고 서럽던 시절에 이 노래들은 우리에게 얼마나 큰 위안과 즐거움이 되었던가.

이원수는 1931년 마산 상업 학교를 졸업하고 함안 금융 조합에 취직해 당시 농민들의 어려움을 뼈저리게 느낀다. 1935년 반일 독서회 모임 활동을 이유로 체포되어 마산 교도소에서 10개월간 복역한다. 감옥에서 출옥한 뒤 최순애와 결혼하고 함안 금융 조합에 복직한다. 그러나 1942년 친일 잡지 『반도의 빛』에 친일 시 「지원병을 보내며」, 「낙하산」을 발표하는 등 친일 행적을 남기기도 했다.

6·25 전쟁 때에는 서울에 머물다가 인민군에게 협력했다는 이유로 서울 수복 후 쫓기는 신세가 된다. 1·4 후퇴 때 자녀를 둘이나 잃어버리기

도 한다. 이런 파란만장한 그의 삶은 우리나라 현대사 그 자체라고 할 수 있다. 그럼에도 불구하고 그는 가난하고 헐벗은 이 나라의 어린이들에게 항상 '파아란 초롱불'이 되고자 했다. 소외되고 고통받는 아동의 삶을 연민하고 문학적 상상력으로 그들에게 극복의 의지를 심어 주기 위해 고투했다. 그는 평생 아동 문학을 위해 살았고, 여린 것에 연민했으나 돈이나 권력에 아부하지 않았다. 그럼에도 역사는 그가 친일 작품을 썼으며 생전에 그 일을 공개적으로 반성하지도 않은 점을 비판한다. 역사는 준엄하다.

우리는 마지막 행선지인 마산역으로 향하는 차 안에서 「고향의 봄」과 「오빠 생각」을 합창했다. 노래를 부르니 빡빡한 일정에서 쌓인 피로가 가시는 것 같았다.

마산역 광장 중앙에는 2013년 2월에 세워진 거대한 「가고파」 시비가 온통 얼룩진 채 서 있었다. 마산 시민 단체들이 민주 성지인 마산의 정신에 걸맞지 않는 이은상 시인의 행적을 문제 삼아서 시비를 철거하라고 주장하며 달걀을 던졌기 때문이다.

이은상은 1960년 3·15 부정 선거 때 이승만을 지지하는 유세를 했고, 독재자 이승만을 이순신 장군 같은 분이라고 찬양했다. 또 4·19 혁명의 기폭제가 된 3·15 마산 의거를 폄훼했으며 정권이 바뀔 때마다 힘 있는 독재자 이승만, 박정희, 전두환을 지지하고 찬동했다. 마산 시민들은 1960년 3월 15일 부정 선거에 항거한 마산의 3·15 의거에 큰 자부심을 갖고 있다. 그때 중·고등학생 열한 명과 성인 한 명이 희생당했다. 이 사건이 기폭제가 되어서 이승만 독재 정권이 교체되었고 4·19 혁명이 성공했다. 우리나라 역사상 처음으로 민중이 피 흘려서 압제자를 몰아낸 것이다. 그뿐만 아니라 1979년 부마 항쟁으로 유신 독재 박정희 정권을 무너뜨린

항쟁의 진원지도 마산이다. 1960년 당시 마산에 거주했던 김춘수 시인의 시가 이를 선명히 증거하고 있다.

> 남성동 파출소에서 시청으로 가는 대로상에
> 또는
> 남성동 파출소에서 북마산 파출소로 가는 대로상에
> 너는 보았는가…… 뿌린 핏방울을
> 베꼬니아의 꽃잎처럼이나 선연했던 것을……
> 1960년 3월 15일
> 너는 보았는가…… 야음을 뚫고
> 나의 고막도 뚫고 간
> 그 많은 총탄의 행방을……
> ─김춘수, 「베꼬니아의 꽃잎처럼이나─마산 사건에 희생된 소년들의 영
> 전에」 중에서

나는 학생들에게 이은상의 행적과 이원수의 친일 작품을 설명하며 사람이 한평생 바르게 살기란 참 힘든 일이지만 그래도 그렇게 살아야 깨끗한 삶 아니겠느냐고 말했다. 평생을 헛된 욕심 내지 않고 뚜벅뚜벅 자신의 길을 걷는 이는 아름답다. 그것이 문학이든 생업이든 마찬가지 아니겠는가? 답사를 마친 한 달쯤 뒤, 시비 철거를 주장했던 시민 단체가 이 시비 옆에 민주 성지 마산 수호비를 나란히 세웠다는 기사를 보았다.

이번 문학 답사로 창원 지역의 문인들에 대해 새롭게 공부하고 많은 것을 느꼈다. "보면 알게 되고 알게 되면 사랑한다."라고 그랬던가. 백 번 듣는 것보다 한 번 보는 것이 낫다는 것을 실감한 답사였다.

- **누가:** 태봉고 글쓰기반 학생들과 이순일 선생님
- **언제:** 2013년 11월 2일(토요일)
- **인원:** 5명
- **테마:** 창원 근대 시인들의 속살 보기

함께하는 문학 답사

토박이 이순일 선생님의 귀띔!

마산 합포구 몽고정 길에 4·19 혁명의 기폭제가 된 3·15 의거를 기리는 3·15 의거 기념탑이 있고 마산 회원구 3·15 성역로에 있는 3·15 민주 묘지에는 당시 상황을 기록한 기념비들이 있습니다. 창원에 밀집한 공단을 배경으로 노동 현장의 목소리가 담긴 동인지들이 나왔고 소설가 김하경은 이곳에 살면서 1980년대 노동 운동을 기록한 르포집을 썼습니다. 3·15 의거 기념탑과 3·15 민주 묘지를 둘러본 뒤 시내버스로 15분 거리에 있는 오동동으로 가면 알맞게 매운 아귀찜으로 맛있는 식사를 할 수 있어요.

문학 답사 코스 추천!

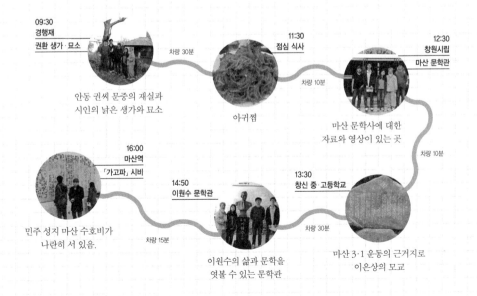

09:30
경행재
권환 생가 · 묘소
안동 권씨 문중의 재실과 시인의 낡은 생가와 묘소

차량 30분

11:30
점심 식사
아귀찜

차량 10분

12:30
창원시립
마산 문학관
마산 문학사에 대한 자료와 영상이 있는 곳

차량 10분

13:30
창신 중 · 고등학교
마산 3·1 운동의 근거지로 이은상의 모교

차량 30분

14:50
이원수 문학관
이원수의 삶과 문학을 엿볼 수 있는 문학관

차량 15분

16:00
마산역
「가고파」 시비
민주 성지 마산 수호비가 나란히 서 있음.

최윤영 | 대구 호산고

달구벌 가로지르기

계획을 짜고 보니 서쪽에서 동쪽으로, 과거에서 현재로, 달구벌(대구의 옛 이름)을 가로지르게 되었다. 조선 시대 사육신의 혼이 서린 대구의 서쪽 달성군 '육신사(六臣祠)'에서 출발해, 일제 강점기의 문인과 애국지사의 동상, 문학비가 있는 두류 공원 '인물 동산'을 한 바퀴 돈다. 대구 중심의 '근대 문화 골목'에서 근대 문화의 흔적을 찾고 6·25 전쟁 직후 대구의 모습이 담긴 소설 『마당 깊은 집』의 배경지를 둘러본다. 그리고 동쪽에 위치한 '김광석 다시 그리기 길'에서 1980~1990년대 대중문화의 아이콘 김광석의 흔적을 만난다.

더운 날씨로 유명한 대구의 이름값을 하려는 듯 답사 날짜로 잡은 6월 두 번째 토요일은 한여름처럼 더웠다. 먼 거리를 이동하느라 아이들의 몸은 축 늘어져 땅에 끌렸다. 과하면 모자람만 못하다. 아이들과 함께하는 문학 답사를 준비할 때는 일정에 너무 욕심을 내지 말고 날씨와 이동 거리도 세심하게 고려해야겠다는 깨달음을 얻었다.

여섯 충신의 얼이 서린 육신사

'어장 관리'라는 말이 유행어가 된 시대, 사람의 마음을 두고 밀고 당기는 것이 요즘 아이들이다. 이런 아이들이 임금과의 의리를 지키기 위해 '일편단심(一片丹心)'으로 '독야청청(獨也青青)' 하며 목숨을 내놓기를 마다하지 않은 사육신의 이야기를 이해할 수 있을까? 답사의 첫 장소는 달성군에 위치한 '육신사'다. 이곳은 단종의 복위를 꾀하다 죽음을 당한 여섯 충신의 위패를 모신 사당이다.

세조는 자신의 조카인 어린 임금 단종을 몰아내고 왕위에 오른다. 단종의 복위를 꾀하던 집현전 학자와 무인 들은 거사를 계획하지만 배신자의 밀고로 실패로 끝나 버리고 여섯 충신 박팽년, 성삼문, 하위지, 이개, 유성원, 유응부는 모진 고문 끝에 죽음을 맞이한다. 각 집안도 멸문의 화를 당하여 남자들은 죽고, 여자들은 노비로 끌려간다. 1456년에 있었던 병자사화다.

당시 박팽년의 며느리는 임신 중이었는데 세조는 아들을 낳으면 그 역시 죽이라고 명을 내린다. 운명의 장난이었는지 아들이 태어났으나 마침 비슷한 시기에 출산한 종과 아이를 바꿔치기하여 목숨을 살렸다. 이 아이는 외가에 숨어 자라다 후에 세조의 사면을 받아 가문을 잇는다. 오태석의 희곡 「태」에서 세조는 박팽년의 후손으로 대를 잇도록 하라며 지난날 자신의 과오를 후회하고 아이를 인정한다. 충신의 후손이 살아남은 것은 다행스러운 일이지만 바꿔치기되어 죽은 아이와 그 어미의 절규가 가슴 아프다.

이렇게 가문을 이은 후손들은 사당을 세우고 박팽년의 절의를 우러르며 해마다 제사를 지냈다. 후에 박팽년의 5대손 박계창이 기일에 제사를 준비하다 잠깐 조는 틈에 사육신 중 나머지 다섯 분이

육신사

사당 문밖에서 서성이고 있는 꿈을 꾸었다고 한다. 그 뒤로 다섯 분의 제사까지 함께 지내게 되었다. 지금도 해마다 11월 첫 일요일에는 육신사에서 사육신 여섯 분의 제를 모시고 있다.

묘골 마을 입구에는 박팽년의 집안인 순천 박씨 문중에서 관리하는 '사육신 기념관'이 있다. 집안 며느리 김옥선 할머니께서 "학생들이 우리 할배를 이래 찾아와 줘서 고맙다."라고 하시며 반갑게 우리를 맞아 주셨다. 기념관을 안내해 주신 뒤에는 집에 초대해 주셔서 즐거운 시간을 함께했다. 기념관에는 사육신과 관련된 자료가 전시되어 있으며 동영상도 상영되고 있다. 집안 남자 100명의 얼굴을 모아 합성하여 제작했다는 박팽년의 표준 영정이 인상적이다.

마을 길을 따라 올라가면 길 끝에 육신사가 있다. 우뚝 솟은 홍살문을 지나면 여섯 마리 거북이가 떠받들고 있는 육각형 돌탑인 육각비가 있다. 기둥의 각 면에는 사육신 여섯 분의 업적이 새겨져 있다. 태고정, 숭절당, 충의사 등의 부속 건물들도 돌아볼 수 있다. 위패를 모신 숭정사는 평소에는 문을 닫고 일반인의 출입을 허락하지 않으나 제를 올리는 날에는 후손들과 일반 관람객들을 맞이한다고 한다.

육신사를 나와 태극 문양이 새겨진 외삼문의 그늘 아래 모여서 사육신 시조 암송 대회를 열었다. 학생들은 나름 비장한 표정으로 틀리지 않으려고 애썼다. 그 모습이 기특하여 문화 상품권을 시상하고는 마을을 나섰다.

육신사를 나서 달구벌 대로를 달렸다. 다음 목적지는 두류 공원 인물 동산이다. 이곳에는 일제 강점기를 살아 낸 대구 지역 인물 여덟 분의 동상, 문학비, 기념비와 대구 사범 학생 독립운동 기념탑이 있다.

독립운동가이자 시 「빼앗긴 들에도 봄은 오는가」로 유명한 시인 이상화, 「운수 좋은 날」과 「고향」의 소설가 현진건은 누구나 다 아는 대구 출신의 대표적 문인이다. 「봄은 고양이로다」의 시인 이장희, 대구·경북 지역 문인들을 조명하는 데 힘을 기울였고 대구를 사랑해 「대구 시민의 노래」를 남긴 시인 백기만, 독립운동에 앞장선 박희광, 조기홍 등도 빼놓을 수 없다. 독립운동가이자 시인이었던 최양해는 한시 260여 수를 남겼는데 이 중 100여 수가 대구를 소재로 한 것이다. 한국 근대 미술을 대표하는 천재 화가 이인성도 이곳에 자리를 잡았다.

두류 공원 현진건 문학비

이곳에서 우리는 일제 강점기를 치열하게 살았던 지역 인물들의 삶을 되새겨 보고 이를 통해 지역에 대한 자부심을 느낄 수 있었다. 학생들은 자유롭게 동산을 둘러보며 이야기를 나눈다.

"이상화, 그 빼앗긴 그, 그 맞제? 대구 사람이구나. 와, 신기하다."

"맞다, 몰랐나? 현진건도 우리 배웠잖아."

학생들은 교과서에서만 보던 유명 작가가 같은 지역 출신인 것이 신기한지 호들갑을 떨며, 동상과 다정하게 어울려 사진을 남긴다.

도심 속의 과거, 근대 문화 골목

경상 감영 달성 길, 근대 문화 골목, 패션 한방 길, 삼덕 봉산 문화 길, 남산 100년 향수 길……. 대구시 중구청이 개발해 운영하고 있는 골목 투어 코스다. 그중 가장 인기 있는 코스가 근대 문화 골목이다. 이 코스는 시내 중심에 있어 대중교통을 이용해 접근하기 쉽고, 시간에 구애받지 않고 남녀노소 누구나 여유롭게 관람할 수 있다. 2012년에는 한국 관광 공사에서 시상하는 '한국 관광의 별'에 선정되기도 했다. 전체 코스를 도는 데는 약 두 시간 정도 소요된다.

첫 번째 장소는 청라 언덕이다. 청라 언덕은 '푸를 청(靑)' 자에 '비단 라(羅)' 자를 쓰는 푸르름이 짙은 언덕이다. 1890년대에 교육, 의료 봉사를 위해 대구를 찾은 선교사들이 집을 짓고 모여 살던 곳이다. 담쟁이로 뒤덮인 이국적인 빨간 벽돌집들이 백 년 전 서양의 어느 시골 마을을 연상하게 한다. 이 집들은 지금은 선교, 의료, 역사 박물관으로 꾸며져 있다.

선교사들은 소명을 좇아 머나먼 타국 땅에서 평생을 봉사하며 살다 생을 마감하였고 이 동산에 묻혔다. "우리가 어둡고 가난할 때 태평양 건너 머나먼 이국에 와 배척과 박해를 무릅쓰고 혼신을 다해 복음을 전파하고 인술을 베풀다가 삶을 마감한 선교사와 그 가족들이 여기에 고이 잠들어 있다."라는 비문의 글귀를 읽으니 숙연해졌다. 동산 한쪽에는 그들과 함께 대구에 온 사과나무가 백 년이 지난 지금까지도 자리를 지키고 있다. 대구가 사과의 고장이 된 것도 이 나무 덕분이다.

한편 이곳은 널리 알려진 가곡 「동무 생각」의 배경이기도 하다. "청라 언덕과 같은 내 맘에/백합 같은 내 동무야/네가 내게서 피어날 적에/모든 슬픔이 사라진다." 작곡가 박태준이 계성 학교에 다니던 시절 신명여학교 여학생을 짝사랑했던 추억을 담은 노래다. 후에 박태준은 마산에서 음악 선생님으로 근무하게 되었는데 함께 지내던 이은상 선생이 이 이야기를 듣고 노랫말을 써 준 덕에 이 곡이 만들어지게 되었다. 문화 해설사님이 아이들에게 다 같이 손을 잡고 원을 돌며 노래를 해 보자고 제안하신다. 여학생을 짝사랑한 추억이 담긴 노래가 아이들의 목소리에 담겨 청라 언덕에 울려 퍼진다.

청라 언덕을 넘어서면 3·1 만세 운동 길을 지나게 된다. 90개의 계단으로 구성된 이 길에는 3·1 운동 당시의 생활상이 담긴 사진이 벽면에 게시되어 있다. 계단을 내려와 길을 건너면 백 년 넘는 역사를 자랑하는 계산 성당이 보인다. 고딕 양식의 뾰족한 첨탑이 인상적이며 내부의 스테인드글리스가 신비로운 느낌을 주는 성당이다.

성당을 지나면 이상화, 서상돈 고택이 나온다. 이상화 고백은 민족 시인 이상화가 광복을 2년 앞둔 1943년 43세를 일기로 생을 마감할 때까지 살았던 곳이다. 집을 둘러보던 학생들은 "아, 아쉽다. 2년만 더 사셨으면 됐는데.", "맞다, 그러면 되찾은 땅에 봄은 왔구나! 이런 시가 나왔을 건데……."라며 시인이 기다리던 해방의 봄을 맞지 못하고 아까운 나이에 돌아가신 것을 못내 아쉬워했다.

이곳은 한때 도시 개발 계획 때문에 철거 위기에 놓였었다. 그러나 '민족 시인 이상화 고택 보존 운동 본부'가 결성되고, 대구 시민 서명 운동,

기금 모금, 시집 발간 운동 등을 펼친 끝에 주상 복합 건물 건립을 추진하던 군인 공제회가 고택을 구입하여 대구시에 기부했고 유족과 문인 들도 보유하고 있던 자료를 기증하여 현재의 모습을 갖추게 되었다. 그 옆에 국채 보상 운동을 주도한 독립운동가 서상돈 선생의 고택도 복원되어 나란히 자리하게 되었고 근대 문화 체험관인 계산 예가도 들어섰다.

고층 건물 그늘에 자리한 자그마한 고택의 모습이 어색하기도 하지만, 현대와 근대가 도시 한복판에 공존하고 있는 모습이 한편으로는 다정해 보이기도 했다. "그러나 지금은 들을 빼앗겨 봄조차 빼앗기겠네"라는 시의 구절처럼 도시 개발 계획에 땅을 빼앗겨 얼조차 사라질 뻔한 것을 시민들이 적극적인 의지로 지켜 낸 것이 자랑스럽다.

5월, 6월, 9월, 10월 매주 토요일에는 연극 「빼앗긴 들에도 봄은 오는가」도 거리에서 만날 수 있다. 일본의 독도 영유권 주장이 이어지던 2013년 가을에는 독도에서 이 작품을 공연하여 독도가 우리 땅임을 다시 한번 확인할 수 있었다. 이 일로 이 작품은 독도에서 공연된 최초의 연극 작품이 되었다.

다음은 뽕나무 골목이다. 임진왜란 당시 명나라에서 우리나라로 왔다 귀화해 대구에 정착한 두사충의 이야기가 벽화로 그려져 있다. 홀아비 두사충은 짝사랑하는 여인의 모습을 보기 위해 매일같이 뽕나무에 올랐다. 이를 알게 된 두사충의 아들이 그 여인을 찾아갔다. 그 여인은 청상과부였던지라 두사충은 아들의 중매로 사랑을 이룰 수 있었다. 그런데 이야기 속 두사충은 나이 많은 어르신인데, 벽화 속 그는 한창 나이의 꽃미남이다.

뽕나무 골목을 지나면 옛 제일 교회가 보인다. 대구 경북에 처음으로 문을 연 개신 교회인데, 고딕 양식의 외관을 담쟁이가 온통 뒤덮고 있어

근대 문화 골목 영남 대로

세월을 말해 주는 듯했다. 그 옆에는 약령시 한의학 박물관이 있다. 박물관 마당에는 족욕을 할 수 있는 공간이 마련되어 있다. 한참을 걸어 지친 아이들은 흐르는 물에 발을 담그고 잠시 쉬었다. 아침부터 강행군을 해 지쳤던 학생들의 얼굴에 생기가 돌았다.

이곳을 나서면 소설 『마당 깊은 집』에 대한 안내판이 있다. 작가 김원일(金源一, 1942~)은 전쟁이 막 끝나서 모두가 어렵게 살던 시절에 자신의 가족 역시 단칸 셋방에서 힘들게 그 세월을 넘겼으며, 전쟁으로 과수댁이 된 어머니가 바느질 일로 형제 넷을 길렀고, 장자였던 자신은 어머니의 엄한 훈육을 받으며 성장했다고 말했다. 그런 의미에서 이 소설은 많은 부분이 자전적이다.

선비들이 한양으로 과거 보러 가던 영남 대로와 종로를 따라 걷다 보면 진골목이 나오는데 이 부근이 소설 속 주인공 길남이가 신문 뭉치를 들고 누비던 곳이다. 진골목은 긴 골목이라는 뜻인데 '길다'가 경상도 말로 '질다'로 발음되기 때문이다. 빌딩 숲 뒤로 난 구불구불한 골목길과 오래된 집들이 마치 과거로 돌아간 듯한 기분을 느끼게 해 준다. 화교 소학교 입구에는 배달하던 신문을 잠시 내려놓고 앉아 쉬는 길남이의 모습이 동상으로 제작되어 있다. 우리는 길남이를 남겨 두고 다시 버스에 오른다.

해질 무렵 걷기 좋은 김광석 다시 그리기 길

"자, 마지막 코스는 김광석 다시 그리기 길이다."

"선생님, 김광석이 누구예요?"

"오는 내내 김광석 노래 들었는데, 내가 이야기해 줬잖아, 마흔 되면 오토바이 타고 떠나고 싶다 했다는 가수."

"그래서 마흔 되서 오토바이 탔어요?"

"아니, 서른셋까지만 살고 마흔이 못 됐어."

"왜요?"

"……."

'그러게 말이다. 왜 그랬을까?'

김광석은 1964년 대구 대봉동에서 태어났다. '김광석 다시 그리기 길'은 김광석이 태어나 어린 시절을 보낸 대봉동 방천 시장 옆 골목에 예술가들이 벽화를 그리기 시작하면서 조성되었다. 다섯 살 때 대구를 떠났다 초등학교 4학년 때 다시 돌아와 2년을 더 살기는 했지만 김광석이 이곳에 머문 시간은 짧다. 그러나 다리 건너 즐비한 고층 아파트와는 대조를 이루는 하천 옆 낡은 주택가와 쇠락한 시장 옆 골목은 힘 있지만 쓸쓸함이 묻어나는 김광석의 목소리와 무척 잘 어울린다. 이곳이 김광석 길이 될 수밖에 없는 이유다.

김광석은 민중 가수로 활동하던 시절에는 「광야에서」, 「타는 목마름으로」 등으로 시대의 아픔을 노래했고, 대중 가수로 본격적으로 활동하면서부터는 「서른 즈음에」, 「어느 60대 노부부 이야기」, 「이등병의 편지」 등 우리네 삶과 「너무 아픈 사랑은 사랑이 아니었음을」, 「사랑했지만」 등 애절한 사랑을 노래했다. 정치·사회적으로 어지러웠던 1980~1990년대 사람들은 김광석의 노래를 들으며 위로받았고 그가 떠난 지 17년이 지난 지금도 그를 잊지 못하고 있다. 그의 노래는 뮤지컬 「그날들」, 「디셈버」, 「바람이 불어오는 곳」 등에서 주제곡으로 사용되었으며 전국에서 김광

김광석 다시 그리기 길

석을 추모하는 이들이 모여드는 '김광석에 물들다'와 같은 거리 공연 행사로도 이어지고 있다.

대중 가수를 기념하는 길이 문학 답사의 코스로 적당할까 의문이 생길 수도 있겠다. 그러나 시대를 대표하는 음유 시인으로서 깊은 곳에서부터 사람들의 감성을 끌어올렸던 그의 노래가 우리 아이들의 마음도 고요히 흔들어 주기를 바라며 아이들과 함께 길을 걸었다. "인생이란 강물 위를 뜻 없이 부초처럼 떠다니다가 어느 고요한 호숫가에 닿으면 물과 함께 썩어가겠지", "창틈에 기다리던 새벽이 오면 어제보다 커진 내 방 안에 하얗게 밝아 온 유리창에 썼다 지운다 널 사랑해", 이런 시가 또 있을까?

아이들은 골목을 들어서면서부터 김광석 동상 옆에서, 벽화 앞에서 갖가지 자세로 사진을 찍어 댄다. 창의적인 아이디어로 자연스럽게 벽화와 하나가 된다. 기타를 맨 김광석 그림 옆에 나란히 서서 그의 어깨에 손을 얹기도 하고, 전봇대를 사이에 두고 김광석을 훔쳐보는 장면을 연출하며 즐거워하기도 한다.

이 거리는 아이들에게 그저 사진 찍기 좋은 벽화가 가득한 거리로만 기억될 수도 있다. 열일곱, 열여덟이라는 나이는 김광석을 느끼기에 조금 어린 나이일수도 있으니 말이다. 그러나 언젠가 인생의 고민에 가슴이 터질 것 같은 날이 온다면, 또는 우연히 김광석 노래를 다시 듣게 된다면, 그때는 혼자서 해질녘 이 거리를 걸어 보기를 바란다. 그리고 김광석의 노래에 위로를 받고 다시 힘을 얻을 수 있으면 좋겠다.

김광석 다시 그리기 길을 끝으로 달구벌을 서에서 동으로 가로지르는 일정을 마쳤다. 현실은 고달프지만 삶은 그 자체로 아름답다는 걸 우리에게 알려 주는 김광석의 노래처럼, 하루 만에 달구벌을 가로지른 이번 답사는 힘들었지만 학생들에게 아름다운 추억으로 자리 잡기를 바란다.

- **누가:** 대구 호산고 학생들과 최윤영 선생님
- **언제:** 2013년 6월 8일(토요일)
- **인원:** 25명
- **테마:** 달구벌 가로지르기

함께하는 문학 답사

토박이 최윤영 선생님의 귀띔!

　이 글에 안내된 네 곳을 하루에 다 다니려면 시간에 쫓길 수도 있어요. 두어 곳 정도로 일정을 잡고 여유 있게 둘러보세요. 육신사는 차량이 없으면 가기 불편하지만 근대 문화 골목과 김광석 다시 그리기 길은 대중교통으로 충분히 이동이 가능합니다. 점심은 도시락을 준비해서 육신사 인근에 있는 4대 강 문화관 '디아크'에서 먹거나 두류 공원의 매점을 이용해도 좋아요. 근대 문화 골목 코스 인근의 염매 시장이나 진 골목에서 자유롭게 사 먹을 수도 있어요.

문학 답사 코스 추천!

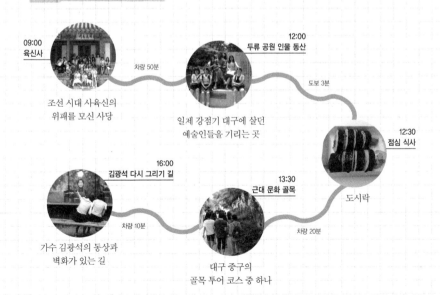

09:00
육신사
조선 시대 사육신의
위패를 모신 사당

차량 50분

12:00
두류 공원 인물 동산
일제 강점기 대구에 살던
예술인들을 기리는 곳

도보 3분

12:30
점심 식사
도시락

13:30
근대 문화 골목
대구 중구의
골목 투어 코스 중 하나

차량 20분

16:00
김광석 다시 그리기 길
가수 김광석의 동상과
벽화가 있는 길

차량 10분

천년을 이어 오는 노래의 빛과 향

우리 학교에서는 해마다 희망하는 학생들을 모아서 경북 안동 지역으로 이육사 시인 유적지와 도산 서원, 병산 서원, 하회 마을을 둘러보러 가거나 전남 순천 갈대밭, 섬진강 화개 장터 쪽으로 문학·역사·생태 답사를 한 차례씩 다녀오곤 했다. 그런데 정작 경주 지역 문학 답사는 가 보지 못했다. 그래서 이번에는 문학 동아리 학생들을 중심으로 우리 지역의 유서 깊은 문학 유적을 찾아보기로 했다.

경주는 신라 천년의 수도였던 역사 도시로 이름이 높으며, 불국사와 석굴암, 쉰두 개의 지정 문화재를 포함하는 역사 유적 지구, 양동 마을 등 세계 문화유산에 등재된 유산도 세 점이나 있어 사실상 경주 전역이 세계 문화유산이라 해도 과언이 아니다.

이 유서 깊은 고도(古都)에 사람의 마음을 울리는 문학이 없을 리 없다.

무수한 문인들 중 고민을 거듭한 끝에, 통일 신라 시대에 「제망매가」를 지은 월명사가 살았던 사천왕사 터를 둘러보고, 조선 초 용장사 부근에 자리 잡고 『금오신화』를 쓴 김시습(金時習, 1435~1493)과, 이 지역 출신으로 이름을 남긴 시인 박목월(朴木月, 1916~1978)의 자취와 정신을 찾아보기로 답사 일정을 잡았다.

김동리 작가의 「무녀도」의 무대인 서천(西川)의 '애기청소'가 훤히 보이는 금장대 언덕, 김동리 생가 터와 문학관도 함께 들러 보고 싶었지만 다음을 기약하기로 하였다.

부처의 땅에 숨은 들매화처럼

가는 날이 장날이라고, 초가을 아침부터 이슬비가 슬슬 내렸다. 문학 동아리 회원 및 일반 학생 20여 명과 아침 8시에 전세 버스를 타고 학교를 출발했다. 김시습의 유적을 찾아 먼저 남산으로 향했다. 서른한 살 김시습이 왜 고향도 아닌 이곳 경주를 찾아와 남산의 험준한 능선에 금오산실(金鰲山室)을 짓고 그곳에서 일생을 마치려 했을까? 무엇이 그를 여기로 불러냈을까 생각하면서, 그가 밤낮없이 오르내렸을 산길을 찾아갔다.

용장리 주차장에서 내린 아이들은 각자 우의를 입거나 우산을 펼쳐 늘고 자료집과 볼펜을 챙겨서 들뜬 마음으로 길을 나섰다. 아침부터 내린 비로 길은 미끄러웠지만, 아이들은 곧잘 산을 올랐다. 삼릉 주차장에 차를 세우고 금오산 정상을 오른 다음, 통일전으로 가는 내리막길을 1킬로미터쯤 가다 보면 오른쪽으로 용장사 터 팻말이 보인다. 이 코스를 따라 내려오면 길은 수월하지만 대신 거리가 멀고 시간이 많이 걸린다. 그래서 우리는 그 대신 용장리에서 금오봉과 남산의 최고봉인 고위봉 사이 골짜기를 따라 거슬러 오르는 조금 험한 길을 택했다.

김시습은 이곳에 자리를 잡은 이후에도 한곳에만 가만히 은거하지 않았다. 이미 관동, 관서, 호남 지방을 두루 다니면서 기록을 남긴 터였고, '부처님의 나라'인 서라벌도 이전에 두루 섭렵하고 다닌 끝에 금오산에 정착하기로 결정한 그였다. 젊은 피와 타고난 떠돌이 기질은 그를 이곳에 그냥 머물게 두지 않았다. 지금 우리가 가는 이 길도 아마 눈 감고 휠휠 다닐 수 있었으리라.

용장골에서 마을 하천 길을 따라 1킬로미터 정도 가다 보면 왼쪽에 징검다리가 보인다. 이 다리를 건너 계곡을 줄곧 올라가야 한다. 이 길은 호젓해 보이지만 금오산 동남쪽에서 용장사를 거쳐 금오봉으로 오르는 주요 등산로라서 많은 사람들이 찾는 길이다.

이슬비가 계속 내려서 우의를 입거나 우산을 펼쳐 들고 앞서거니 뒤서거니 이야기를 나누면서 올라갔다. 길이 미끄러워 아이들이 다칠까 봐 긴장되었지만 초목들은 지난여름 불볕에 달구어진 잎들을 펼쳐 들고 온몸을 적시며 비를 반기고 있었다. 아직 단풍이 익기에는 이른 철이었지만 붉나무는 벌써 여기저기 발갛게 상기된 표정으로 가을을 예고하고 있었다. 한참을 가다 보니 계곡을 건너는 다리인 설잠교가 보였다. 그 부근에서 우리는 이정표로 세워진 한 편의 시를 읽을 수 있었다.

버섯 자라 산골짜기 깊숙도 하여
사람이 오는 것을 보지 못해라.
가랑비에 시냇가의 대나무가 자라고
비낀 바람은 들매화를 보호하누나.
작은 창에서 사슴과 함께 자고
마른 의자에 앉았으니 재와 같은데.

용장사 석불 좌상

깨닫지 못하겠도다, 초가집 처마에서
뜰 꽃이 떨어지고 또 피어남을.

— 김시습, 「용장사 경실에 있으며 회포가 있어」

갈수록 경사가 급해지는 등산로를 따라 한참 오르다 보니 그의 시에 나오는 산죽(山竹)들이 비탈길 좌우로 군락을 이루고 있었다. 그 길을 다 올라 등성이에 성큼 올라서니 작은 절집 하나 겨우 앉을 수 있을까 말까 한 평평한 빈터가 나왔다. 한숨 돌리고 다시 오르니 크고 작은 바위틈을 거슬러 올라야 하는 험한 길이 나왔다. 누군가 돌 틈에 단단한 밧줄을 매어 놓아 온 힘과 정신을 줄에 모으면 아래에서 밀어 올리고 위에선 당겨 주어 몸이 허공을 차고 훌쩍 오를 수 있었다. 이 일대가 바로 용장사 터로 알려진 곳이다. 바위가 즐비한 비탈이어서 절터라기에는 너무 좁았지만 마애 여래 좌상도 있고 목이 없는 삼륜 대좌불도 높이 정좌하고 있어서, 부처의 나라임을 느낄 수 있었다.

문득 눈을 들어 하늘 가까운 정상을 올려다보니 이 능선의 끝점인 산

꼭대기에서 하늘을 향해 우뚝 치솟아 오른 작고 검은 물체가 보였다. 삼층 석탑이다. 전에 이곳을 찾았을 땐 금오봉 정상에서 내려오는 길을 택했다. 그때는 산 전체를 일 층 기단으로 삼고 그 위에 탑신을 쌓아 올려 하계를 굽어보는 모습이 마치 부처의 자비로움이 온누리에 빛으로 울려 퍼지는 듯하고 가슴이 탁 틔어 절로 큰 고함이 나왔다. 오늘 빗속에서 올려다보는 석탑은 하계에서 자비를 구하며 올려다보는 중생을 하나도 놓치지 않고 품어 주려는 듯 어디서나 볼 수 있는 자리에 비를 맞고 의연한 모습으로 서 있다.

이 어딘가에 있었던 금오산실에서 김시습은 많은 시와 함께 한문 소설 『금오신화』를 썼다. 그는 태어난 지 여덟 달 만에 글을 깨쳤으니 언어 감각이 대단한 천재이자, 이상과 현실의 괴리를 온몸으로 느끼면서 현실에서 구하지 못한 이상 사회의 꿈을 평생 안고 살아간 이상주의자였다. 그는 서울 성균관 부근 빈궁리에서 태어나 어릴 때부터 신동으로 이름 높았고, 세종 대왕으로부터 장래를 약속받아 공부에 몰입했다. 그러나 세종과 문종의 죽음에 이어 즉위한 어린 단종이 수양 대군에게 왕위를 찬탈당하는 것을 보면서 시대에 절망했다. 따스한 세상을 갈망해 온 선비였던 그는 전혀 새로운 운명의 길을 걸었다. 관료로 출사하려던 세속적인 꿈을 던져 버렸고, 사육신의 시신을 묻어 주고 단종의 제를 예로써 지낸 후 승려가 되어 산천을 유람하면서 떠돌이 생활을 했다. 그는 유교와 불교 사상을 아우르려 노력했고, 도교까지 넘나드는 넓고 깊은 사상가였다. 한문으로 된 불경을 한글로 번역하는 일인 불경 언해 사업에도 참여해 세조로부터 도첩(度牒, 고려·조선 시대에, 새로 승려가 된 사람에게 나라에서 내주던 신분 증명서)을 받았으나 편안한 곳을 찾거나 머물지 않고 어디에도 구속되지 않은 채 자유인으로 살았다. 자신의 처지와 비슷한 굴원, 도연명을 추모했으며, 원효에게서 깊은 감명을 얻었다. 그는 자신에게 철저했으며 남에게 솔직했다. 그런 태도가 권력에 순응하는 동시대 사람들에게 받아들여지지 않아 그는 늘 고독했고 아픔을 안고 살아가야 했다.

『금오신화』는 이런 그의 삶과 사상이 드러나는 이야기이며, 존재론적 고찰이라 할 수 있다. 무수한 조선의 소설들이 중국을 배경으로 하는데 비해, 우리나라 최초의 창작 소설인『금오신화』는 남원, 개성, 평양 등 한때 번성했던 과거의 수도나 역사적으로 중요한 조선의 여러 지역을 배경으로 했다. 민족의 역사와 설화를 바탕으로 '민족주의적 역사의식과 함께 민족적 초월의 상상 세계'를 펼쳐 보인다. 소설에서 김시습은 자신을 형상화한 듯한 고독한 인물들을 등장시켜서, 이승과 저승의 경계를 넘나들며 비극적이면서 열렬한 사랑을 보여 주기도 하고(「만복사저포기」, 「이생규장전」), 현실 세계에서 펼쳐 내지 못한 정치 이념을 저승과 용궁에서 펼쳐 보이기도 하며(「남염부주지」, 「용궁부연록」), 기자 조선의 공주(선녀)와 홍도령이 평양의 경치에 반하여 우연히 만나 사랑을 나누기도 한다(「취유부벽정기」).『금오신화』는 좌절 속에서도 포기하지 않고 평생 시대 현실과의 긴장을 잃지 않았던 지식인 김시습의 자화상이기도 하다.

그는 새 임금 성종이 즉위하자 변신을 시도하여, 평생을 이곳 금오산실에서 마치려던 생각을 접고 37세에 금오산을 떠나 한양으로 상경한다. 혼인도 하고 세속의 길을 모색해 보기도 하지만, 이미 세상은 바뀌었고 그의 자리, 그를 기다리는 사람은 거의 없음을 깨달았다. 그러는 사이 처자가 죽고 외톨이가 되자 그는 금오산을 그리워하면서 다시 떠돌이로 살다가 59세에 충남 무량사에서 생을 마감했다.

어젯밤에 금오산의 꿈을 꿨더니

봉 위에서 두견새가 돌아가자네.

산방에는 책들이 상에 있어서

기쁨 극진 정은 되려 슬픔 머금네.

　　　　　　　　　—김시습,「옛집에 돌아옴을 화답하여」중에서

　그는 시대의 아웃사이더로 고통스러운 삶을 선택한 비운의 천재였지만 동시에 시대 너머의 세계를 찾아 헤맨 사상가, 인도주의적 이상주의자, 무수한 시와 문장을 남긴 당대 최고의 문인이었다. 그의 또 다른 호 '청한자(淸寒子)'는 자신이 스스로 지은 이름으로 '맑고 차가운 사람'이라는 뜻이다. 이 이름만큼 그를 잘 표현하기도 힘들 것이다.

　산을 내려오는 길에도 비는 여전했다. 나무도 꽃도 그 길을 가는 사람들도 벌써 젖어 있었다. 우의와 우산 속에서 '부처의 땅'을 뒤로하고 하산하면서 이야기를 나누는 모습들이 정겨웠다. 올라갔던 길로 내려오니 곧 정류장에 도착했고, 삼릉 부근에 있는 이름난 한식집에서 비빔밥으로 출출한 배를 따뜻하게 채워 달랬다.

삶과 죽음의 길은 연기처럼

　다시 차를 타고 경주 시내 쪽으로 나오다 네거리에서 우회전해 포항 가는 순환 도로를 타고 언덕을 넘으면 불국사와 울산 가는 길이 나온다. 그 길을 따라 2킬로미터 정도 달리니 남산 통일전(統一殿)으로 들어가는 입구가 나왔다. 남산의 서쪽에서 북쪽으로 갔다가, 다시 남쪽으로 돌아온 셈이다. 차에서 내려 도로를 건너니 선덕 여왕릉과 사천왕사 터 팻말이 보였다. 바로 길가에 사천왕사 터 당간 지주가 서 있는데, 여기부터 이어지는 널찍한 빈터가 사천왕사 터다. 금당 터 한 곳과 목탑 자리 두 곳이

사천왕사 터

있는 것으로 보아 1금당 쌍탑 형태의 통일 신라 사찰임을 알 수 있다.

이 사찰은 고구려, 백제가 멸망하고 당나라와 신라가 최후의 결전을 도모하던 때, 당나라의 수로 침공을 막아 내기 위해 문무왕 19년(679)에 명랑 법사가 세운 것이다. 미처 절이 완공되기도 전에 당군(唐軍)이 출전하여 위태로운 지경에 처하자 법사가 비법으로 비단과 풀을 써서 임시로 절을 세우고 오방신장(五方神將, 다섯 방위를 지키는 다섯 신)을 배치해 당군의 배들을 침몰시켰다는 설화가 전해 오고 있다. 월명사(月明師)가 바로 이곳에 기거하면서 「제망매가」를 지었다고 한 『삼국유사』 제7 감통편 「월명사의 도솔가」 부분에는 이런 구절이 나온다.

월명은 늘 사천왕사(四天王寺)에 살았는데 피리를 잘 불었다. 일찍이 달밤에 피리를 불며 문 앞의 한길을 지나가자 달이 그를 위해 사리에 멈췄다. 그래서 그 길 이름을 월명리(月明里)라고 했다. 월명사도 역시 이 때문에 이름나게 되었다. (중략) 신라 사람들이 향가를 숭상한 지는 오래 되었으니, 향가는 대개 『시경』의 송(頌) 같은 것이었다. 그러므로 이따금 천지와 귀신을 감동시킨 일이 한두 가지가 아니었다.

— 일연, 『삼국유사』 중에서

시(詩)가 곧 노래[頌]이고 천지와 귀신을 감동시킬 만큼 힘을 가졌다는

천년을 이어 오는 노래의 빛과 향 243

뜻이다. 시와 노래가 살아 있던 그 시대에는 능히 가능했을 것이었다. 경덕왕 19년 4월, 해가 두 개 나타나 열흘이 되도록 사라지지 않았는데 월명사가 「도솔가」를 지어 부르자 해 하나가 사라졌다는 기록도 전해진다.

월명은 원래 화랑도였다가 승려가 되었다. 그래서 인도식 언어로 염불을 외우지 않고도 승려 생활을 할 수 있었고, 향가로 노래를 만들어 불렀는데 그 노래가 천지를 감동시킬 만큼 민간에 큰 호응을 얻었음을 우리는 짐작할 수 있다.

월명은 누이를 잃은 아픔을 달래면서 승려로서의 길을 닦겠다는 의지를 담은 아름다운 노래를 불렀는데 이것이 후세 사람들에게까지 전해졌다. 이 노래들은 무수히 많은 이들의 아픔을 달래 주었으니, 세상을 감화시키고 귀신을 감동시킨다는 것이 바로 이를 두고 하는 말 아니겠는가? 「제망매가(祭亡妹歌)」는 죽은 누이를 위해 제를 올릴 때 부른 노래이다.

삶과 죽음의 길은

예 있으매 머뭇거리고

나는 간다는 말도

못다 이르고 어찌 가나닛고.

어느 가을 이른 바람에

이에 저에 떨어질 잎처럼

한 가지에 나고

가는 곳 모르온저.

아아, 미타찰(彌陀刹)에서 만날 나

도(道) 닦아 기다리겠노라.

— 월명사, 「제망매가」

박목월 생가

먼저 간다는 말도 없이 세상을 떠난 누이에 대한 인간적인 정한(情恨)이 마디마디 살아 있는 노래다. 잎과 가지의 고전적인 비유와, 가는 곳을 모르니 이승에서 다시 만나지 못한다는 탄식이 어우러져 크나큰 울림을 전해 준다. 감명이고 감동이다. 하지만 월명은 불제자인지라 아픔을 넘어서는 법을 알고 있었다. 그래서 마지막 두 구절로 아픔은 마무리되고 노래는 편안해졌다.

학생들은 이미 「제망매가」를 배워서 알고 있었지만, 그 노래가 바로 이 부근에서 지어진 것을 이곳에 살면서도 모르고 날마다 지나쳤다며 탄식하거나 신기해했다. 사찰은 사라지고 터만 남아 있는 것이 아쉽지만, 이렇게 터만이라도 보존되어 찾아올 수 있어 참 다행이라는 반응을 보이기도 했다. 하지만 이곳에서 「제망매가」의 참맛을 느끼려면 아무래도 달이 뜨는 밤에 와야 할 것 같다. 보름달이 좋겠지만 초승달도 괜찮겠다는 생각을 하면서, 언제 피리 잘 부는 벗과 함께 다시 와 보고 싶었다.

산이 날 에워싸고 그믐달처럼

비는 어느새 그쳤고 하늘 한쪽이 트이기 시작했지만 날은 여전히 우중충했다. 학생들과 월명의 터에 온 기념으로 사진을 찍고는, 문학 답사의 마지막 코스인 경주 건천읍 모량리의 박목월 생가를 향해 달렸다. 월명 이후 천 년을 훌쩍 뛰어넘어 서라벌에 나타난 시인 박목월은 세칭 청록파 시인으로 이름을 남겼다.

마을에 도착하여 맨드라미, 나팔꽃이 한창 불볕더위에도 살아남아 꽃잎을 활짝 피우고 있는 길을 1킬로미터 가까이 걷고 걸으니 생가가 나왔다. 아직 개관도 하지 않은 집이었지만 마당에는 생가를 찾는 발길이 벌써 드문드문 이어지고 있었다. 원래 집은 이렇게 크지 않았으나 경주시에서 복원할 때 인근 집들을 사들여 관리 사무소 등 필요한 건물들을 짓느라 넓어졌다고 한다. 처음 온 사람들은 시인이 생전 이렇게 잘살았나 잠시 헷갈리겠다 싶었다.

학생들과 자료집을 들고 모여서 우물 터 앞 빈 마당에서 박목월의 시를 몇 편 낭송했다. 이런 곳에서 시를 낭송하는 일에 익숙하지 않은 아이들은 잠시 쑥스러워했으나 학생과 교사 서너 명이 차례로 낭송하고 나니 저절로 그 분위기에 자연스럽게 젖어 있었다. 시를 낭송하는 것은 언제 어디서나 자연스럽게 이루어져야 하는 일인데, 그런 문화를 만들어 나가는 데 소홀한 오늘의 현실이 안타까웠다.

박목월은 1916년 1월 6일, 이곳 건천읍 모량리에서 태어나 건천 보통학교를 졸업하고 1935년 대구 계성 중학교를 졸업했다. 계성중 3학년 때부터 동시에 관심을 갖고 투고하기 시작했고, 동요 「제비맞이」가 여성 잡지 『신가정』에 당선되면서 문학 인생을 걷게 된다. 중학교 졸업 후에는 경주 동부 금융 조합에 취직했고 이때부터 동시보다 시 창작에 몰두하게 된다. 후에 청록파로 한데 묶이는 조지훈, 박두진과 함께 자연을 바탕에 두고 각자 시 세계를 세워 갔으니, 이들이 모두 박목월의 문학적 동지이며 스승인 셈이다.

박목월은 정지용의 추천으로 문예지 『문장』에 「길처럼」, 「그것은 연륜이다」 등이 실리며 문단에 발을 들여놓게 되었다. 정지용은 「추천사」에서 "북에 김소월이 있었거니 남에 박목월이가 날 만하다. (중략) 목월의 시가 바로 조선 시다."라고 썼다. 이는 이후 그가 자연과 고향 그리고 일상의 삶을 시 세계로 껴안게 되리란 것을 간파한 탁견(卓見)이라 할 수 있다. 그의 시를 관통하는 향토적 정서는 초기 시에서부터 일관되게 나타난다.

산이 날 에워싸고
씨나 뿌리며 살아라 한다
밭이나 갈며 살아라 한다

어느 짧은 산자락에 집을 모아
아들 낳고 딸을 낳고
흙담 안팎에 호박 심고
들찔레처럼 살아라 한다
쑥대밭처럼 살아라 한다

산이 날 에워싸고
그믐달처럼 사위어지는 목숨
그믐달처럼 살아라 한다
그믐달처럼 살아라 한다

—박목월,「산이 날 에워싸고」

시인의 옛집은 시인이 시에 감추어 놓은 것들을 보여 주기 마련이다. 집도 집이거니와 울타리 넘어 뒷산이 보이고 마을 길이 길게 이어진 풍경이, 시인이 10리 밖 건천까지 초등학교 다니던 길을 떠올리게 하고, 그런 농촌 분위기가 목월의 시에 원초적인 형상으로 들어와 앉았으리라 짐작하게 했다. 그가 동시에서 시작해 시로 옮겨 간 것이나 자연과 마을이 그의 시의 중심에 앉은 것도 여기 와 보면 결코 우연이 아님을 알게 된다.

걸어왔던 마을 길을 되돌아오는데 여정이 끝나 간다는 생각에 긴장이 풀리면서 마음이 여유로워졌다. 그러자 올 때는 미처 보지 못했던 풍경들이 조금씩 보였다. 그중에도 마을 담벼락에 이 마을의 누군가가 휘갈겨 놓았을 커다란 글자가 눈에 확 들어왔다.

외국 농산물 구매는 매국노다. ─농민의 아들

다소 거친 어투가 마음에 걸렸지만 얼마나 절박했으면 저런 표현을 썼을까 싶다. 그 곁에 '자유 무역 협정(FTA) 반대'란 글자도 눈에 들어왔다. 농민들이 왜 저런 글을 자신들의 담벼락에 쓸 수밖에 없는지 이해가 되었고, 시인 박목월이 마음에 늘 담고 살았던 고향 마을도 어김없이 이 나라의 농민들이 사는 곳이란 생각이 들어서 발걸음이 무거워졌다. 답사를 마치고 가벼운 발걸음으로 돌아오던 아이들도 그걸 보면서 말없이 지나갔다. 아이들은 무슨 생각을 했을까?

일정을 모두 마무리하고 나니 저녁이었다. 학교 앞 밀면집에서 오늘의 답사를 정리하면서 밀면과 군만두를 양껏 시켜 먹고 정담을 나누었다. 내년을 기약하면서 기숙사로, 집으로 헤어지는 발걸음이 가벼웠다.

- **누가:** 경주여고 문학 동아리 '곡옥' 학생들과 배창환 선생님
- **언제:** 2013년 9월 7일(토요일)
- **인원:** 20명
- **테마:** 천년을 이어 오는 노래의 빛과 향

함께하는 문학 답사

토박이 배창환 선생님의 귀띔!

　경주는 천년이나 이어 온 신라의 고도(古都)입니다. 보고 싶은 곳이 많아서 어디부터 다녀야 할지 무엇을 볼지 엄두가 안 날 지경입니다. 그러니 지역별로 또는 주제별로 유적지를 묶어서 일정을 정하는 것이 좋습니다. 무엇보다 친구들과 선생님과 함께 사전에 자료집을 만드는 것이 중요합니다. 유적지에 가서는 작품을 큰 소리로 낭독해 보세요. 인기가 많은 식당에 갈 예정이라면 사전에 예약하는 것도 잊지 마세요.

문학 답사 코스 추천!

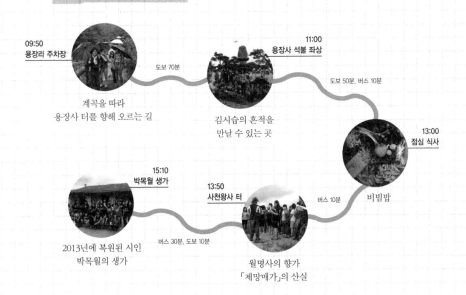

09:50 용장리 주차장
계곡을 따라 용장사 터를 향해 오르는 길

도보 70분

11:00 용장사 석불 좌상
김시습의 흔적을 만날 수 있는 곳

도보 50분, 버스 10분

13:00 점심 식사
비빔밥

버스 10분

13:50 사천왕사 터
월명사의 향가 「제망매가」의 산실

버스 30분, 도보 10분

15:10 박목월 생가
2013년에 복원된 시인 박목월의 생가

차영민 | 경북 안동중앙고

삶과 문학이 여일했던 인간의 길

안동은 태백 황지에서 내린 물이 영양 일월산에서 내린 물과 섞여한 줄기로 흐르는 곳에 있다. 퇴계(退溪) 이황(李滉, 1501~1570) 이후 세파에 휩쓸리지 않고 초야에 묻혀 살던 안동의 선비들은 스러져 가는 왕조를 보며 지사(志士)의 길로 나섰다. 안동을 감아 도는 낙동강처럼 처사와지사는 역사의 큰 강에서 한몸이 되었다.

독립운동의 첫 장인 갑오 의병과 교육 구국 운동이 일어난 곳도, 압도적인 수의 자결 순국자와 다방면의 독립운동가를 낸 곳도 이곳이다. 정신문화의 정수라 할 이 고을의 문학도 도도하게 흐르는 역사의 물줄기와함께했다. 이육사(李陸史, 1904~1944)와 권정생(權正生, 1937~2007)은 실패한 조국의 역사 앞에 순정한 삶으로 문학을 인간의 길로 이끈 분들이었다.

2007년 5월 17일 오후 2시 17분, 산소마스크 안의 입 모양은 "오매, 오매요!"라고 외치는 듯했다. 57년 만에 남북 철도 열차가 경의선과 동해선을 따라 오갔던 그 시각이었다. 20여 분 늦게 도착한 나는 임종을 지키지 못했다. 다만 안치실에서 얼굴을 덮은 보를 잠시 걷었을 때, 눈 아래 옴폭 팬 곳에 그렁그렁 매달려 있는 눈물을 보았을 뿐이다. 학교 동료인 김만동 선생과 함께 안동 병원 장례식장을 예약하고 시신을 받았을 때, 그 그렁그렁하던 눈물이 푸르스름한 소금으로 굳어 있었다. 내가 기억하는 선생의 마지막 모습이다. 순정한 삶을 살지 못하는 나는 '권정생 문학 답사'를 안내할 때마다 두렵고 부끄럽다.

선생이 살던 집은 남안동 고속 도로 나들목에서 차량으로 5분 정도 걸린다. 골목길에 접어들면, 그림책 『강아지 똥』의 첫 장면 "돌이네 흰둥이가 똥을 눴어요."가 떠오를 흙담이 보인다. 권정생 선생의 장례식 때 만난 『강아지 똥』의 그림 작가 정승각 화백에게서 들은 이야기다.

"혼자 머릿속으로 그림 구상을 다 마치고서 선생님을 만났는데, 직접 뵙고 나니 엄청난 충격이 오더라고요. 그래서 새로 그리기 시작했어요. 선생님을 다섯 번 정도 뵙고서야, 오방색으로 책에 실릴 그림을 그릴 수 있었어요."

흙담 안쪽에 있었을 어머니와 함께 살던 집은 사라졌고, 돌무더기 아래 고추밭만 남아 있다. 어머니는 전신 결핵에 걸린 정생을 살리기 위해 필사적이었다. 행상과 막노동을 하면서도 개구리를 잡아 먹였다. 그러한 어머니도 고개 너머 저수지 공사에 나갔다가 앓아누운 지 여섯 달 만에 세상을 떠났다. 어머니를 생각하면 너무나 죄스러워 따뜻한 밥 한 공기 못 먹겠다던 선생님. 『몽실 언니』, 「무명 저고리와 엄마」, 「엄마 까투리」

권정생 선생이 살던 집

등의 동화는 전쟁과 폭력 속에서도 끝끝내 '살림'을 놓지 않았던 어머니께 드리는 헌사(獻詞)일 것이다. '몽실 언니'는 이 땅의 무수한 어머니의 다른 이름이다. 몽실에게 모성을 부여함으로써 '역사는 잔인하지만 생명은 아름답다.'라는 주제를 완성했다.

상여를 보관했던, 한 평 남짓한 집 앞 곳간을 바라본다. 이승과 저승의 경계는 분명하기에, 이런 곳간은 마을 공동체 밖에 있어야 한다. 늘 생과 사의 아슬아슬한 경계에서 살았던 선생의 삶을 닮았다. 지난날 마을에서 일어난 일을 돌이켜 본다. 구멍이 뚫려 고름이 쉴 새 없이 흐르는 가슴을 들기름 묻힌 솜으로 막아 가면서도 품앗이 베를 짜던, 그래야 내 마음이 편하다던 성태 처녀를 비롯하여 결핵에 걸린 동무 열 명이 죽었건만 선생은 살아남았다. 살아남아 남에게 짐만 되는 자신이 저주스러웠다고 한다.

고인돌 같은 바위가 대문을 대신하는 이 다섯 평 남짓한 흙집은 안동시 하천 부지에 마을 청년들이 지어 준 것이다. 예배당 문간방에서 이곳으로 옮겨와, 늘 나뭇짐 한 단을 진 듯한 통증을 안고서 작품을 쓴 곳이다. 1985년 처음 방문했을 때, 방이 좁아 선생을 포함해 세 명이 반 무릎으로 앉아도 다리가 서로 맞닿았던 기억이 난다. 그나마 이 집도 유언 집행자들이 남기기로 결정했기에 남았다. 사시던 때와 비교하면 조금 변했다. 무너져 내리는 흙집 밑바닥에 시멘트를 발랐고, 내부에는 장판도 깔았다. 마당을 채웠던 온갖 식용 초와 약용 초도 사라졌다. 하지만 선생이 심은 산수유나무 세 그루는 남았다. 왜 선생은 산수유나무를 심었을까?

버려진 전선을 꼬아서 만든 빨래집게 하나를 바라본다. 플라스틱 집게는 삭아도 이것은 말짱하다고 정호경 신부에게 자랑했단다. "신부님요! 특허 낼라꼬 하니더⋯⋯." 가시던 해 어버이날에 들른 나에게도 이런 말씀을 하셨다. "선셈요! 내게는 이 집도 과분니더." 쑥스러워하시면서⋯⋯.

동화 작가 박기범과 함께 유품을 정리하다가, 마당에 놓인 빨간 고무통이 옷장이라는 것을 알았다. 그 속에서 나온 것이라곤 온통 옷가지와 담요뿐이었다. 지금도 세 통이 마당 한쪽에 바보같이 놓여 있다.

오른쪽 담벼락에 붙은 새집은 권정생 선생의 삶을 극적으로 보여 주는 고갱이다. 새집 왼쪽에 엄나무 가지로 경계를 표시하고, 여린 생명이 부딪힐세라 디딤판도 만들었다. 그 속에 짚을 넣어 두고, 행여나 비 맞을까 예배당 양철 지붕을 잘라 처마도 만들었다. 올해 초에도 새가 찾아와 몇 달을 났단다. 혹 입구에 줄이 쳐져 있거든 가까이 가지 말길 바란다.

'빌뱅이 언덕'은 집 뒤에 있는 나지막한 등성이다. 별과 달을 먼저 볼수 있다 하여 '별배' 또는 '단배'라 불리는 산의 끝자락이다. 높이는 10미터도 되지 않지만, 그 위에 서면 조탑 마을이 환히 내려다보인다. 빌뱅이란 말은 '비렁뱅이'에서 온 게 아닐까 싶다. 예전에 이곳에 비각(碑閣)이 있어서 거지들이 잠시 비를 피하고 갔다고 한다. 유언에 따라 화장한 뼈를 여기에 뿌렸다. 지금도 그 잔해가 띄엄띄엄 남아 있다. 내려다보면 종지기 생활을 했던 예배당도 보인다. 종지기 시절 생활하던 문간방에 온기를 찾아 들어와 바짓가랑이로 파고들던 생쥐와 비가 오면 무시로 침범하던 개구리, 새마을 운동 한다고 예배당의 대추나무를 자르려 하자 붙들고 울어 버렸다는 선생님. 이들은 모두 한 하늘 아래 같은 햇볕을 쬐고 같은 물을 마시고 사는 존재들이다. 왼쪽 뒤를 돌아보니 『초가집이 있던 마을』에 나오는 종갑이 미 군용차에 치여 죽자 대추나무에 목맨 할아버지가 문득 떠오른다. 모두 손에 잡힐 듯하다.

1965년 4월에서 8월까지, 결핵에 걸린 선생은 거지가 되어 떠돌았다. 깡통에 밥을 꾹꾹 담아 준 점촌의 아주머니, 가로수 밑에 쓰러져 있을 때 두레박에다 물을 길어다 주던 할머니 등은 어머니와 함께 구원의 모습으로 각인되어 "세상에 쓸모없는 것은 없단다."라는 대사를 낳았다. 구원은 하늘을 쳐다보는 행위가 아니라 잘 보이지도 않는 밑바닥에서 죽어 가는 모든 것에 대한 애정에서 비롯된다. 그렇기에 천국이란 모든 생명이 지닌, 그 '생명됨'을 회복시키는 과정에 있음을 깨닫는다. 작품 속에 자주 등장하는 '버려진 것들'에 대한 애정은 이러한 체험에서 나왔다. '시궁창에서 썩어 가는 똘배, 똥, 생쥐' 등은 육화(肉化)된 선생의 다른 이름이다. 철저한 거지로 지내던 시절, 선생은 이런 시를 지었다.

거지를 만나
우리는 하얀 눈으로
마주 보았습니다
서로가
나를 불행하다 말하기 싫어
그렇게 헤어졌습니다
삶이란
처음도 나중도 없는
어울려 날아가는 티끌같이
바람이 된 것뿐입니다

제마다가 그 바람을 안고
북으로 남으로 헤어집니다
어디쯤 날아갔을까?
한참 다음에야
나를 아끼느라 그 거지 생각에
자꾸만 바람 빛이
흐려 왔습니다

—권정생,「거지」

어머니와 거지 생활은 모든 작품의 바탕에 깔린 구원, 살림의 원형이다. 그리고 선생은 마을 사람들의 편지를 대필하거나 민요를 모으면서 마을 사람들의 내밀한 상처를 들여다보았다. 이러한 사연을 동화로 담을 수 없었기에『초가집이 있던 마을』,『몽실 언니』,『점득이네』등의 소설로 쓴 것이다.

안동의 남쪽 관문인 남례문(南禮門)을 지나며, 옛것이라곤 찾아볼 길 없는 한티재를 넘어갔다. 왜 신생은 작품 제목을 '한티재'라고 짓지 않고 '한티재 하늘'이라고 지었을까? 아마도 '하늘'은 안동의 이쪽과 저쪽에서 남은 이와 떠나는 이가 그리움으로 바라보게 되는 접점일 것이다. 파란 많은 삶의 굽이굽이마다 지나는, 질기디 질긴 생명력으로 넘어가던 고개. 작품 속 '정원네'가 한 말을 되새기며 유품 전시관으로 향한다.

"만약 사람한테 일이 없으면 슬픔에 찢겨 죽어 버릴 것이다."

권정생 어린이 문화 재단 안 유품 전시관은 '권정생답다'라는 생각이 절로 든다. 안동 대학교 박물관에서 폐기한 진열장을 얻어 그 안에 유품을 보관하고 있다. 유품 중에서 가운데에 전시된 고무호스가 눈길을 끈다. 선생은 1966년 5월에 콩팥을 들어내고, 같은 해 12월에 방광마저 들어냈다. 옆구리에 구멍을 뚫어 약 27센티미터 길이의 호스를 꽂아 소변을 받아 내야만 했다. 이듬해 퇴원할 때, 의사는 2년 정도 살 수 있다고 하고, 간호사는 "아저씨 6개월도 못 살아요. 금방 썩어 버려요."라고 했단다. 죽는다던 그해 가을에 동시로 썼던 「강아지 똥」을 동화로 바꾸어 '제1회 기독교 아동 문학상 현상 모집' 동화 부문에 응모해 당선되었다. 강아지 똥의 눈물겨운 사랑이 세상에서 인정받은 것은 우리나라 동화사가 동심 천사주의와 낭만주의 경향을 거쳐 리얼리즘의 세계로 진입했다는 말이다. 그때 상금 1만 원을 받아서 5천 원으로 새끼 염소 두 마리를 사고, 쌀 한 말을 샀다고 한다. 책임져야 할 생명이 생긴 것이다.

전시실에 놓인 초라한 생활용품은 우리를 숙연하게 만든다. 다 먹고 버릴 마요네즈 병이 등잔이 됐고, 버려진 비료 부대가 부채가 됐다. '아끼기'보다 '차마 버리지 못하는' 그 마음에 전염된다. 곧 유품 전시관도 『몽실 언니』의 배경지로 옮겨질 예정이다. 염무웅 선생의 조사(弔詞)를 뒤로하고 도산 서당으로 향한다.

그의 이름 권정생, 이제 그 이름은 가난하고 외로운 사람들에게 위안을, 슬픔과 두려움을 간직한 사람들에게 용기를, 평화와 통일을 갈구하는 사람들에게 희망을, 그리고 강자들의 폭력과 억압에 고통받는 사람들에게 해방의 소식을 전하는 상징이 되었습니다. 아니, 그 이름은 사람들에게뿐 아니라 벌레와 새와 쥐와 개구리, 세상의 모든 약자에게 진실한 친구이자 이웃이었던 존재를 가리키는 영원한 기호가 될 것입니다.

— 염무웅

도산 서원

이황─우리도 그치지 않고 만고에 푸르리라

도산 서당은 퇴계 이황이 자연물이나 인공물마다 시로써 삶의 지향을 드러낸 곳이기에 도학시가(道學詩歌)의 진면목을 감상할 수 있는 곳이다. 선생은 이 터를 발견하곤 기뻐서 끼니조차 잊었다고 한다. 하지만 안동 댐 건설과 도산 서원 성역화 사업 때문에 거닐며 감상하는 즐거움은 줄 어들었다.

선생은 도산 서당의 입구인 서쪽 천광운영대(天光雲影臺)와 동쪽 천연 대(天淵臺) 사이로 난 길을 거닐며 노래를 읊었다. 「도산십이곡」 중 '사철 마다 자연의 도(道)를 즐기며'는 이곳을 배경으로 쓴 시다.

춘풍(春風)에 화만산(花滿山)하고 추야(秋夜)에 월만대(月滿臺)라
사시가흥(四時佳興)이 사람과 한가지라
하물며 어약연비(魚躍鳶飛) 운영천광(雲影天光)이야 어느 끝이 있을꼬
　　　　　　　　　　　　　　　─이황, 「도산십이곡」 전(前) 언지(言志) 6곡

천연대는 『시경』의 연비어약(鳶飛魚躍)과 관련 있다. "솔개 날아 하늘〔天〕에 닿고, 물고기는 못〔淵〕에서 뛴다"는 심상을 가만히 떠올려 보면, 가슴 한곳으로부터 생명감이 약동할 것이다. 온 누리의 생명체가 저마다 하늘로부터 부여받은 본성에 따라 움직인 것이다. 다시 말해 모든 물상이 자기 결대로 도도한 생명의 흐름에 동참하는 것이다. 이런 곳에서 과거 시험 따위에 얽매였겠는가? 물가에 솟은 바위 벽을 대(臺)라 하건만, 지금은 댐 건설로 내려다보는 처지가 되었다.

서당 앞마당에 있는 돌우물, 열정(洌井)은 나에게 정갈한 추억이 담긴 곳이다. 20여 년 전 학생들에게 이곳을 설명하고 있었는데 도산 서원 원장님께서 나를 부르시더니, 열정에서 길은 물 한 잔을 깨끗한 잔에다 담아 주셨다. 이황 선생은 「열정(洌井)」이란 한시를 짓고, 그 위에 덧붙인 시에서 다음과 같이 읊었다.

서당의 남쪽에,
돌우물 달고 차네.
천 년을 안개 속에 가라앉아 있었으니,
이제부턴 덮지 말게나.

— 이황, 「열정」 중에서

찬물을 덮지 말고 흘려보냄은 자신과 후학들이 한 공부가 널리 쓰일 수 있기를 바란다는 말이다. 요즘 말로 풀이하자면 '공부해서 남 주자.'란 뜻이다. 그러기 위해서는 스스로 '공부'가 되어 있어야 하리라.

공부하던 공간으로 이동해 보자. 몇 평 남짓한 도산 서당은 조선 유학사에서 중요한 비중을 차지하는 압축된 공간이다. 현판의 의미에 주목해 보자. 서당의 방 이름인 '완락(玩樂)'은 주희의 시 구절인 "도리를 완상하며(玩) 즐겨(樂) 죽을 때까지 싫어하지 않는다."에서 따왔다. 「도산십이곡」에서는 이렇게 읊는다.

천운대(天雲臺) 돌아들어 완락재 소쇄(瀟灑)한데
만권(萬卷) 생애(生涯)로 낙사(樂事) 무궁(無窮)하여라
이 중에 왕래(往來) 풍류를 일러 무엇할꼬
— 이황, 「도산십이곡」후(後) 언학(言學) 1곡

천광운영대와 천연대를 거닐며 하늘의 뜻을 느끼고, 완락재로 돌아들어 인간의 길을 걸었다. 자연과 성현의 말씀은 둘이 아니었으리.

'공(工)' 자 모양으로 지은 농운정사(隴雲精舍)는 배움의 자세를 건축으로 표현한 기숙사다. 양(梁)나라 도홍경(陶弘景)은 깨끗한 물에 농산의 구름(隴雲)을 담아서 임에게 드리고자 했다. 참으로 담백하다.

정사의 동쪽 방을 '시습재(時習齋)'라 하는데,『논어』의 첫 구절 "배우고서(學而) 때에 맞게 실천하면(時習之)"에서 따왔다. 주희는 '습(習)'이란 글자를 '새가 자주 나는(數飛)'이라고 풀이했으니, 서경덕의 '조삭비(鳥數飛)'에 얽힌 일화를 찾아보면 저절로 고개가 끄덕여질 것이다. 새의 존재 의미가 나는 데 있다면, 「갈매기의 꿈」에 나오는 조너선처럼 자기 존재를 완성하기 위해, 날갯죽지가 피멍이 들더라도 나는 연습을 멈추지 말아야 한다.

서쪽 방을 '관란헌(觀瀾軒)'이라 하는데,『맹자』에 나오는 구절 중 "물을 보는 법이 있으니, 반드시 물결(瀾)을 살펴보라(觀)."에서 따왔다. 선생은 「관란헌」이란 한시를 짓고, 공자 말씀 중 "가는 것이 이와 같구나./

낮과 밤으로 쉬지 않네."를 인용하였다. 이는 「도산십이곡」에 다음과 같이 녹아 있다.

청산(靑山)은 어찌하여 만고(萬古)에 푸르르며
유수(流水)는 어찌하여 주야(晝夜)에 그치지 아니하는고
우리도 그치지 말아 만고상청(萬古常靑) 하리라

— 이황, 「도산십이곡」 후(後) 언학(言學) 5곡

선생의 핵심 사상인 '경(敬)'은 마음을 오롯이 하고 쉼 없이 수양하여 하늘의 뜻을 받드는 것이다. 늘 옷깃 여미고 깨어 있는 자세로 마음에 이는 물결을 잠재워야 하리라.

자연을 거대한 교과서로 삼아 펼치고, 아이를 가까이 두고서 쉬운 노래로 깨우침을 준 참스승. 배우는 이로서 그분이 가셨던 길을 아니 가고 어쩌리.

이육사―금강심에서 나오는 내 시를 쓸지언정

1944년 1월 16일, 독립운동가 이병희 여사는 형무소 간수로부터 한 구의 시신을 인계받았다. 시신의 온몸은 피투성이요, 코에서는 거품과 피가 흘러나와 있었다. 그리고 마분지에 쓴 「광야」와 「꽃」, 만년필 등도 수습했다. 여사는 인근에서 시신을 화장하고 유골함을 받았지만 갈 데가 없었다. 유골을 침탈당할까 봐 몸에 지니고 있다가, 막 해산한 이귀례 씨를 찾았다. 유골을 신생아 옆에 두고서 두 사람은 통곡했다. 「광야」와 「꽃」은 죽음을 앞둔 한 인간이 '인간의 길'을 완성한 마지막 피투성이 기록인 것이다.

이육사가 없었다면 일제 강점기 말 한국 시 문학사는 얼마나 초라했을까? 본명이 이원록인 선생은 일제가 낙인찍은 수인 번호 264를 이름으로 삼았다. 부끄러운 역사를 베어 버리고〔戮史〕, 섬나라에 침탈당한 내륙의 역사〔陸史〕'를 살리려〔活〕 했다. 한편 시를 행동의 연속으로 본 지사에게 고향은 어떤 모습으로 알알이 맺혔을까? 선생은 수필 「계절의 오행」에서 다음과 같이 밝혔다.

> 본래 내 동리란 곳은 겨우 한 백여 호나 될락 말락 한 곳, 모두가 내 집안이 대대로 지켜 온 이 땅에는 말도 아니고 글도 아닌 무서운 규모가 우리들을 키워 주었습니다.
>
> —이육사, 「계절의 오행」 중에서

그 '무서운 규모'가 무엇이기에 "까마득한 날"과 "천고의 뒤" 사이에 외경할 「광야」를 펼쳤던 것일까?

도산 서원 주차장에서 오른쪽으로 난 도로를 따라 고개를 넘으면 상계(上溪) 마을에 있는 퇴계 종댁이 나오고, 1.5킬로미터를 더 가면 퇴계 후손들이 약 백 년 간격으로 개척한 하계(下溪)와 원촌(遠村) 마을이 나온다. 항일 독립 투쟁의 선봉에 선 마을들이다. 하계 마을에 얽힌, 안동의 지사다운 일화를 소개하겠다. 영양 의병장 김도현이 스승인 예안 의병장 이만도를 만나고자 찾아왔다. 그때 이만도는 단식한 지 열흘이 지났을 때였다. 김도현은 스승과 밤새 도란도란 얘기를 나누고서 헤어질 때, "선생님! 그럼 쉬이 뵙겠습니다."라는 말로 작별했다. 결국 스승이 단식 24일 만에 순국하자, 그 제자는 동해로 걸어 들어가 순국했다. '쉬이 뵙겠다.'라는 말은 안동 식의 비장함이 깃든 말이었으리라.

하계에서 왼쪽으로 난 고개에 올라서면 먼데〔원촌(遠村)〕가 발아래 펼쳐진다. 하지만 옛길은 고갯마루에 있었다. 땀 흘려 절정에 올라서는 순간 통쾌하게 "먼 데 하늘이 꿈꾸며" 열렸으리라. 마을 이름이 말을 맨 곳이라는 뜻을 지닌 '말맨데'였는데, '먼먼데〔원원대(遠遠臺)〕'로 바뀌었다가 원촌이 되었다. 지금도 마을 어른들은 '먼데'라고 부른다. 이곳은 백두 대간이 바다를 연모해 휘달리다가 잠시 태백산에서 숨을 몰아쉬고, 다시 몸을 일으켜 오른쪽 내륙으로 꺾어 소백산으로 솟았다가 지리산을 맺을 때, 왼쪽으로는 낙동 정맥이 바다를 따라 남으로 달리는 가운데에 있다. 그러니 대간과 정맥이 감싸 앉은 이곳을 차마 범하진 못하였으리라.

백여 호가 되던 먼데는 안동 댐 건설로 산기슭에 몇몇 집이 다닥다닥 붙어 있을 뿐이다. 마을로 진입하는 왼쪽에 '이육사 문학관'이 있고, 그 뒷산으로 올라가면 선생의 묘소가 있다. 어린 시절에는 강가나 집집마다 머루가 주저리주저리 열렸다고 한다. 문학관에서 20여 분 거리에 「광야(曠野)」를 떠올린 '윷판대'가 있으니, 시 제목을 '텅 빈 들'이라고 풀이하고 음미해 보자. 조금은 다른 심상들이 떠오를 것이다. 그러나 고향의 심상이 무시로 시작(詩作) 과정에서 떠오른다고 할지라도, 현대 시 중 가장 시공간적으로 웅장한 규모를 보여 주는 「광야」는 빼앗긴 조국의 산하로 확장된 공간이리라. '천고의 뒤'도 끝없이 이어 갈 민족사로 확장하고 나면, 이 시가 지닌 웅대함에 숨죽일 것이다.

예약을 하면 이육사 문학관 일 층에서 선생의 활동에 대한 해설사의 설명을 들을 수 있고, 이 층에서 영상도 볼 수 있다. 특히 '비옥해서는 안 된다.'라는 뜻을 담아 이름 지은 옥비(沃非) 여사의 아버지에 대한 추억담도 들을 수 있는데, 죄수들에게 씌우는 용수를 머리에 쓴 아버지의 모습에 오래도록 가슴 아팠다고 한다. 부인 안일양 여사는 남편을 베이징 주재 일

「청포도」시비

본 총영사관 감옥으로 압송되기 전에 동대문 경찰서에서 마지막으로 보았는데, "전에 없이 심각한 표정으로 딸 옥비의 볼을 얼굴에 대고, 손을 꼭 쥐고는 '아빠 갔다 오마.'라고 말했다."라고 한다. 이 층 전망대에서 해 뜨는 동쪽을 보면 마지막 답사지인 '칼선대'가 보인다.

문학관에서 150미터 정도 떨어진 곳에 생가 터가 있다. 원래 남북으로 안채와 사랑채가 있고 동서로 담장이 있던 'ㅁ'자 형태의 집이었다. 지금은 '새 생명의 탄생'을 형상화한 「청포도」 시비만 있다. 집 이름을 '육우당(六友堂)'으로 삼은 것은 의병장의 딸이었던 선생의 어머니가 여섯 형제가 서로 우애를 돈독히 하라는 말씀에 따른 것이다. 저마다 예술 방면에서 탁월한 재능을 보인 형제들이 '장진홍 의거' 때 서로 감옥에 갇히려 한 일화는 유명하다. 「청포도」 시비 앞에서 학생들과 시를 낭독하다가, 문득 안상학 시인의 해설을 떠올린다.

"안동은 예부터 '봉제사 접빈객(奉祭祀接賓客, 제사를 지내고 손님을 접대하는 것)'을 중시했는지라, 손님을 정성스레 모시려는 내용이 「청포도」에 반영된 것이 아닐까요? 재미있는 것은 다분히 서양적인 냄새가 나는 '식탁'이 등장하는 것인데, 늘 차려져 있어 언제든지 손님을 맞이할 수 있었기 때문이겠지요."

선생 스스로도 "어떻게 내가 이런 시를 쓸 수 있었을까?"라고 말했을 정도로 이 작품을 아꼈다고 한다. 반복되는 구속과 구금으로 육신은 피

폐해졌건만, 어찌 이리도 서양적인 낭만성과 고전적인 격식이 균형 잡힌 작품을 썼을까?

다시 「계절의 오행」에 나오는 구절을 되새기며, 답사의 마지막 여정지인 '칼선대'로 떠난다.

> 이래서 나는 내 기백을 키우고 길러서 금강심(金剛心)에서 나오는 내 시를 쓸지언정 유언은 쓰지 않겠소. (중략) 다만 나에게는 행동의 연속만이 있을 따름이오, 행동은 말이 아니고 나에게는 시를 생각한다는 것도 행동이 되는 까닭이오.
>
> ― 이육사, 「계절의 오행」 중에서

생가 터를 왼쪽에 두고 도로를 따라 다시 왼쪽으로 난 고개를 하나 넘으면, 갈림길이 나온다. 왼쪽은 이황이 청량산으로 가던 '녀던 길'이요, 직진하면 단사벽(丹砂壁)이란 절벽이 병풍처럼 펼쳐진다. 칼선대는 선생이 어릴 때 자주 드나들던 왕모 산성으로 가는 단사벽 가운데에서 푸른 물결을 디디고 삐죽이 날을 세운 듯이 돌출해 있다. 이 마을에 전해 오는 백마 탄 초인과 관련된 전설이 있다. 공민왕의 어머니가 홍건적의 난을 피해 칼선대 앞을 지나 청량산으로 가고 있었다. 홀연히 백마를 탄 구인토룡(蚯蚓土龍)이란 장수가 왕을 도우려 나타났는데, 자신의 신분은 묻지 말아 달라고 했다. 며칠 후 청량산 초입에서 전투가 벌어졌는데 백발이 성성한 이 장수가 날랜 솜씨로 적을 궤멸하다시피 했다. 공민왕 일행의 피난은 여기에서 멈추었고, 장수는 소금을 쌓아 놓은 옆에서 지렁이의 모습으로 녹았다. 백마는 간데없이 사라졌다고 한다.

조금만 더 가면 왕모산 제1주차장이 나오니, 떨어진 체력을 끌어올려

칼선대

본다. 칼선대와 거리는 가깝지만, 비탈진 산길을 지나야 하기 때문이다. 절정으로 가는 길이 순탄해서야 되겠는가? 힘겨움을 극복하는 한 가지 방법이 있다.「절정」을 반복해서 외우며 오르다 보면, 어느덧 '왕모당(王母堂, 공민왕의 어머니를 마을의 수호신으로 모시는 동제당)'이 나오고, "서릿발 칼날진 그 위에" 서게 된다.

칼선대! 지금은 안전장치를 해 놓아 덜 위험하지만, 예전에는 바람만 불어도 아찔아찔했던, "한발 재겨 디딜 곳조차 없"는 곳이다. 내려다보면 낙강이 무지개처럼 굽이쳐 흐르는 이곳에서 「절정」을 떠올렸다. 안상학 시인은 겨울날 무지개처럼 휘어진 결빙의 강이 햇살을 받아 산란시키는 빛을 보라고 한다. 1940년의 시대 상황은 선생으로 하여금 서릿발 같은 칼날에 서도록 내몰았지만, 금강심에서 우러나오는 대결 의지는 강철 같은 견고함으로 응답하게 한다. "나에게는 시를 생각한다는 것도 행동이 되는 까닭이오."란 다짐은, 곧 겨울은 무지개라는 대답을 하게 한다. 무지개는 다른 시 「강 건너간 노래」,「독백」,「아편」,「파초」 등에도 나온다. 황홀함과 아름다움을 나타내는, 긍정적 의미의 시어다.

칼선대에 서서 "겨울은 강철로 된 무지개"란 말의 의미를 되새겨 본다. 절정은 역사의 결빙에서 백척간두(百尺竿頭)로 나아간 순간일 것이다. 백척간두는 완결된 문장이 아니라, 뒤에 오는 '진일보(進一步)'를 꾸미는 말이다. 백척간두 진일보는 자신이 벼린 경지의 끝에 서서 새로운 경계를 향해 한 발 내디딘다는 뜻이다. 강철로 된 무지개는 견고한 열망의 세계이자, 겨울의 극점에서 새로운 경계로 한 발 내디디는 순간의 황홀경이리라. 선생은 감옥에서 생애를 마감하던 그 순간에도 "마침내 저버리지 못할 약속"이라는 「꽃」을 피웠던 지사였다.

슬프나 격식을 잃지 않은, 눈물 없던 지사의 무지개는 권정생의 「무명저고리와 엄마」에서 고통스러운 삶을 어루만져 주는 무지개로 이어진다. 권정생은 구한말에서 월남전까지, 역사의 고비마다 희생된 일곱 아기를 무지개로 복원시켰다. 이 무지개는 민족이 나아가야 할 전망이다.

이황은 하늘의 뜻을 공경하며 노래로써 인간이 가야 할 길을 열어 주었다. 그리고 이육사와 권정생은 삶과 여일한 문학으로써 상처투성이 현대사 앞에 온전한 인간의 길을 열었다. 루카치의 말을 살짝 비틀면서 답사를 마친다. 아니, 시작한다.

"여행은 끝나고, 길은 시작된다."

- **누가:** 안동중앙고 학생들과 차영민 선생님
- **언제:** 2013년 7월 20일(토요일)
- **인원:** 7명
- **테마:** 삶과 문학이 여일했던 인간의 길을 찾아

함께하는 문학 답사

토박이 차영민 선생님의 귀띔!

안동은 서울보다 2.5배 정도 면적이 넓은 고장입니다. 게다가 권정생 선생의 집은 남쪽 끝이요, 이육사 문학관은 북쪽 끝에 있답니다. 시간 계획을 짤 때 꼭 참고하세요. 일정이 무리다 싶으면 도산 서당이나 칼선대는 생략할 수도 있을 것 같아요. 이번 문학 답사에서는 삶과 문학이 일치했던 권정생과 이육사를 중심으로 살펴보았고, 도산 서당에서는 이황의 「도산십이곡」 중 일부와 공부하는 자세에 대해서 함께 생각해 봤습니다.

문학 답사 코스 추천!

10:10 권정생 선생 살던 집
권정생 선생이 작품 활동을 했던 집

차량 20분

11:30 권정생 유품 전시관
권정생 어린이 문화 재단에 있는 전시관

도보 10분

12:10 점심 식사
찜닭

차량 30분

13:30 도산 서당
퇴계 이황이 공부하며 노래했던 공간

차량 15분

15:00 이육사 문학관
이육사가 어릴 때 놀던 언덕에 세워진 문학관

차량 20분

16:00 칼선대
「절정」의 구절 중 "서릿발 칼날진 그 위"의 무대

문학 답사 이렇게 진행하자

1. 문학 답사 전·중·후 과정 예시

기획과 준비

- 문학 답사를 함께할 학생들을 모집합니다.
- 학생들과 문학 답사 시기와 성격(작가/작품/지역/테마) 등을 결정합니다.
- 문학 답사 실행, 정리와 평가 단계의 활동을 기획합니다.
- 학생들과 문학 답사에 필요한 정보를 조사하여 답사 자료집을 준비합니다.
- 문학 답사 코스를 짜고 사전 답사를 떠납니다.
  미리 교통, 음식, 잠자리, 소요 경비, 문화 해설사 등을 알아 두세요.
- 최종 코스를 확정하고 모이는 장소, 준비물 등을 공지합니다.
  음식점, 문화 해설사 등 예약 상황을 다시 한번 확인하세요.

실행

- 문학 답사를 편안하고 즐겁게 할 수 있도록 일정을 융통성 있게 진행합니다.
  학생들이 보고, 듣고, 느끼는 상황 자체를 즐기도록 이끌어 주세요.
- 코스 중간중간에 깨알 같은 활동으로 학생들의 집중력을 잡아 둡니다.
- 학생들이 여정을 사진이나 동영상, 메모 등으로 기록할 수 있도록 안내합니다.
- 안전사고를 예방하기 위해서 학생들의 자유분방함을 조절합니다.

정리와 평가

- 문학 답사 후의 결과를 다양한 형태로 제출하도록 안내합니다.
  보고서, 감상문, 시, 수필, 그림지도 등
- 학생들이 활동 결과물과 감상 등을 공유하도록 이끕니다.
  게시판, 답사 평가회 등
- 문학 답사의 전 과정을 평가하고 정리합니다.

2. 문학 답사 후 학생 결과물 예시

그림 지도

전남 목포 목상고 문학 토론 동아리 '무아'

● 박화성의 「하수도 공사」 배경지 답사 코스를 그림지도로 표현해 봅시다.

★ 목포 문학 지도 1(갓바위 코스)

목포 문학관 → 목포 자연사 박물관 → 남농 기념관 → 국립 해양 문화재 연구소 → 갓바위 →

유람선 선착장 → 음악 분수대 → 하구언(1시간)

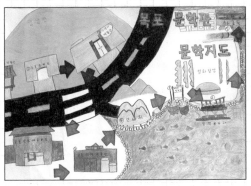

★ 목포 문학 지도 2(유달산 코스)

옛 동양 척식 주식회사 → 적산 가옥 → 국도 1호선 표지석 → 옛 일본 영사관 → 노적봉 →

유달산(1시간)

광주 숭덕고 2학년 민서현

그리운 나의 친구, 김지원에게

울고 불며 헤어지던 우리가 서로에게 몇 번이고 다짐했던 그 약속들 기억하니? 너는 나의 눈가를 닦아 주며, 다음번에 다시 만날 땐 꼭 웃는 얼굴로 마주하자, 했었지. 어쩌면 지금까지도 이렇게 생생할까. 나는 자꾸 목이 막혀 엉엉 울기만 하느라 고개를 끄덕여 대답하는 게 다였지.

그렇게 이별했던 게 꼭 일 년이 됐구나. 얼마 전, 번쩍 깨어나듯 너를 떠올리게 된 날이 있었어. 광주와 담양 지역의 문학 답사를 하는 날이었어. 그날 나는 5월의 공기를 들이마시며 햇살을 밟고 있었지.

첫 목적지는 용아 박용철 선생의 시비가 있는 송정 공원이었어. 배 모양으로 조각된 시비를 봤을 땐 '아' 하는 탄성을 내지를 수밖에 없었어. 떠나가는 배, 나두야 간다……. 유달리 어른스럽던 네가 이 시를 참 좋아했었지. 시에는 희망이 없는 현실을 버리고 어쩔 수 없이 떠나는 젊은이들의 뒷모습이 그려져 있어. 가만히 서서 시를 곱씹어 보니 가끔 자는 듯 눈을 감던 네가 생각나 나까지 쓸쓸해지더라. 다시 만난다면 부드럽게 네 손을 감싸고 희망을 말해 주고 싶다는 생각을 해 봤어. 그 생각이 들자 그 순간부터 네가 나와 함께 있었지.

우리 일행은 용아 시인을 더 알기 위해 시인의 생가로 향했어. 크진 않지만 예쁜 곳이었어. 특히 노란 봄꽃들이 만발한 작은 정원은 내 쓸쓸한 마음을 어루만졌어. 입구의 돌다리부터 군데군데 핀 잔꽃들, 꽃 내음을 흩뿌리는 바람까지 내 곁을 따뜻하게 채웠단다. 그곳의 향긋한 내음을 뒤로하고 간 곳은 광주 지하철 문학관이었어. 참 재미있는 이름이라고 생각했는데 지하철에 위치한 작은 문학관이었어. 역 한구석에 마련된 소박한 문학관. 그 속에서 각기 다른 빛을 내는 시들을 보니 그나마 마음이 놓이더라.

한참을 차로 달려 그다음으로 도착한 중외 공원에서는 김남주 시인의 시비가 기다리고 있었어. 특이하게도 내 키보다 작은 시비 여섯 개와 시인의 흉상이 가로로 놓여 있었어. 이 독특한 구조의 시비는 평등 정신을 추구한 시인의 정신을 형상화한 것이라고 해. 순간 가슴이 뜨거워졌어. 너와 함께 보았으면 좋았을 텐데……. 역사나 사회 현실에 대한 지식이 많은 너는 분명 훨씬 더 많은 것을 느꼈을 거야.

지원아, 혹시 무등산의 원효사라고 아니? 그다음으로 우리가 찾아간 곳이 원효사 계곡 근처였어. 높은 산이라 그런지 초여름인데도 선선하더라. 흙과 나뭇잎을 밟으며 걷는 기분은 정말 상쾌했어. 맑은 공기, 푸른 산새 소리, 작은 짐승들의 발소리, 그리고 우리들의 발소리. 조용하고 평화로운 분위기에 취해 작게 웃었어. 웃으며 올려다본 하늘은 또 어찌나 파란지 쏟아질 것 같았어.

그렇게 얼마 동안 걸으니 저만치서부터 우뚝 선 시비가 천천히 보이기 시작했어. 나지막하던 우리의 걸음 소리가 뛰듯이 빨라졌어. 가까이 가서 보니 나뭇잎 사이로 흔들리는 햇볕이 시비를 드문드문 간질이고 있었어. 시비에 새겨진 시는 김현승 시인이 자식의 죽음을 슬퍼하며 쓴 시 「눈물」이야. 하나님께 아들을 드린 것이라고 담담히 말하는 시인의 목소리가 더없이 슬프게 들렸어. 처음 보는 시도 아니었는데 가슴이 머머해지고 눈앞이 아른거려 시비에서 얼른 눈을 돌렸어.

시비 옆에는 이상하게 구부러진 나무가 서 있었는데 한 그루인 것 같기도, 두 그루인 것 같기도 했어. 의문은 나무 가까이 가니 금세 풀렸어. 두 그루의 나무이지만 서로 뒤엉켜 하나의 나무처럼 보이는 것을 연리지(連理枝)라고 한대. 너와 나의 우정이 연리지 아니었을까. 그렇다면 우리는 지금 왜 이렇게 떨어져 있는 걸까. 아마 지금 우리의 시간이 나무의 이어진 밑동이 아니라 바깥으로 뻗은 가지 같은 것이 아닐까. 언젠간 너와 함께 이 연리지를 보고 싶다.

한눈에 보는 문학관 지도

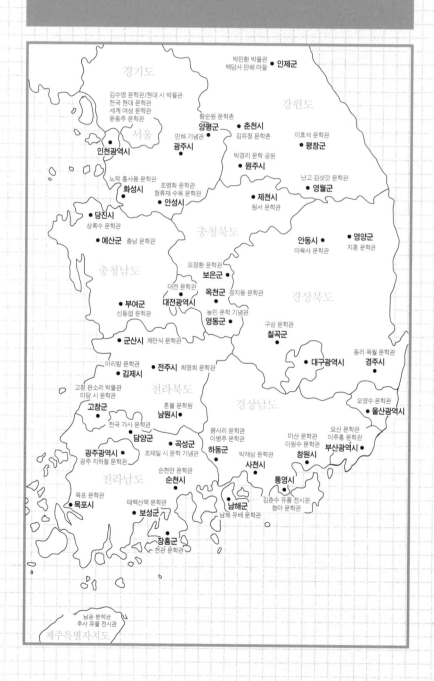

경기도

김수영 문학관/현대 시 박물관
한국 현대 문학관
세계 여성 문학관
윤동주 문학관

서울

황순원 문학촌
만해 기념관
● **양평군**

박민환 박물관
백담사 만해 마을 ● **인제군**

강원도

● **춘천시**
김유정 문학촌

이효석 문학관
● **평창군**

● **인천광역시**

● **광주시**

박경리 문학 공원
● **원주시**

난고 김삿갓 문학관
● **영월군**

노작 홍사용 문학관
● **화성시**

조병화 문학관
청류재 수목 문학관
● **안성시**

● **제천시**
원서 문학관

● **당진시**
상록수 문학관

충청북도

안동시 ●
이육사 문학관

● **영양군**
지훈 문학관

● **예산군** 충남 문학관

충청남도

오장환 문학관
보은군 ●

대전 문학관
대전광역시

정지용 문학관
옥천군 ●

경상북도

● **부여군**
신동엽 문학관

농민 문학 기념관
영동군 ●

구상 문학관
● **칠곡군**

● **군산시** 채만식 문학관

아리랑 문학관
● **김제시**

● **전주시** 최명희 문학관

● **대구광역시**

동리·목월 문학관
● **경주시**

고창 판소리 박물관
미당 시 문학관

전라북도

혼불 문학원
● **남원시**

경상남도

● **고창군**

한국 가사 문학관
● **담양군**

평사리 문학관
이병주 문학관

마산 문학관
이원수 문학관

요산 문학관
이주홍 문학관

오영수 문학관
● **울산광역시**

● **곡성군**

조태일 시 문학 기념관
하동군 ●

박재삼 문학관
사천시 ●

● **창원시**

● **부산광역시**

광주광역시 ●
광주 지하철 문학관

순천만 문학관
● **순천시**

● **통영시**
김춘수 유품 전시관
청마 문학관

전라남도

목포 문학관
● **목포시**

태백산맥 문학관
● **보성군**

남해군 ●
남해 유배 문학관

● **장흥군**
천관 문학관

남운 문학관
추사 유물 전시관

제주특별자치도

전북 고창 고창 판소리 박물관
판소리 전시실과 동리 고택을 관람할 수
있으며 별관에 고창군립 미술관이 있다.
http://pansorimuseum.gochang.go.kr

전북 군산 채만식 문학관
채만식의 삶의 여정과 작품을 접할 수 있
으며 주변에 문학 광장을 조성했다.
http://chae.gunsan.go.kr

전북 담양 한국 가사 문학관
가사 문학 관련 문화유산을 전시하고 있으
며 근처에 송강정, 면앙정 등이 있다.
http://www.gasa.go.kr

전북 부안 석정 문학관
신석정 시인의 작품과 유품을 보존하고 있
는 곳이며 근처에 시비 공원이 있다.
http://www.shinseokjeong.com

전남 보성 태백산맥 문학관
『태백산맥』의 집필 준비 단계부터 출간 이
후의 자료들을 전시한 곳이다.
http://tbsm.boseong.go.kr

전남 목포 목포 문학관
박화성, 김우진, 차범석, 김현 등 목포 문인
들의 문학 세계를 소개하는 곳이다.
http://munhak.mokpo.go.kr

전남 순천 순천만 문학관
순천 출신 작가 김승옥과 정채봉의 문학
세계를 기리는 곳이다.
http://www.suncheonbay.go.kr

전남 장흥 천관 문학관
이청준, 백광홍 등 장흥 지역 출신 문인들
을 소개하는 곳이다.

제주 남훈 문학관
남훈 전달문 시인의 서적과 시화, 족자 등
2500여 점의 기증품을 전시하는 곳이다.

부산 요산 문학관
김정한의 삶과 문학 세계를 소개하는 곳으
로 집필실 등이 보존·전시되어 있다.
http://www.yosan.co.kr

경북 경주 동리·목월 문학관
경주 출신 문인 김동리와 박목월의 삶과
문학 세계를 기념하는 곳이다.
http://www.dmgyeongju.com

경북 안동 이육사 문학관
이육사의 숭고한 정신을 선양하고 그의 업
적과 삶의 흔적을 소개하는 곳이다.
http://www.264.or.kr

경북 영양 지훈 문학관
조지훈의 삶과 정신을 살펴볼 수 있는 다
양한 유물들이 전시된 곳이다.
http://jihun.yyg.go.kr

경남 남해 남해 유배 문학관
유배의 역사와 유배 문학에 대한 정보를
습득할 수 있는 곳이다.
http://yubae.namhae.go.kr

경남 사천 박재삼 문학관
사천에서 어린 시절을 보낸 박재삼 시인의
삶과 문학 세계를 소개하는 곳이다.

경남 통영 청마 문학관
청마 조지훈의 삶과 정신, 문학 세계를 기
리기 위해 건립한 곳이다.
http://literature.tongyeong.go.kr

| 자료 출처 |

1. 인용 작품 출처

고은, 「미제 방죽」, 「정거장」, 『만인보 1·2·3』, 창비, 2010

고정희, 「상한 영혼을 위하여」, 『고정희 시 전집 1』, 또 하나의 문화, 2011

권정생, 「거지」, 『권정생 이야기 2』, 한 걸음, 2002

권환, 「소년공의 노래」, 『아름다운 평등』, 황선열 편, 전망, 2002

김남주, 「자유」, 『꽃속에 피가 흐른다』, 창비, 2009

김동리, 「밀다원 시대」, 『김동리 문학 전집 12』, 계간 문예, 2013

김소진, 「쥐잡기」, 『열린 사회와 그 적들』, 문학 동네, 2011

김수영, 「조국으로 돌아오신 상병 포로 동지들에게」, 『김수영 전집 1』, 민음사, 2009

김시습, 「만복사저포기」, 『금오신화』, 이지하 옮김, 민음사, 2012

김시습, 「옛 집에 돌아옴을 화답하여」, 「용장사 경실에 있으며 회포가 있어서」, 『국역 매월당집 2』, 양대연 역, 세종 대왕 기념 사업회 간행, 2011

김정희, 「수선화」, 『추사 선생 시집 2』, 이규환 역, 서예 문인화, 2013

김춘수, 「베꼬니아의 꽃잎처럼이나」, 『김춘수 시 전집』, 현대 문학, 2004

김춘수, 「이중섭 3」, 『김춘수 시 전집』, 현대 문학, 2004

김하기, 『식민지 소년』, 청년사, 2007

김현승, 「눈물」, 『김현승 시 전집』, 민음사, 2005

김형경, 『꽃 피는 고래』, 창비, 2008

미상, 「오늘이 오늘이소서」, 『양금신보』, 양덕수·함화진 역, 동문관, 1959

미상, 「자장가(제주 민요)」, 『제주의 민요』, 제주도 엮음, 제주도, 1992

미상, 「춘향가」, 『춘향가 4집』, 성우향 창, 지구 레코드, 2007

미상, 『춘향전』, 송성욱 옮김, 민음사, 2012

박목월, 「산이 날 에워싸고」, 『박목월 시 전집』, 민음사, 2004

박용철, 「떠나가는 배」, 『떠나가는 배』, 신라 출판사, 2000

박화성, 「하수도 공사」, 『홍수 전후』, 푸른 사상, 2009

백무산, 「고래와 숲」, 미발표작

손창섭, 「비 오는 날」, 『비 오는 날』, 문학과 지성사, 2005

송경동, 「참꼬막」, 『꿀잠』, 삶창, 2006

송수권, 「빨치산」, 『빨치산』, 고요 아침, 2012

송순, 「면앙정가」, 『한국 고전 시가선』, 임형택·고미숙 역, 창비, 2010

송시열, 「늙고 병든 몸이~」, 『정본 시조 대전』, 심재완 역, 일조각, 1984

안도현, 「군산 동무-이광웅 선생님」, 『외롭고 높고 쓸쓸한』, 문학 동네, 2004

염무웅, 「권정생 선생님 영전에」, 『창비 어린이』 2007년 가을 호, 창비, 2007

염상섭, 『만세전』, 창비, 1987

월명사, 「제망매가」, 『한국 고전 시가선』, 임형택·고미숙 엮, 창비, 2010

이육사, 「계절의 오행」, 『이육사 전집』, 깊은 샘, 2004

이호철, 「소시민」, 『이호철 문학 선집 1』, 국학 자료원, 2001

이황, 「도산십이곡 6, 7, 11」, 『도산십이곡』, 이재홍 역, 어문힉사, 2011

이황, 「열정」, 『도산잡영』, 이장우·장세후 역, 연암 서가, 2013

일연, 『삼국유사』, 이가원·허경진 옮김, 한길사, 2006

정극인, 「상춘곡」, 『홍진에 묻힌 분네 이내 생애 어떠한고』, 현종호 역, 보리, 2009

정몽주, 「언양 중양절 감회」, 『태화강에 배 띄우고』, 송수환 역, 작가 시대, 2012

정비석, 「산정무한」, 『산정무한』, 범우사, 2005

정채봉, 「엄마가 휴가를 나온다면」, 『너를 생각하는 것이 나의 일생이었지』, 샘터, 2006

정철, 「성산별곡」, 『송강가사』, 정재호·장정수 역, 신구문화사, 2006

정호승, 「연북정」, 『여행』, 창비, 2013

채만식, 「탁류」, 『채만식 전집 2』, 창작과 비평사, 1989

최명희, 『혼불 1』, 매안, 2009

한하운, 「전라도 길—소록도로 가는 길에」, 『한하운 전집』, 문학과 지성사, 2010

현기영, 「순이 삼촌」, 『순이 삼촌』, 창비, 2006

황현, 「절명시 3」, 『매천야록』, 허경진 옮김, 서해 문집, 2012

2. 사진 출처

26면-목포 문학관 제공

30, 32면-목포시청 제공

36면-태백산맥 문학관 제공

40면-문화유산 국민 신탁 보성 여관
사업단 제공

43면-고흥군청 제공

48면-순천만 문학관 제공

53면-광양시청 제공

61면-고산 윤선도 유물 전시관 제공

62, 65면-해남군청 제공

108면-최명희 문학관 제공

116면-동학 농민 혁명 기념 재단 제공

117면-고창 판소리 박물관 제공

119면-미당 시 문학관 제공

127면-김준연 제공

161면-임시 수도 기념관 제공

170면-장생포 고래 박물관 제공

179면-윤이상 기념관 제공

199면-양산시청 제공

213면-창원시청 제공

231면-대구광역시 중구청 제공

239면-경주시청 제공

245면-동리·목월 문학관 제공

252면-권정생 어린이 문화 재단 제공

* 이 출처 외의 사진은 저자들이 촬영한 것입니다.